Gisela Natalia Gradner

Handkuß und Hakenkreuz

Eine Jugend zwischen Berlin und dem Baltikum

Husum

Umschlagbild: Wladimir Lukianowitsch von Zabotin,
„Mädchen im Spiegel“
(Abdruck mit freundlicher Erlaubnis der Vereinigung der Freunde der Staatlichen Kunsthalle Karlsruhe e. V.)

CIP-Titelaufnahme der Deutschen Bibliothek

Gradner, Gisela Natalia:
Handkuss und Hakenkreuz : e. Jugend zwischen Berlin u.d. Baltikum / Gisela Natalia Gradner. – Husum : Husum Druck- u. Verlagsges., 1988
(Husum-Taschenbuch)
ISBN 3-88042-388-1

Satz: Fotosatz Husum GmbH
Druck und Verarbeitung: Husum Druck- und Verlagsgesellschaft
Postfach 1480, D-2250 Husum
ISBN 3-88042-388-1

1. Kapitel

Das schöne Kind

„Wie reizend", sagte Tante Doretta und beugte sich über mich, „so ein süßes, kleines Baby", und sie freute sich zum ersten Mal, daß sie keine Kinder kriegen konnte. Denn das süße, kleine Baby hatte eine Kartoffelnase, kaum Haare auf dem Kopf und eine gelbe Gesichtsfarbe. Aber Tante Doretta war höflich und ließ sich nichts anmerken, schließlich hatte sich Marfa so lange bemüht, ein Kind zu bekommen, und sich dann bei der Geburt, die so lange gedauert hatte, schrecklich angestrengt. Tante Doretta tätschelte mir die linke Wange, und ich brüllte los.

„Was für eine gute Lunge das Kind schon hat", meinte sie anerkennend, aber ein wenig säuerlich und ging dann sehr schnell weg. Sie war wirklich glücklich, daß sie nur eine Katze und ein Klavier hatte. Die klangen besser, wenigstens so lange, wie ich die Katze nicht am Schwanz ziehen und auf dem Klavier nicht üben konnte, besser gesagt, mußte, weil wir uns selber kein Klavier leisten konnten. Außerdem überlegte sie, wie wohl erst ihr Kind ausgesehen hätte, wenn schon Marfa und Boris, die doch beide stattliche Menschen waren, nur so etwas wie mich zustande gebracht hatten.

„Wie herzig", sagte auch Tante Helen, „und wie schön braun die Kleine schon ist."

Die Kleine war natürlich nicht schön braun, sondern schön gelb, aber das sagte Tante Helen nicht, denn sie war mindestens genauso höflich wie Doretta. Aber sie überlegte, von wem das Kind wohl die Kartoffelnase geerbt hätte. Na ja, die blauen Augen und die Glatze, die stammten zweifellos von Boris.

Tante Agnes meinte: „Sechs Pfund sind ja nicht sehr viel", und da sie nicht so höflich war wie Doretta und Helen, setzte sie hinzu: „Ich weiß nicht, wie man für sechs Pfund drei Tage braucht, um so etwas auf die Welt zu bringen", und sie war sicher, daß sie, wenn sie von ihrem großen Mann ein Kind bekommen hätte, bestimmt mehr Pfunde auf die Waage gebracht haben würde. Dann fügte sie hinzu: „Wegen der gelben Farbe brauchst du dich nicht aufzuregen, die geht wieder weg." Sie hatte Erfahrung mit der gelben Farbe, denn sie rauchte wie ein Schlot, und wenn sie gelbe Finger davon bekommen hatte, rieb sie sie mit Bimsstein ab. Das konnte man mit mir nicht machen, aber die gelbe Farbe ging auch so wieder weg.

Der Fürst, ein Verehrer von Mamuschka, schenkte ihr weißen

Flieder, und das im Winter. Mich würdigte er keines Blickes, denn Kinder, denen man noch keine Schokolade mitbringen konnte, interessierten ihn nicht.

Was Papuschka zu mir und über mich gesagt hat, als er seine erste und einzige Tochter erblickte, weiß ich nicht; Mamuschka hat nie etwas über diesen Moment berichtet. Daß ich die einzige Tochter, das einzige Kind bleiben würde, war wohl vorauszusehen, denn Mamuschka war bereits 33 und in einem Alter, wo man seinerzeit eigentlich keine Kinder mehr bekam. Da er mit kleinen Kindern auch nichts anfangen konnte, nehme ich an, daß ihn keine frühe Vaterliebe blind machte und er ganz klar meinen kahlen Kopf und die gelbe Hautfarbe erkannte und den Entschluß faßte, seine bevölkerungspolitischen Bemühungen einzustellen.

Babuschka fand mich passabel, ich war schließlich ihr erstes Enkelkind, und sie hatte keine Vergleichsmöglichkeiten. Mamuschka fand mich schön, weil Mutterliebe eben blind macht. Wichtig war nun nur, daß das Kind gute Ernährung bekam.

„Marfa wird nicht stillen können", hatte zwar Grand Tante vorausgesagt, „Frauen mit einem großen Busen haben meistens wenig Milch", aber sie blieb nicht unwidersprochen.

„Woher kommt dir nur diese Weisheit?" fragte Babuschka und schaute ein wenig mitleidig auf die 74jährige, jungfräuliche, so gut wie nicht vorhandene Brust ihrer Schwägerin, „in Deutschland mag das stimmen, in Rußland aber nicht."

„So etwas weiß man eben", entgegnete Grand Tante ein wenig pikiert, denn sie war Lehrerin. Dann hob sie ihre auf einem Perlmuttgriff steckende Brille vor die Augen und musterte ihre erste Großnichte, die sie dank ihrer handarbeitlichen Fähigkeiten zu dem bestrickendsten Kind Europas machen wollte.

Mamuschka hatte Milch für zwei Kinder, und solange sie im Krankenhaus war, stillte sie auch zwei. Zu Hause kam dann der ganze Milchüberfluß mir allein zugute. Die anfänglichen sechs Pfund mehrten sich schnell, und bald hatte ich nicht nur eine dikke Nase, sondern auch einen dicken Kopf. Unterernährt blieben nur die Haare, sie wollten nicht wachsen, und man sah die wenigen nur wenig, weil sie so hellblond waren. Tante Helen war jetzt auch froh, daß sie kein dickes Kind, sondern nur einen schlanken Papagei hatte. „Wann tauft ihr denn?" fragte sie, denn sie war katholisch und fand, daß es nach drei Monaten schon beinahe zu spät dafür sei.

Es dauerte aber noch einmal vier Wochen, bevor sich meine Eltern einigen konnten, d.h. sie schlossen einen Kompromiß. Mamuschka wollte eine Nina, Papuschka wollte eine Christiana –

also bekam ich den Namen Natalia, der kam von Mamuschkas Seite, und den Namen Aurora, der kam von Papuschkas Seite, und da sie nun in Deutschland lebten, brauchte das Kind natürlich auch einen Gebrauchsnamen, nämlich Gisela. Der kam von keiner Seite, d.h. genau genommen kam er von einer Seite aus dem Buch „Die Heilige und ihr Narr", das Mamuschka gerade las.

„Wenn das Kind so eine närrische Heilige wird, bekomme ich graue Haare", sagte Papuschka auf Deutsch.

„Da du eine Glatze hast, würde das kaum etwas ausmachen", antwortete Mamuschka auf Russisch. Nun war alles schön im Lot, das Mischlingskind aus sechs Nationen hatte drei Namen und gewöhnte sich beizeiten daran, daß es im Elternhaus für alle Dinge drei Namen gab; einen russischen, einen deutschen und einen baltischen.

2. Kapitel

Sprechenlernen

„Sag Mamuschka, Ma–muschka, Ma–musch–ka", das hatte Mamuschka mir natürlich lange und immer wieder vorgesagt, mit russischer und deutscher Betonung, aber sie wartete vergeblich auf die Reaktion von mir, die ihr Herz erfreut hätte. „Hoffentlich hat sie keinen Gehörschaden", sagte Grand Tante besorgt.

„Natalia hört wie ein Luchs", sagte Papuschka, „wenn sie nicht hören könnte, könnte sie auch nicht singen. Ihr fehlt überhaupt nichts." Das stimmte. Ich saß am liebsten unter dem Eßzimmertisch mit den geschnitzten Löwenköpfen und sang vor mich hin. Lieder ohne Worte, aber nach Melodien, die ich aufgeschnappt hatte.

„Und warum spricht sie nicht?" fragte Grand Tante und hob die Brille vor ihre Augen, um die nichtsprechende Großnichte besser betrachten zu können. „Richard sprach schon fließend in ihrem Alter", setzte sie hinzu. Richard war ihr jüngster Bruder, ein Genie, ihr Idol und mein Großvater mütterlicherseits. Da er leider schon tot war, fand sie, daß sie ein Recht darauf hatte, daß sich seine Intelligenz vererbt hätte.

„Wie hätte Richard sich über sein erstes Enkelkind gefreut", meinte Grand Tante seufzend und strickte ihr Bedauern in ein weiteres Kleidungsstück für mich. „Er kann mit meinem Vater im

Himmel Kakowiak tanzen", meinte Papuschka, „Natalia ist sein zweites Enkelkind, das er nicht erleben kann, weil er nicht mehr lebt."

Grand Tante schaute ein wenig pikiert. Boris redete sehr wenig, aber wenn er mal etwas sagte, dann war es einem oft lieber, er hätte nichts gesagt. „Das Kind schlägt auf jeden Fall nach dir, wenigstens in dieser Beziehung", sagte sie, „du bringst ja auch oft genug die Zähne nicht auseinander." „Mach bitte-bitte", sagte Mamuschka in einem weiteren Versuch, mich zum Sprechen zu bewegen, und sie klappte vor meiner Nase ihre Handflächen aneinander, „sag bitte-bitte!"

Ich klappte auch meine Hände zusammen, weil ich das lustig fand, aber ich sagte nichts.

„Solange du ihr alles gibst, worauf sie mit dem Finger zeigt, wird sie nicht bitte-bitte sagen, um es zu bekommen. Sie ist schließlich intelligent." „Aber sie spricht nicht", meinte Grand Tante vorwurfsvoll, „und wenn es nicht an der Intelligenz mangelt, dann solltet ihr mal mit ihr zum Ohrenarzt gehen." „Dafür ist Nata schon sauber, andere Kinder in ihrem Alter sind es noch nicht." Kurze Zeit später hatte Mamuschka den Eindruck, meine Hose sei ein wenig dick zwischen den Beinen. Sie kam auf mich zu, um zu sehen, woran das liegen könne, es wäre ja schrecklich, wenn ich in die Hosen gemacht hätte, nachdem sie gerade mit meiner Sauberkeit angegeben hatte.

„Geh weg, Nata beischt", sagte ich und zeigte meine Milchzähne.

„Sie spricht, sie spricht", rief Mamuschka entzückt und vergaß die verdickte Hose. „Boris, hör doch, das Kind hat gesprochen!"

Aber Papuschka hatte nicht gehört, er war längst in seinem Arbeitszimmer verschwunden, und wenn er darin war, hörte er sowieso nur noch das, was er hören wollte, selbst wenn man laut wurde wie die Posaunen von Jericho.

„Das Kind schlägt nach ihm", sagte Grand Tante, aber sie war doch ganz froh, daß ihre einzige Großnichte keinen Sprachschaden hatte.

Mamuschka machte meinen Allerwertesten sauber, gab mir dann einen Klaps und sagte, sozusagen rückwirkend: „Schäme dich." Dann drückte sie mich an ihre Brust und gab mir gerührt einen Kuß, und ich biß sie in die Hand, ich hatte sie ja gewarnt. Daraufhin bekam ich einen weiteren Klaps, diesmal wesentlich stärker, und ich brüllte los.

„Marfa", sagte Grand Tante tadelnd, „du mußt nicht immer gleich hauen, das ist unpädagogisch."

„Sie hat mich gebissen", sagte Mamuschka empört und verletzt, „mich, ihre einzige Mutter, hat sie gebissen."

„Wieviele Mütter kann ein Kind denn haben, sei nicht so unlogisch", mischte sich nun Papuschka ein, den ich mit meinem Gebrüll aus dem Zimmer gelockt hatte.

„Sie hat ja auch noch nicht einmal alle Zähne", sagte Grand Tante, „Richard hatte in ihrem Alter schon alle Zähne."

„Das ist alles schon 120 Jahre her", meinte Mamuschka, „wie willst du dich daran noch erinnern können?"

Mamuschka sagte immer „120 Jahre", wenn sie sagen wollte, daß irgend etwas lange her sei oder sehr alt. Natürlich war Grand Tante nun pikiert, denn sie war bereits in einem Alter, in dem man keine Späße über das Alter mehr hören wollte.

Als ich merkte, daß ich nicht mehr beachtet wurde, hörte ich auf zu brüllen. „Nata ist lieb", sagte ich, um mich wieder in Erinnerung zu bringen. Mamuschka war ganz gerührt über diesen weiteren Beweis meiner Sprechkunst und gab mir ein großes Stück Schokolade.

„Laß doch diese Affenliebe", sagte Papuschka, „außerdem ist es schlecht für die Zähne, wenn sie zu viele Süßigkeiten bekommt."

„Schokolade schadet nicht", entgegnete Mamuschka, aber sie sagte es auf russisch, damit ich es nicht verstehen sollte, dabei verstand ich Russisch mindestens so gut wie Deutsch. Nur Grand Tante verstand kein Russisch, weil sie bedauerlicherweise immer nur in Deutschland gelebt hatte.

3. Kapitel

Kaffeeklatsch

„Affenliebe" sagte Papuschka immer, wenn Mamuschka mich unkonsequent behandelte, mich erst verhaute und dann abküßte und mir Schokolade gab. Trotzdem gedieh ich prächtig und hatte nicht die geringste Ahnung davon, daß ich von ihr unpädagogisch erzogen wurde. Nach einigen Jahren war ich zu einem ganz hübschen kleinen Mädchen herangewachsen. Die Kartoffelnase hatte sich verwachsen, den Windeln war ich entwachsen, und nun hätte auch Tante Doretta ganz gern so ein nettes Kind gehabt, aber dafür war es nun schon zu spät. Als Trost schenkte ihr Onkel Harald ein Schwimmbad für den Garten und einen Hund für das

Haus, obwohl es umgekehrt viel besser gewesen wäre. Ein Klavier hatte sie leider schon, und das fand ich sehr überflüssig, besonders seit ich darauf üben mußte, weil wir selber noch keines hatten. Wenn ich übte, ging Tante Doretta meistens einkaufen, das schonte dann ihre Nerven und auch meine Finger, denn wenn sie weg war, spielte ich lieber mit dem Hund.

Mamuschkas Kaffeeklatschfreundinnen trafen sich mal bei ihr und mal bei den anderen, und da Mamuschka nur mit Tante Doretta und Tante Helen befreundet war, zu einem richtigen Kaffeeklatsch aber vier Personen gehören sollten, nahmen sie Frau Wiegler hinzu, sozusagen als Lückenbüßerin oder als die Fliege, die der Teufel in der Not frißt. Das sagten sie ihr natürlich nicht, aber da sie Frau Wiegler siezten, merkte diese sowieso, daß sie eigentlich nicht dazupaßte.

Wenn Mamuschkas Freundinnen kamen, backte sie immer doppelt so viele Kuchen wie nötig gewesen wären, das war eben so russische Sitte. Auf diese Weise profitierten dann auch Papuschka und ich davon. Ich profitierte auch geistig von diesen Kaffeeklatschstunden, denn ich saß meistens schon vorher unter dem Tisch und hörte zu, was die Tanten an familiären und anderen Neuigkeiten austauschten.

„Dein Boris mit seiner Ruhe kann einen ganz schön nervös machen", sagte Tante Helen zu Mamuschka und klapperte mit ihrem Ewigkeitsstrickzeug, aus dem nie etwas wurde.

„Er sagt nichts, da weiß man gar nicht, was man sagen soll", mischte sich nun Frau Wiegler ein und stopfte ein Loch im Socken ihres Mannes. Sie brachte immer nur Socken mit, die gestopft werden mußten. Das kam wohl daher, daß ihr Mann mit zwei Zentnern in die Socken drückte und Papuschka nur mit 76 kg. „Ich wäre ganz froh, wenn mein Harald etwas ruhiger wäre", seufzte Tante Doretta und nähte einen Knopf an. Als sie damit fertig war, setzte sie hinzu: „Er kommt jede Nacht", dann machte sie eine Pause, „und er ist wie ein Spatz, einmal rauf und einmal runter, und dann schnarcht er und ich kann nicht schlafen."

„Das Kind!" sagte Mamuschka warnend und langte unter den Tisch, um mich hervorzuziehen, aber ich hielt mich an einem Löwenkopf fest.

„Warum muß die Göre auch immer unter dem Tisch sitzen", sagte Frau Wiegler. „Laßt sie doch", meinte Tante Helen, „sie stört doch nicht und ist noch zu klein, um etwas zu verstehen."

Sie hatte recht, ich verstand nicht alles, aber ich dachte über alles Gehörte angestrengt nach.

Ich fand es wirklich komisch, wenn ich mir vorstellte, wie Onkel Harald mit seinem dicken Bauch die Treppen rauf- und runterhüpfte wie ein Spatz. Ich durfte das nie, schon gar nicht in der Nacht. Essen durfte ich auch nicht, wenn ich herumsprang, nichtmal wie ein Spatz. „Na ja“, dachte ich mir, „wenn er vorher gut zum Abendbrot gegessen hatte, aß er eben nur noch wie ein Spatz in der Nacht, und am besten wäre es, er würde hüpfen und nichts essen, dann könnte er vielleicht abnehmen dabei.“

Ich schaute mir die unter dem Tisch hängenden, seidenbestrumpften Beine der Kaffeeklatschdamen an und fand, daß meine Mutter die schönsten hätte. Da der Storch die Frauen ins Bein biß, wenn er ihnen Kinder brachte, überlegte ich mir, daß ich, wenn ich ein Storch wäre, auch am liebsten in das Bein meiner Mutter gebissen hätte. Natürlich hatten nicht alle Störche denselben Geschmack, die einen bissen lieber in dünne und andere in dicke Beine, manchmal bissen sie überhaupt nicht und ab und zu auch ein Fräulein, die gar keinen Vater für ihr Kind hatte und es nicht wollte. Da sie aber eine gute Woche brauchte, um sich von dem Biß zu erholen, hatte sie auch Zeit, sich an das Kind zu gewöhnen, und in den meisten Fällen behielt sie es dann doch. Meine Freundin Illa meinte, es wäre besser, wenn die Löwen die Kinder brächten, die hätten einen dickeren Kopf als die Störche und könnten sicher nicht nur besser tragen, sondern auch besser denken, aber ich klärte sie auf und sagte ihr, daß Löwen auch fester zubeißen würden als Störche, darum sei es die Weisheit der Natur, daß sie keine Kinder bringen würden.

Auf jeden Fall war klar, daß die Störche nur die Beine meiner Mutter eines Bisses für wert befunden hatten, und darum hatte auch nur Mamuschka ein Kind. Tante Doretta hatte ein Schwimmbad und einen Hund und ein Klavier, Tante Helen hatte einen Papagei und einen Köter, und Frau Wiegler hatte einen Zweizentnermann und ihre Zigaretten – man konnte schließlich nicht alles haben. Wir hatten auch einen Hund, einen Langhaardackel, der immer bellte und nie biß und den Papuschka auf den passenden Namen Geroi (russisch = Held) getauft hatte. Darum waren die Hunde meiner Tanten ziemlich uninteressant für mich, zumal Tante Helens Köter immer biß und nie bellte. „Blöder Hund“, sagte dann Tante Helens Mann, und der Papagei sagte es bald auch. Der Papagei hieß Lilo und war männlich, das merkte Tante Helen zu spät. Da man von außen nie sehen konnte, daß Lilo was hatte, was eine Lilo nicht haben sollte, machte das nichts aus.

„Bringe Lilo mal das Sprechen bei“, sagte Tante Helen oft, aber mir langte das, was Lilo bereits konnte. Immer, wenn ich ihn kraulte, fragte ich leise etwas, und jede Antwort, die Lilo dann aus dem Schatz seines Repertoires gab, fand ich lustig und passend.

„Na, was hält Lilo denn von Onkel Haralds Treppenhüpferei?“ fragte ich ihn, und Lilo meinte: „Blöder Hund“, und wippte mit dem Schwanz.

Papuschka hatte Mamuschka nur ihrer schönen Beine wegen geheiratet, das war natürlich ein Scherz, denn viele Fräulein hatten schöne und bekamen trotzdem keinen Mann. Man heiratete aus Liebe oder weil man Geld brauchte wie mein Freund, der Fürst. Fräulein Meissner, die zwischen Tante Doretta und uns wohnte, hatte auch keinen Mann, obwohl an ihren Beinen nichts auszusetzen war. Sie war nach Papuschkas Reden sogar ein Blaustrumpf, obwohl sie immer rosaseidene Strümpfe trug. „Sie hat einen klugen Kopf, aber keine Ausstrahlung“, meinte Mamuschka, und damit hatte sie sicher recht. Illa und ich hatten herausgefunden, daß ein Ausstrahler etwas hinten am Flugzeug sei, und wir konnten beim besten Hingucken nicht feststellen, daß bei Fräulein Meissner etwas hinten rausstrahlte, vorne übrigens auch nicht.

Als Papuschka und Mamuschka heirateten, hatten beide kein Geld mehr, darum durften sie es. Vorher hätte Mamuschkas Vater das nicht erlaubt, denn Papuschka hatte sein Geld schon 1905 verloren, als im Baltikum Revolution war, und Mamuschkas Vater erst 1917, als in ganz Rußland Revolution war. Großvater dachte wohl, Mamuschkas Temperament sei in der Ehe am besten aufgehoben, und darum gab er seinen Segen, immerhin heiratete sie einen Balten und keinen Reichsgermanen. Vier Wochen später starb er.

Sicher wären Mamuschka und Papuschka glücklicher geworden, wenn nicht der Börsenkrach gekommen wäre und Papuschka um seine gute Stellung gebracht hätte. Uns ging es ja viel besser als den meisten Emigranten, wir hatten ein Haus, wenn auch nur ein kleines, und Papuschka hatte eine geistvolle Arbeit und mußte nicht, wie zum Beispiel der Fürst, Leute herumfahren, die er früher nichtmal angeguckt hätte. Er hatte eben nichts anderes gelernt, als Fürst zu sein.

Mamuschka erzählte immer, sie hätte sieben Jahre lang sehnsüchtig auf mich gewartet, und die Kaffeeklatschfreundinnen glaubten das auch. Genau genommen waren es nur gute fünf, aber Mamuschka übertrieb gerne, außerdem ist sieben eine heilige Zahl. Vielleicht hat sie aber auch schon auf mich gewartet, als sie noch nicht geheiratet hatte, dann wären sieben Jahre nicht gelogen oder übertrieben, nur ganz einfach unklug gewesen.

Vor dem Börsenkrach kam also ich und hielt dann die Ehe zusammen, obwohl ich mich in der Rolle des Kleisters oft traurig fühlte. Sie dachten, ich merke es nicht, aber ich merkte es ganz genau, viel genauer als ich es mir anmerken ließ.

4. Kapitel

Die Mesalliance

„Diese Ehe kann nicht gutgehen", sagte Babuschka und goß sich eine Tasse Tschai ein. Ich saß unter dem Tisch und spitzte die Ohren. Sehen konnte ich es ja nicht, aber ich wußte ganz genau, wie das oben am Tisch vorging. Der Samowar summte, und wenn man eine Tasse Tee wollte, goß man sich erst etwas Extrakt aus der kleinen Kanne, die oben auf dem Samowar stand, und füllte dann die Tasse mit heißem Wasser aus dem Samowar auf. Aber nur bis eine Daumenbreite unter dem Rand, mehr gehörte sich nicht. Wenn wir alleine waren, tranken wir Tschai aus Teegläsern, die durfte man nur bis zwei Daumenbreiten unter dem Glasrand füllen. Bei meinen Freundinnen wurden die Kaffeetassen immer randvoll gemacht, das war viel praktischer, fand ich, aber eben nicht vornehm.

„Was kann nicht gutgehen?" fragte Grand Tante, die auf Besuch gekommen war. „Die Ehe des Fürsten mit dieser ‚Gewissen'", sagte Babuschka und nahm ein Löffelchen voll Warinja (Konfitüre) in den Mund und goß einen Schluck Tschai hinterher. Die Warinja hatte man auf einem Miniteller neben dem Teeglas stehen, und je süßer man seinen Tschai wollte, desto mehr Warinja nahm man vorher in den Mund. Wenn ich aber wirklich so viel Warinja nahm, wie ich für meinen Geschmack wollte, sagte Mamuschka, das sei nicht vornehm.

„Ehen gehen meistens nicht gut", meinte Grand Tante, „deshalb habe ich es auch vorgezogen, nicht zu heiraten. Gib mir bitte eine Tasse thé." Sie sagte thé, denn sie liebte und lehrte die französische Sprache.

„Pardon", sagte Babuschka, „sage das bitte noch einmal."

„Ausnahmen bestätigen die Regel", meinte Grand Tante, „dein Mann Richard war eine Ausnahme, er war ein Genie!"

„Eine gute Ehe kann nicht einer alleine führen, auch ein Genie nicht", erwiderte Babuschka und schenkte sich wieder Tschai ein.

„Außerdem ist eine Ehe immer sicherer fundiert, wenn sie keine Mesalliance ist."

„Eine Ehe, die nicht gut ist, muß deshalb noch nicht schlecht sein", mischte sich nun Mamuschka ein, „außerdem bekommt er Geld und sie einen Mann, wobei wohl beide nicht zu beneiden sind. Andererseits kann Fürst Andreij ja nicht sein Leben lang Taxifahrer in Berlin bleiben, das wäre noch trauriger als eine schlechte Ehe." Mamuschkas Löffel klirrte ein wenig auf der Untertasse, als zittere sie bei dem Gedanken an die Mesalliance des Fürsten. Ich zitterte auch, denn wer weiß, ob er als verheirateter Mann mir noch Schokolade mitbringen würde, vielleicht schenkte er sie dann nur seiner Frau. Eine Messalanks mußte eine gefährliche Sache sein, denn Messa sagte man auf berlinerisch zu einem Messer, und Messer waren zweifellos gefährlich.

„Was ist eine Messalanks?" fragte ich und kroch unter dem Tisch hervor. Der Fürst war mein Freund, und ich wollte jetzt ganz genau wissen, was mit ihm los war. Er brachte mir jedesmal zwei Tafeln Schokolade mit, und dann durfte ich so viel davon essen, wie ich wollte. Mamuschka versuchte dies aus erzieherischen Gründen zu verhindern, aber dann lachte der Fürst nur, schwenkte mich in die Luft und setzte mich auf das alte Vertikow. „Immer nur ein Stückchen und dann noch ein Stückchen, das ist doch langweilig und so deutsch." Ich fand das auch.

„Eine Mesalliance ist eine unebenbürtige Ehe", erklärte Grand Tante und setzte hinzu: „Aber das verstehst du noch nicht."

„Ich will aber verstehen", sagte ich.

„Geh spielen", meinte Mamuschka.

„Ich will aber nicht spielen, ich will wissen, was eine Messalanks wirklich ist, und wenn man dafür Geld bekommt, möchte ich vielleicht auch eine, mindestens aber 5 Mark."

„Über Geld redet man nicht", rügte Grand Tante.

„Über Geld, welches man nicht hat, lohnt es sich auch nicht zu reden", sagte Mamuschka.

„Hier kriegt man wohl nie eine Antwort, was?" maulte ich.

„Das Kind ist ein entfant terrible", sagte Grand Tante und schaute mich mitleidig an. Es war wirklich schade um das intelligente Kind, das noch kein Französisch konnte.

Ich aber war sehr froh, daß wir für so unnötige Dinge wie eine französische Gouvernante kein Geld hatten. Mir langte es, daß ich weder auf deutsch noch auf russisch eine vernünftige Auskunft bekam, keine auf französisch hätte mich verrückt gemacht. Ich beschloß, meinen Papuschka zu fragen, was eine Messalanks wirklich wäre. Papuschka wußte sowieso alles am besten.

Auf meine Frage, was eine unebenbürtige Ehe sei, sagte Papuschka, ich solle ihn vom Bahnhof abholen, dann wolle er es mir erklären.

Am nächsten Spätnachmittag hopste ich durch das Wäldchen hinter dem Haus zum Bahnhof. Ich hatte ja keine Ahnung gehabt, daß eine Mesalliance mit etwas so Interessantem wie einem Bahnhof zu tun haben könnte. Wir hatten zwar nur einen kleinen Bahnhof, weil bei uns nur wenig Leute wohnten, und der Stationsvorsteher war zugleich Kartenverkäufer und Kartenknipser, aber trotzdem war ein Bahnhof für mich interessant. Im Traum sah ich oft die Bahnhofstreppe und schwebte sie hinauf und hinunter, sie war größer als alle Treppen, die ich sonst kannte, und ich war sicher, der Fürst war ein kluger Mann, wenn er etwas mit einem Bahnhof zu tun bekam.

„Schieß los", sagte ich, als Papuschka endlich da war, „ich bin gespannt wie ein Flitzebogen."

„Na, dann komm mal mit mir hinunter an die erste Stufe", sagte Papuschka, und dann ergriff er mich an beiden Händen, hob mich hoch und ließ mich vor sich her die Treppe hinunterschweben. Es war fast so schön wie in meinem Traum. Unten angekommen, stellte er mich mit dem Gesicht zur Treppe hin und sagte: „Stelle die Füße eng zusammen, und dann versuche mal hinaufzuspringen. Erst eine Stufe, dann zwei, versuche es auch mit dreien, ich werde dir dabei helfen. Die vierte wirst du nicht schaffen, aber probieren kannst du es ja." „Och", sagte ich enttäuscht, „ich dachte, du würdest mir erklären, was eine Messalanks ist, zum Hopsen bin ich nicht zum Bahnhof gekommen."

„Ich bin schon dabei, es dir zu erklären", meinte Papuschka, „und wenn du tust, was ich sage, hilfst du dir, es zu verstehen." Ich hopste los. Die erste Stufe schaffte ich spielend, das war puppeneinfach. Ich schaffte es auch leicht, bis auf die zweite zu springen, ich mußte nur ein wenig Schwung nehmen, aber ich war ja eine geübte Hopserin. Dann probierte ich es mit drei Stufen, und da Papuschka ein wenig mithalf, schaffte ich auch das. Ich drehte mich schnell herum und sprang die drei Stufen wieder hinab. „Nimm meine Hand", hörte ich Papuschka sagen, aber da war ich bereits losgesprungen. Natürlich hatte ich zu viel Schwung und fiel vornüber auf meine Handflächen.

„Das kommt davon, wenn man sich nicht helfen lassen will", sagte Papuschka, „was ist nun mit der vierten Stufe?"

„Das schaffe ich nicht", sagte ich kleinlaut und rieb mir meine Handballen, „und außerdem bin ich nicht hergekommen, um zu hopsen."

„Na, dann gehen wir nach Hause", meinte Papuschka, „komm."

„Ist das alles?" fragte ich enttäuscht, „du wolltest mir doch erklären, was eine Messalanks ist. Nun habe ich nur zerkratzte Hände bekommen."

„Du hast schon mehr gelernt als du meinst", entgegnete Papuschka, „auf dem Heimweg werde ich dir noch ein wenig mehr erzählen."

Das tat er dann auch. Er machte mir klar, daß es am besten wäre, wenn zwei Menschen, die sich heiraten wollen, herkommensmäßig auf derselben Stufe ständen, weil das in den meisten Fällen auch bedeuten würde, daß sie die gleiche Geisteshaltung hätten. Das sei manchmal nicht so spannend, aber dafür gefahrloser.

„Weil es dann nichts zu hopsen gibt", warf ich ein.

Papuschka sagte: „Wenn man eine Stufe nach oben oder nach unten heiratet, geht das manchmal noch recht gut, weil nicht *zu* viel überbrückt werden muß." Ich dachte an meine Hopserei und nickte.

„Wenn man zwei Stufen hinauf oder hinunter heiraten will, wird es schon sehr viel schwieriger", sagte Papuschka.

„Klar", meinte ich, „dann kommt es auf die Größe an. „Aber nicht auf die der Beine, sondern auf die innere. Wer sie nicht hat, sollte es lieber sein lassen." „Das Hopsen?" fragte ich.

„Das Heiraten", sagte Papuschka. Ich dachte nach, dann sagte ich: „Wenn man mehrere Stufen überbrücken will, dann muß man sich dabei helfen lassen, weil man es alleine nicht schaffen kann."

„So ist das", sagte Papuschka, „du hast schon eine Menge gelernt." „Wer sich nicht helfen läßt, der fällt auf die Hände oder auf die Nase, ich meine simiolisch."

„Symbolisch heißt das", verbesserte Papuschka, aber ich war schon froh, dieses schwere Wort überhaupt behalten zu haben.

„Fällt der Fürst nun auf die Nase?" fragte ich, denn in erster Linie ging es mir ja um den Fürsten, den ich lieb hatte.

„Ich glaube schon", entgegnete Papuschka, „aber er wird sie ja vergoldet bekommen, und dann tut es sicher nicht so weh."

In den nächsten Monaten paßte ich immer auf, ob sich die Nase meines Fürsten zu vergolden beginnen würde, aber ich konnte leider nichts feststellen. Eines Tages brachte er mir statt der üblichen zwei Tafeln Schokolade eine große Schachtel Pralinen mit, und danach kam er überhaupt nicht mehr.

„Warum hat er sich nicht richtig verabschiedet von mir", heulte ich, als ich es erfuhr, „ich kann ihn gar nicht mehr leiden, und wenn ich die Pralinen nicht schon gegessen hätte, würde ich sie ausspucken."

„Er wollte nicht, daß du weinst", sagte Mamuschka, „außerdem hättest du ihm ein Loch in den Bauch gefragt, und das wäre ihm peinlich gewesen. Er ist nach Amerika ausgewandert, weil er dort besser leben kann als in Deutschland." „Was ist los mit Deutschland, daß er hier nicht mehr leben kann, wo er doch jetzt wieder reich ist. Will er seine vergoldete Nase nicht rumzeigen?" fragte ich.

Papuschka nahm mich auf den Schoß, was er nur sehr selten tat, und sagte zu mir: „Soletka, wir wissen alle nicht so recht, was mit Deutschland los ist, es ist ganz anders, als wir es uns vorstellten, als wir noch im Ausland waren. Aber man kann ja nicht immer wieder emigrieren, ich meine auswandern, und woanders hingehen."

„Wenn eine Messalanks gefährlich ist, ist sie überall gefährlich", sagte ich, „auch in Amerika, und wer weiß, vielleicht ist Amerika auch nicht das, was man meint, wenn man noch nicht da ist. Mich interessiert an Amerika sowieso nur Shirley Temple."

5. Kapitel

Machtübernahme

Der Fürst ging und Hitler kam. Ich fand, das war ein schlechter Tausch. „Wer bringt mir nun immer Schokolade mit?" fragte ich, „Herr Hitler vielleicht?" „Hitler hat dem Parteienzank ein Ende bereitet", sagte Mamuschka, „und er hat vielen Menschen, auch deinem Vater, wieder Arbeit und Brot gegeben."

„Ach, du grüne Neune", sagte ich und verdrehte die Augen, „wer will schon Brot? Brot hatten wir doch immer, und Leni bringt morgens die Schrippen und hängt sie an die Türklinke. Aber was ist mit Schokolade? Und warum heißt es Hitler und nicht Herr Hitler? Ist Hitler kein Herr?"

Papuschka verschluckte sich, hob ruckartig die Hand zum Mund und stieß dabei die Kaffeekanne um. Ich schaute auf den großen, sich langsam ausbreitenden braunen Fleck auf der Tischdecke und sagte: „Na, Gott sei Dank, daß ich das nicht war!", und ich seufzte dankbar aus tiefstem Herzensgrunde. Daraufhin gab Mamuschka mir eine Backpfeife, die erste meines Lebens, denn sonst haute sie mich immer nur auf die Hinterbacken. Ich brüllte los, als hätte sie mir den Kiefer gebrochen.

„Nicht doch, Marfa", sagte Papuschka und machte ein leicht angewidertes Gesicht. Ich wußte nicht, ob wegen der Backpfeife oder der braunen Bescherung oder wegen mir. Sicherheitshalber hörte ich auf zu brüllen, denn ich wußte, daß er mich nicht mitnehmen würde zum Spazierengehen, wenn ich ihn ärgerte. Und nichts ärgerte ihn mehr, als wenn Mamuschka oder ich uns in Szene setzten, was wir beide prächtig konnten. Paps hatte fürchterlich viel Verstand, wir aber hatten dafür eine blühende Phantasie. Immer wenn Mamuschka nicht zu Hause war, wenn ich heimkam, malte ich mir sofort aus, was ihr alles zugestoßen sein könnte. Sie wäre vom Auto überfahren worden oder hätte sich in die Toilette gestürzt aus Verzweiflung über irgendwas, vielleicht auch über mich. Und während mir die Angst den Hals zuschnürte, überlegte ich, was ich auf der Beerdigung für ein Kleid anziehen würde, wieviele Blumen und Kerzen an Mamuschkas Sarg stehen würden, wieviel Kuchen es zu essen gäbe und so weiter und wie die Leute mich bedauern würden, natürlich mich, nicht Papuschka, wie traurig ich dreinsehen würde und wie gut mir doch das blonde Haar zu einem schwarzen Kleid stehen würde, wie der Pope den Weihrauch schwenken würde, daß mir ganz schlecht davon werden mußte. Und dann wurde mir wirklich schlecht vor lauter Kummer, und ich weinte vor Rührung über mich und die schöne Beerdigung, und wenn dann Mamuschka plötzlich lebendig ins Zimmer kam, um mich gerührt in die Arme zu schließen, weil sie dachte, ich hätte sie so sehr vermißt, dann heulte ich noch viel mehr, aus Freude, daß sie noch lebte und auch aus Enttäuschung darüber, daß sie mich meinen Kummer nicht hatte auskosten lassen. Ich konnte ihr natürlich nichts von meinem Phantasieerlebnis berichten, ich konnte nur schluchzen und so viel Schokolade essen, wie ich von ihr bekommen konnte angesichts meines Trauerfalles.

Papuschka stand auf und wollte hinausgehen.

„Der Lebertran", sagte Mamuschka und holte die Flasche. Lebertran schmeckte abscheulich, und sie war nicht in der Lage, ihn mir einzuflößen. Das konnte nur Papuschka.

„Das ist gemein", schrie ich und hielt mir den Mund mit der einen Hand zu, während ich mit der anderen noch meine angeschlagene Backe rieb. „Nichts hat sich in Deutschland geändert, gar nichts nicht."

„Doppelte Verneinung", sagte Papuschka, „das ist eine Bejahung."

„Hier hat sich auch nichts geändert“, sagte ich, „ich muß weiterhin Calcipot und den doofen Lebertran schlucken, zweimal am Tag die Zähne putzen und mich auch dauernd waschen.“

Über meine Zähne wachte Papuschka mit Argusaugen, weil er immer sagte, Haut erneuere sich laufend, Zähne nur einmal, Gebisse zählten nicht. Mamuschka wachte über meine Reinlichkeit, obwohl sie wußte, daß die Haut sich laufend erneuern würde, die Wascherei sie also nur abnutzen könnte. Hinterher schmierte sie mich mit irgendeiner Hautcreme ein, natürlich nicht mit ihrer Mousoncreme, die war für mich zu schade. Wenn sie fort war, ging ich natürlich doch an ihre Mousoncreme. Ich hätte sie gerne, genau wie Mamuschka, sanft über mein Gesicht verteilt und unter den Augen zärtlich mit den Fingerspitzen eingeklopft, aber das hätte sie gerochen. Also drückte ich mir immer 1–2 cm davon auf die Zunge und aß sie genießerisch auf. Sie schmeckte ganz apart, auf jeden Fall viel besser als Niveacreme.

Papuschka nahm die Lebertranflasche, füllte einen Eßlöffel voll und sagte nur: „Mund auf“, und dann ging mein Mund irgendwie ganz automatisch auf. Manchmal schaute er auf meine in das Tischtuch gekrallten Hände, und dann blickte er zur Tür, und ich stand auch automatisch auf und bürstete mir die Fingernägel. Bei Papuschka lohnte es sich nicht zu protestieren, man zog den kürzeren, es war die reinste Zeitverschwendung.

In seiner arbeitslosen Zeit hatte Papuschka mal versucht, Zahnpasta zu verkaufen, aber Papuschka als Vertreter, das war natürlich ein Fiasko, obwohl er an Zahnpasta glaubte, er konnte nur nicht darüber reden. Seither hatte er aber meiner Meinung nach diese völlig sinnlose Zuneigung zum Zähneputzen und er schleppte mich auch mit großer Regelmäßigkeit dreimal im Jahr zum Zahnarzt. Ich kannte den Zahnarzt besser als meine Verwandtschaft, die ich weniger oft sah, und wenn ich keine Löcher in den Zähnen hatte, was der Arzt sehr lobenswert fand, schenkte er mir ein paar Bonbons, wohl damit ich welche bekäme, von lochlosen Zähnen konnte er schließlich auf die Dauer nicht existieren. Es waren knallrote Bonbons, die wie vergrößerte Himbeeren aussahen und ein wenig nach Himbeeren schmeckten. Ich machte immer einen Knicks und sagte: „Dankeschön, Herr Doktor“, und dann tätschelte er meine Wange und sagte zu Papuschka: „Sie ist so ein guterzogenes Kind.“

Draußen hielt Papuschka seine Hand auf und ließ sich die Himbeerbonbons geben. Seit er gesehen hatte, daß sie meinen Mund knallrot färbten und aus billigem Zucker hergestellt waren, durfte ich sie nicht mehr lutschen. Als Ersatz hatte er immer

Weingummibärchen mit, und pro Himbeere gab es drei Weingummibärchen. Bei Mamuschka hätte ich protestiert und um meine Himbeeren gejammert wie die Juden an der Klagemauer, bis ich mindestens fünf Gummibärchen pro Himbeere eingehandelt hätte. Aber Mamuschka war nicht Papuschka, und im Grunde war das auch gut so.

Wie die Juden an der Klagemauer jammerten, wußte ich natürlich nicht, ich hatte auch keine Ahnung, wo die Klagemauer sei und warum und wie sie da jammerten, es war nur so eine Redewendung, die grade schick war. Man mußte sie nicht verstehen, man mußte sie nur anwenden, genauso wie man sagte: „Gib nicht an wie ein nackter Neger", oder: „Hemd in der Hos' wie ein Franzos'."

Seit Hitler an der Macht war, hielt er Reden, und da Papuschka nicht viel sagte, fand Mamuschka Hitlers Redseligkeit gut. Sie legte sich bequem auf das Sofa, und dann quollen aus dem Volksempfänger Hitlers Rede und der Beifall seiner Anhänger, und aus Mamuschkas Mund quoll der Rauch einer Zigarette – beides schläferte mich ein, aber richtig einzuschlafen wagte ich nicht, denn dann sagte sie sofort: „Geh doch ins Bett, du hörst ja doch nicht zu."

Natürlich hörte ich nicht zu, aber natürlich wollte ich auch nicht ins Bett, ich nahm jede Gelegenheit, länger aufbleiben zu können, wahr; da kam mir Hitler grade recht. Da Papuschka wußte, ich würde die Hitlerreden mit offenen Augen verschlafen, ließ er mich gewähren. Er wollte wohl nicht riskieren, daß ich irgendwo behauptete, ich dürfe keine Hitlerreden anhören, wo das doch zur geistigen Leib- und Magenspeise für jeden Deutschen, egal wie alt, propagiert wurde. Hätte Hitler, der gut reden konnte, Zahnpasta verkauft und hätte dafür Papuschka, der nicht gern redete, Deutschland regiert, wäre das allen Deutschen besser bekommen. Dank Hitler hätten sie dann keine Löcher in den Zähnen gehabt und dank Papuschka keine Löcher in ihren Häusern.

Das Schlafzimmer meiner Eltern lag neben meinem Kinderzimmer, und ich hörte, wie Papuschka sagte, der Hitler sei niveaulos. Mamuschka sagte daraufhin, er solle sowas nicht sagen, und wenn er was sagen wolle, solle er es leise sagen, und außerdem sei es besser, er spreche russisch, worauf Papuschka meinte, wenn sie Angst hätte, ich könne etwas mithören, dann müsse er wohl französisch sprechen, aber das sei ihm im Bett zu mühsam, er sei nämlich müde. „Als ob das was Neues wäre", sagte Mamuschka.

„Wenn du nicht den Hitler anhören würdest, sondern ins Bett

gehen, dann würde Natalia sicher schon fest schlafen und ich wäre vielleicht noch munter", flüsterte Papuschka.

„Dich machen nur alte Akten munter", flüsterte Mamuschka zurück. „Das hast du deinem Hitler zu verdanken", sagte Papuschka, der seit der Machtübernahme aus seinem Hobby, der Genealogie, einen Beruf gemacht hatte.

Am nächsten Tag erzählte ich meiner Freundin Illa, daß der Hitler niveaulos sei; aber sie meinte, mein Vater sei zwar ein kluger Mann, aber diesmal hätte er nicht recht, denn wo Hitler sei, sei nicht nie wo was los, sondern sehr viel was los, Pauken und Trompeten und Bumstrallala.

„Habt ihr eigentlich schon eine Fahne?" fragte sie mich. Ich mußte leider verneinen, denn sie meinte natürlich eine rote mit schwarzem Hakenkreuz drauf, und wir hatten nur die deutsche Kriegsflagge, mit der wir unser Haus beflaggten. „Für wichtige Dinge ist bei uns nie Geld da", sagte ich bedauernd, „nur immer für unwichtige wie Lebertran und Klavierstunden."

Illa sagte: „Der Kaminski war bei uns, ich meine, der Ortsgruppenleiter, und der sagte, das mit eurer Fahne ginge sowieso nicht mehr so weiter, eure Fahne erinnere an den verlorenen Krieg, die rote Fahne aber erinnere daran, daß Hitler Deutschland geeint hätte, natürlich nur die mit dem Hakenkreuz drauf." „Meine Eltern hat sie aber nicht vereint, aber wir haben ja auch noch keine, vielleicht liegt das daran. Seit Hitler da ist, verstehen sie sich nicht mehr, auf jeden Fall verstehen sie sich nicht wegen Hitler, wenn du verstehst, was ich meine." Ich redete durcheinander und wußte nicht, wie ich es ihr erklären sollte, daß sich einerseits seit Hitlers Machtübernahme gar nichts bei uns geändert hatte, andererseits aber seither Spannungen da waren, die vorher nicht existiert hatten. Da ich nicht recht wußte, zu wem ich halten wollte oder sollte, konnte ich mich auch nicht klar ausdrücken.

„Ich glaube, es kommt daher, weil ihr Ausländer seid, ich meine deine Eltern, du natürlich nicht", sagte Illa, „du bist ja in Deutschland geboren." „Was heißt das schon", sagte ich empört, „ein Pferd, welches im Kuhstall geboren wurde, ist keine Kuh, und wenn ich in Mesepotamien geboren worden wäre, wäre ich dann keine Deutsche? Ich wäre doch kein Mesepotamier, es sei denn, ich hätte mesepotamische Eltern, und wenn meine Eltern Ausländer sind, wie kann ich dann Deutsche sein? Wenn Mamuschka das hört, kriegt sie einen Schlaganfall, sie sagt auf jeden Fall immer, sie sei eine gute Deutsche."

„Na ja, deine Mutter vielleicht", meinte Illa, „deine Mutter mag auch jeder, aber bei deinem Vater weiß man das nicht so genau."

„Ich hau dir gleich eine runter", sagte ich, „und das hast du dann auch Hitler zu verdanken."

„Wo liegt eigentlich Mesepotamien?" fragte Illa.

„Was weiß ich", antwortete ich.

„Na, dann brauchen wir uns ja auch nicht zu zanken", meinte Illa, und das fand ich eigentlich auch.

6. Kapitel

Pfundspende

Nach den Aufregungen von Rußland war für Mamuschka eine Ehe mit nur einem Kind langweilig. Sie wollte Betätigung, Bestätigung, Anerkennung, und dafür waren Papuschka und ich nicht die richtigen Objekte. Also trat Mamuschka in die Frauenschaft ein. Aber eine Dame, die mit russischem Akzent sprach, konnte in einer Dorffrauenschaft keinen Blumentopf gewinnen, sie war eine Außenseiterin. Den Zusammenkünften blieb sie bald fern, war aber bereit, die Pfundspende zu sammeln. Gegen Hitlers Sammelwut war Papuschkas Steinleidenschaft gar nichts. Mit mußte ich mit beiden, denn Mamuschka wollte nicht zugeben, daß sie sich allein ein wenig genierte. Sie genierte sich für die, die nicht erst aufmachten, weil sie schon durch das Fenster gesehen hatten, daß einer sammeln wollte, und für die, die weniger gaben, als sie gekonnt hätten. Manche gaben mehr, als sie eigentlich vermochten, – wir zum Beispiel, und dann genierte Mamuschka sich auch.

„Für wen sammeln wir eigentlich das ganze Zeug?" fragte ich.

„Hitler will, daß gesammelt wird, also im gewissen Sinne für ihn", sagte Mamuschka.

„Ich wünschte, Hitler hätte es an der Galle wie Papuschka", meinte ich, „dann hätte er kein Interesse an Hülsenfrüchten. Linsen und Bohnen werden nämlich am meisten gestiftet."

„Es ist für einen guten Zweck", erklärte Mamuschka, „es gibt viele Menschen, die davon satt werden."

„Jedes Böhnchen gibt ein Tönchen", sagte ich.

„Schäm dich", sagte Mamuschka, aber ich dachte nicht daran.

Am unangenehmsten war es, wenn wir bei Frau Kaub sammeln mußten. Frau Kaub putzte zweimal in der Woche bei uns, und wenn sie ging, borgte sie fast jedesmal irgend etwas, was sie angeblich vergessen hatte zu besorgen, mal Eier, mal Zucker, mal Mehl oder sonstwas.

„Ich arbeite dann nächstes Mal etwas länger", sagte sie immer, aber wenn sie wirklich länger blieb, dann arbeitete sie nicht, sondern trank unseren Bohnenkaffee und versorgte Mamuschka mit Neuigkeiten.

„Wissen Se", (sie versuchte immer hochdeutsch zu reden mit uns) sagte Frau Kaub, „ihr Vortrag üba Rußland war ja ganz schön", und sie wischte sich mit dem Handrücken über den feuchten Mund, „bloß jeglobt hat det natürlich keener. Nüscht für ungut, aber wenn man Se wirklich im Winter zwischen die Leichen jelegt hätte, weil man die nich beerdigen konnte und dachte, Se seien auch schon mausetot, obwohl Se det noch nich waren, dann hätten Se jetzt wohl nich so schöne weiße Beene, wie Sie haben, sondern blaue."

Mamuschka lächelte resigniert und sagte nur: „Na, dann bis nächste Woche." „Was ick noch sagen wollte", meinte Frau Kaub, „es is mir immer so peinlich, wenn Se bei mir sammeln kommen. Können Se mir nicht een Pfund Linsen geben, Ihr Mann ißt die doch sowieso nich, wo er es mit der Galle hat. Ich weiß ja, Sie müssen überall bimmeln, und ick nehm Ihnen das ja auch nich übel. Andererseits will ich ja auch nich, daß die Leute denken, ick würde nichts geben wollen."

„Schon gut, Frau Kaub", sagte Mamuschka und gab ihr die Linsen und ein andermal Erbsen oder Zucker. Ein Viertel der Pfundspenden kamen bestimmt aus unserem eignen Küchenschrank, obwohl wir uns das nicht leisten konnten.

Die ganze Mitgliedschaft bei der Frauenschaft war eine beschämende Angelegenheit geworden.

„Mamuschka hat den sozialen Tick", sagte Papuschka, „dagegen kann man nichts machen. Wenn andere einen Finger geben, muß Mamuschka die ganze Hand geben. Den Tick hat sie in Sibirien bekommen, damit muß man leben."

In erster Linie mußte ich damit leben, denn wer eine soziale Ader hat, hat meistens auch ein weites Herz. Mamuschkas Adern waren der reinste Landwehrkanal, in dem sich alle möglichen Individuen tummelten. Eine davon war Fräulein Wolff, zu der sie mich immer mitschleifte. Fräulein Wolff war eine alte, spindeldürre Jungfer, die mit drei spindeldürren Katzen in einer Gartenlaube wohnte. Sie roch immer nach ungelüfteten Kleidern und verschimmeltem Käse, obwohl bei drei Katzen sicher kein Käse Zeit hatte, schimmelig zu werden. Sie nannte Mamuschka

„Durchlaucht", dabei stank sie selber nach Lauch. Im Sommer beglückte sie uns mit ihrer händeküssenden Dankbarkeit und machte sich nützlich. Sie putzte Gemüse oder Silber, und ich war froh, daß Mamuschka alles hinterher sehr sorgfältig spülte.

Fräulein Wolff war durch die Liebe zu ihrem Chef erst um die Jungfräulichkeit und dadurch auf den Hund gekommen, dann in die Gartenlaube und auf die Katzen. An ihr konnte ich sehen, wohin einen die Liebe und ein Chef bringen konnten, und ich nahm mir vor, mich vor beidem höllisch in acht zu nehmen.

7. Kapitel

Schulanfang

Man sagt, wenn man in die Schule käme, beginne der Ernst des Lebens. Mir aber machte die Schule Spaß, da war viel mehr los als bei uns zu Hause. Da es bei uns nur wenige Häuser und darum auch nur wenige Kinder gab, hatten wir auch nur eine kleine Schule. Sie bestand aus zwei Schulklassen, einem Flur, einem Schulhof und aus zwei Klos auf dem Schulhof. Zwei mußten es sein, denn eins war für die Mädchen und eins für die Jungen. Das gehörte sich so, weil unsere Pos verschieden waren. Ich meine nicht hinten am Po, sondern vorne am Po. Zum Glück gab es nicht noch ein evangelisches und ein katholisches Klo, dann hätten wir vier gebraucht, und vier Klos und zwei Klassenräume, das wäre dann doch keine Relation gewesen. Zu Beginn eines neuen Schuljahres wurden die Klos neu gestrichen, damit die alten Sprüche entfernt wurden und Platz für neue entstand.

„Fräulein Rieger ist doof", das stand sicher in beiden Klos, denn Fräulein Rieger war unsere Lehrerin, die uns immer Dinge abfragte, die sie viel besser selber wußte. Wir hatten auch noch einen jungen Lehrer, aber „Herr Anders ist doof", das traute sich niemand an die Klowand zu schreiben. Fräulein Rieger ging ja nicht auf unsere Klos, aber Herr Anders grauste es vor nichts, der steckte seine Nase überall hinein, er war außerdem Parteigenosse.

Am ersten Schultag bekam ich von Mamuschka eine große Tüte voller Süßigkeiten, damit mir der Ernst des Lebens versüßt wurde. Ich versaute mir aber nur den Magen damit und fehlte dann am zweiten Schultag. Am dritten erschien ich wieder und lernte mit den anderen das Schreiben, Lesen, Rechnen, Singen, Handarbeiten, natürlich auch Religion und Turnen. In Religion war ich gut, weil die Bibel und die Witzseite der Illustrierten meine Lieblingslektüre waren, und im Turnen war ich sehr gut, weil ich ja mein Leben lang auf Bäumen rumgeklettert war. Da ich jetzt mit Kindern zusammenkam, mit denen ich vorher nicht zusammenkommen durfte, machte meine Aufklärung große Fortschritte. Pinkelpaul war der Dümmste in der Klasse, aber auf dem Schulhof konnte man eine Menge von ihm lernen. Er zeigte auch in einer Hofecke bereitwillig, was er vorn am Po hatte, und erklärte uns auch, daß es keinen Storch gäbe, der Kinder bringen könnte.

„Hätt ich mir doch denken können", sagte Sigi, „so ein Baby ist doch viel schwerer als ein Storch, wie soll er das denn im Schnabel tragen?"

Ich dachte scharf nach.

„Da hast du recht", meinte ich, „aber so genau weiß man das nicht zu bestimmen, eine Kornähre ist auch viel schwerer als der Strohhalm, und der Halm trägt sie doch."

„Pinkelpaul ist so doof, der tut immer nur so, als wüßte er was", sagte Illa, „auf jeden Fall hab ich Zucker gestreut, und der ist weg."

„Ich habe auch schon Zucker gestreut, aber den frißt immer die Katze", sagte ich, „kein Wunder, daß ich keine Schwester bekomme."

Trotzdem raste ich beim Klingeln sofort aus der Schule, um Mamuschka von Pinkelpauls Behauptung zu erzählen. Die Schule lag ja am Ende der Wiese, die wir vor dem Haus hatten, und dicht daneben hatte Leni ihren kleinen Laden. Es war ein Tante-Emma-Laden, in dem es alles zu kaufen gab, was man für das tägliche Leben braucht. Als ich an Lenis Laden vorbei war, kehrte ich noch einmal um. Sooo eilig hatte ich es ja nun doch nicht, mir den Lenibonbon entgehen zu lassen. Meistens war es ein Sahnebonbon, und der klebte einem schön lange zwischen den Zähnen. Man konnte ihn auch herausziehen und wieder hineinschieben, das war beinahe wie Kaugummi, den wir damals noch nicht kannten.

Leni hatte gerade Kundschaft und schöpfte mit einer großen Kelle gelbgrünes Mus in eine Schüssel. Mir lief das Wasser im Munde zusammen. Apfelmus, mein Leibgericht! Ich machte begehrliche Augen, und Leni fragte: „Na, willst du mal probieren?"

Und ob ich wollte. Ich schloß genießerisch die Augen und machte den Mund ganz weit auf. Leni schob mir großzügig eine Kelle voll in den Mund . . ., und dann spuckte ich. Pfui Teufel, das schmeckte ja widerlich. Es war nicht Apfelmus, sondern Schmierseife. Ich spuckte und spuckte, die Augen tränten mir und ich schrie: „Du bist gemein, nie, nie wieder kaufe ich bei dir ein.“

Zu Hause wusch Mamuschka mir den Mund aus, und ich weinte herzzerreißend, damit sie auch richtig ermessen können sollte, welche Gemeinheit mir durch Leni widerfahren war.

„Ich schau Leni nicht mehr an“, schluchzte ich, „und wenn Tante Doretta mir wieder 10 Pfennige schenkt, kaufe ich mir keine Bonbons bei Leni, sondern zieh mir Pfefferminz aus dem Automaten am Bahnhof.“ Ich wollte Leni richtig schädigen. Mamuschka tröstete mich, aber sie wußte ganz genau, daß wir doch immer wieder bei Leni einkaufen würden, denn erstens war es der einzige Laden in der Nähe, und zweitens konnten wir da anschreiben lassen. Das hatte auch den Vorteil, daß Mamuschka mich zum Einkaufen schicken konnte und nicht fürchten mußte, ich würde bei meiner Hopserei das Geld verlieren; es hatte aber den Nachteil, daß man nie genau wußte, ob man nicht schon wieder einmal mehr eingekauft hatte, als man sich eigentlich erlauben konnte. Wenn man in dem Karussell einmal drin war, kam man so leicht nicht wieder heraus. Am Anfang des Monats zahlte man seine Schulden, und dann war meistens nicht genug übrig, um einen weiteren Monat davon leben zu können, *ohne* anschreiben zu lassen.

„Ich habe dir schon hundertmal gesagt, daß du vor dem Mittagessen keine Bonbons von Leni essen sollst“, sagte Mamuschka vorwurfsvoll, „das ist nun die verdiente Strafe.“

„Ein einziger Sahnebonbon ist überhaupt noch gar keine richtige Süßigkeit“, sagte ich. Ich wollte Mitleid und nicht Schimpfe. „Außerdem war es Schmierseife, kein Bonbon.“

„Ich weiß aber, daß du einen Bonbon wolltest“, sagte Mamuschka.

„Du weißt nicht mal, daß der Storch keine Kinder bringt“, sagte ich, und Mamuschka wurde etwas weiß um die Nase. Wahrscheinlich fürchtete sie, man hätte ihr kleines Mädchen unschön aufgeklärt.

„Nata“, sagte sie und zog mich auf ihren Schoß, „der Storch bringt keine Kinder, das stimmt.“ Und dann erklärte sie mir, daß die Babies unter dem Herzen der Mutter heranwachsen.

„Das ist aber unpraktisch“, fand ich, „unter dem Herzen sitzt gleich der Magen, dann kann man ja vor lauter Baby nichts mehr essen.“

„Nicht im Magen, unter dem Herzen“, sagte Mamuschka, weil das natürlich viel romantischer klang als „im Mutterleib“.

„Ich hätte aber doch lieber ein Baby im Bauch“, sagte ich nach einigem Überlegen, „da ist mehr Platz. Weiß Papuschka auch, daß ich unter deinem Herzen oder wo auch immer 'rangewachsen bin?“

Nun bekam Mamuschka doch wieder Farbe ins Gesicht. Nun wußte sie, ich war noch nicht häßlich aufgeklärt worden, nur so ein bißchen, und das schadete ja nicht. Ich aber nahm mir vor, noch mehr darüber herauszubekommen. Zuerst aber wollte ich Illa aufklären, denn was nützt einem alles Wissen, wenn man nicht damit angeben darf. Wissen war erst schön, wenn man andere, die weniger wußten, damit ärgern konnte.

8. Kapitel

Roths

Illa hieß eigentlich Ilse Roth. Roths wohnten in dem Haus nebenan und hatten zwei Kinder, womit sie bevölkerungspolitisch an der Spitze lagen. In den fünf Häusern, die Papuschkas frühere Firma für die besseren Angestellten hatte bauen lassen, gab es nur fünf Kinder. Als bei Roths noch ein Nachzügler kam, waren es sechs. Illa war ein Jahr jünger als ich und dadurch, daß sie einen älteren Bruder hatte, interessanter als sie es normalerweise für mich gewesen wäre. Illas Vater war Ingenieur, aber wir verkehrten nicht mit Roths, d.h. meine Eltern nicht, ich dafür umso mehr. Ich war mehr drüben bei Roths als zu Hause, wenn Illa auch ihres Alters wegen nicht meine Busenfreundin werden konnte. Das war Sigi. Illas Bruder gab sich natürlich wenig mit uns ab, aber da er alleine nicht spielen konnte, brachte er uns Rommé bei und lehrte uns nach der Melodie „Träume von der Südsee“ und „Ich pfeif heut Nacht vor deinem Fenster“ die ersten Tanzschritte. Bald spielten wir Rommé, wo wir standen, saßen oder lagen, im Zimmer, auf der Wiese, auf dem Baum und im Bett. Rommé war eine große Bereicherung unseres Lebens.

Wenn wir mit Roths auch nicht verkehrten, so pflegten wir doch gutnachbarliche Beziehungen. Unsere Mütter tauschten Rezepte, gute Ratschläge und manchmal auch ihre Kinder aus. Illa schlief aber viel öfter bei uns als ich bei ihr, weil ihre Mutter den Reisefimmel hatte. Den hatte sie schon vor Hitler und erst recht danach. Das hatte allerdings mehr mit Herrn Roth zu tun als mit Hitler. Sie mußte ab und zu mal weg, um ihn wieder ertragen zu können. Dabei, wenn man es vom Tragen her betrachtete, hatte

Herr Roth bestimmt schwerer zu tragen als sie, denn er war klein und schlank, wenn auch zäh, und sie war etwas größer, rundlich und beinahe doppelt so schwer wie er. Er hätte sie also beim besten Willen nicht auf Händen tragen können, selbst wenn er gewollt hätte. Aber er wollte erst gar nicht, er wollte lieber malen oder im Garten arbeiten. Im Garten malte er im Grunde auch, wenn auch nur im übertragenen Sinne, denn seine Beete sahen immer aus wie hingemalt.

„Wie hingepinselt, so akkurat", sagte Papuschka, und man wußte nicht recht, ob das nun ein Kompliment war oder nicht.

Das Gemüse von Herrn Roth war auch ein Gedicht, obwohl er ja ein Hobbymaler und kein Hobbydichter war.

Wenn Papuschka und Herr Roth in ihren Gärten waren, sagten sie schon mal freundlich „Guten Morgen" über den Gartenzaun. Herr Roth fand unseren Garten natürlich vergleichsweise mickrig. Zu viele Steine und zu wenig Gemüse. Dabei war wenig Gemüse schon übertrieben, denn bei uns gab es überhaupt kein Gemüse, nur Obstbäume und andere Bäume, Blumen, Sträucher, Beerenbüsche und Tomaten. Da ich Tomaten aß wie Äpfel, obwohl man damals noch behauptete, das sei ungesund, rechneten Tomaten bei uns zum Obst. Als Mamuschka klein war, behauptete man, Bananen seien für Kinder ungesund. Bananen aß ich auch in rauhen Mengen, schon wegen Mamuschkas Affenliebe. Für ihr Kind war nichts zu teuer. Rhabarber gab es auch in unserem Garten, und der war sogar üppiger als der von Roths, obwohl wir ihn nie düngten.

„Iß nie Rhabarber von anderen Leuten", sagte Papuschka, „er könnte gejaucht worden sein."

In unserem Garten gab es natürlich auch viele Blumen. Die Bäume, die hatte Papuschka einfach stehen lassen, weil früher Wald gewesen war, wo jetzt die Gärten waren. Wenn wir auch keinen nützlichen Garten hatten, so hatten wir doch einen, der schön war zum Spielen, zum Verstecken und zum Ballen. Da Papuschka den Steintick hatte, gab es auch viele Steine bei uns, der halbe Garten war ein Steingarten, und der Steingarten war ein Dorn in Mamuschkas Augen.

Ich beneidete Illa um viele Dinge, wenn ich es auch nicht sagte. Ich beneidete sie um ihre Korkenzieherlocken, die Frau Roth am Samstag immer auf Seidenpapier wickelte. Bei meinen Schnittlauchlocken war das ein hoffnungsloses Unterfangen. Ich beneidete Illa um ihre frühwinterlichen blauen Beine, denn Illa durfte noch Kniestrümpfe tragen, wenn ich längst in von Grand Tante gestrickte lange Strümpfe gesteckt worden war. Die wurden außerdem, wie peinlich, an einem Leibchen angeknöpft. Ich beneidete Illa um den Muckefuck, den es bei ihr zu trinken gab, und um die Nußtorte, die sie immer zum Geburtstag gebacken bekam, während es bei uns immer nur den obligatorischen baltischen Kringel gab, das war eben Tradition. Ich beneidete Illa auch um ihre fortschrittliche Mutter, die so oft verreiste und Illa nicht mitnahm. Wenn Mamuschka verreiste, mußte ich immer mit, und das war gar keine Erholung, weil ich mich auch dann waschen und die Zähne putzen mußte. Illa hatte es da besser, denn sie durfte, wenn ihre Mutter verreist war, Katzenwäsche machen und das Zähnputzen auslassen, weil sie für diese wichtigen Tätigkeiten nach Hause ging. Mamuschka meinte, Illa sei so an zu Hause anhänglich, dabei wollte sie nur ihrem Wasch- und Putzfimmel entgehen.

Ich beneidete Roths um ihr Grammophon, und da Zarah Leander sang, eine Frau würde erst schön durch die Liebe, verliebte ich mich in Illas Bruder und hoffte, nun würde ich auch schön werden. Als ich nach einiger Zeit keine wesentlichen Veränderungen bei mir feststellen konnte, entliebte ich mich wieder. Als Illa dann einen kleinen Bruder bekam, beneidete ich sie auch darum. Ich wünschte mir eine Babypuppe, die ich wickeln konnte wie man Illas Bruder wickelte, und weil Frau Roth sich erkenntlich zeigen wollte dafür, daß Illa bei uns schlafen durfte, während sie auf dem Reichsparteitag in Nürnberg war, schenkte sie mir eine.

Ich goß ihr oben so viel Milch in den Mund, bis es ihr unten bei den Schenkeln wieder herauslief, das war dann beinahe so wie bei Illas Bruder. Ich hatte natürlich unzählige Puppen in allen Größen, aber geliebt habe ich nur drei davon. Die erste war so groß wie ich, darum hielt ich sie auch für so klug wie mich. Ich setzte sie auf die Schaukel und schubste an. Sie fiel runter und ging kaputt. Nun konnte ich in ihren Kopf hineinsehen, und ihre schönen Augen waren nur häßliche dicke Kugeln. Ich brüllte vor Kummer und Enttäuschung und weil die Dinge von innen oft ganz anders aussahen als von außen. Dann bekam ich eine neue Puppe mit echtem blondem Haar und blauen Augen. Ich setzte sie nicht auf die Schaukel, weil ich wußte, sie wäre zu dumm dafür, also kämmte ich ihr die Haare, bis sie Papuschkas aristokratische Glatze aufwies, und dann liebte ich sie.

Illa mußte auch nicht abends so viel beten wie ich, weil sie noch nicht so viele Verwandte hatte, die bereits auf dem Weg in den Himmel waren. „Lieber Gott, nimm den und den und den in den Himmel“, betete ich jeden Abend und nannte alle beim Namen. Wenn sie nicht hineingekommen sind, lag das auf jeden Fall nicht an mir, aber ich hoffte, wenn sie drin waren, würden sie mir einen Platz frei halten.

„Wann weiß man eigentlich, wann man aufhören kann zu beten?“ fragte ich Sigi, aber die wußte es auch nicht genau, obwohl sie katholisch war. „Bis zum Himmel ist es weit“, sagte sie, „da kann man lange fliegen. Aus dem Fegefeuer kommt man auch nur schwer heraus.“

„Meine Großväter waren wundervoll, die sind nicht im Fegefeuer“, sagte ich, „außerdem waren sie ja auch nicht katholisch.“

„Das ist schade“, sagte Sigi, „denn Hitler ist auch katholisch.“

„Hitler ist gar nichts“, sagte ich, „schon aus dem Grunde, daß es keine Streiterei gibt. Darum hat er sich entschlossen, gar nichts zu sein.“

9. Kapitel

Steinzeit – Eiszeit

In der Mark Brandenburg gab es viele Moränen. Erst war das Eis da, dann die Steine, bei uns war es umgekehrt. Wenn Papuschka und ich Steine nach Hause brachten, setzte bei Mamuschka die Eiszeit ein. Im Frühjahr und im Winter konnte sie sich von unserer Sammelleidenschaft erholen, im Sommer und im Herbst aber gingen wir dieser Leidenschaft nach.

„Gehst du mit?“ fragte Papuschka nur, und dann wußte ich schon, was los war. Wir machten keine Pläne, wir gingen ganz einfach los, und wir gaben auch nie zu, daß wir Steine suchen wollten, wir fanden sie ganz einfach. Wer einen Steinsinn hatte, fand in der Mark Brandenburg immer Steine, mehr als er und bestimmt mehr als Mamuschka wollte.

„Wann kommt ihr wieder?“ fragte sie jedesmal, aber wie sollten wir das im voraus wissen? Wir gaben nie eine Antwort, weil man nicht sagen kann, was man selber nicht weiß.

„Bringt bloß nicht wieder Steiner mit“, sagte sie. Wir kicherten, weil es komisch klang, wenn Mamuschka deutsch redete. Seit Hitler an der Macht war, gab sie sich große Mühe damit.

„Unser Garten ist der reinste Kamenolomnja“, rief sie, „dowolno, genug!“ Wir taten, als hörten wir nicht. Unseren schönen Steingarten einen Steinbruch zu nennen, das ging über die Hutschnur, wir ignorierten es.

Papuschka ließ mich nie vorweggehen, wie andere Väter, sondern ich ging hinter ihm her und hopste mich erstmal aus. Danach ging ich dann ganz von selber brav neben ihm her, und er erklärte mir die Pflanzen und Bäume und lehrte mich, die Vogelstimmen zu erkennen. Oft fanden wir auch Beeren, die wir uns schmecken ließen, und ich lernte, wie sie hießen. Alle Beeren hatten drei Namen, einen russischen, einen baltischen und einen deutschen. Das war eben der Nachteil, wenn man, wie ich, ein Mischlingskind war. Dabei mußte ich noch froh sein, daß es nur drei waren, denn eigentlich war ich eine Sechs-Länder-Mischung.

Manchmal brachte ich die Namen in der Schule durcheinander und sagte Strickbeeren anstatt Preiselbeeren und die Lehrerin schaute dann so, als hätte ich mir den Namen nur ausgedacht.

Da ich klein war, hätte ich lieber kleine Steine gesammelt, solche, die schöne Maserungen hatten und bunt aussahen, aber da Papuschka große Steine wollte, tat ich so, als wolle ich auch nur große.

Wenn wir schöne Steine gesehen hatten, merkten wir uns die Stelle und gingen dann heim, um leise einen Leiterwagen zu holen. Wir waren leise, damit Mamuschka mit dem Einsetzen der Eiszeit noch ein wenig warten konnte. Sie sollte ja Kuchen backen und den Samowar anheizen, und wenn sie gemerkt hätte, daß wir den Leiterwagen holten, wäre ihr vielleicht die Lust dafür vergangen.

Mamuschka fand, Steine in unserem Garten seien so unnötig wie ein Kropf am Hals, und wenn wir mit dem Leiterwagen zurückkamen, jammerte sie: „Gospodi, Gospodi, schon wieder Steine, wohin nur mit all den Steinen", und die Eiszeit setzte ein. Sie stand meistens schon vor der Tür, weil wir uns fast immer verspäteten.

„Die Steine kommen in den Garten", sagte ich, „wohin denn sonst? Schließlich heißt es ja Steingarten."

„Wir haben keinen Garten, sondern ein Steinfeld", sagte Mamuschka eisig und ging ins Haus.

„Unser Steingarten hat doch seinen Namen zu Recht", meinte ich. „Roths nennen ihre paar Steine Alpengarten, und ich hab noch nie keine Alpen dadrin gesehen."

„Nata, sprich vernünftig", sagte Papuschka, „seit du in der Schule bist, sprichst du schlechter als vorher."

„Das kommt von dem guten Umgang", sagte ich entschuldigend und dachte dabei an Pinkelpaul und die anderen Ausländerkinder. Ausländerkinder waren alle, die *nicht* in unseren fünf Häusern wohnten.

Wir luden die Steine ab, und es dauerte eine Weile, bis wir sie alle richtig plaziert hatten. Mamuschka hatte in der Zwischenzeit Gelegenheit, sich wieder ein wenig zu erwärmen und sich mit dem Unvermeidlichen abzufinden.

Und dann saßen wir endlich am Samowar und ließen uns den Kuchen gut schmecken. Ich staunte immer, wie viel Kuchen in Papuschka hineinging, der sonst sehr mäßig aß.

Nach dem fünften Stück sagte er: „Eigentlich mag ich keinen Backpulverkuchen." „Warum denn nicht?" fragte ich erstaunt, „da hab ich aber nichts von gemerkt." „Ach, weißt du", meinte Paps, „nach dem siebten Stück schmeckt das Backpulver durch", und nahm sich noch ein Stück.

„Dann iß halt nur sieben", schlug ich vor und machte dazu ein Gesicht wie Grand Tante, die immer sagte, man dürfe als guterzogenes Kind nie so viel essen, daß man nichts mehr essen könne. „Wenn es am besten schmeckt, dann muß man aufhören", sagte sie, das Dumme war nur, daß ich nie wußte, wann es mir am besten schmeckte. Mir schmeckte es immer, und dann war ich plötzlich von einer Sekunde auf die andere plumpsatt.

„Na, willst du noch ein Stückchen?" fragte Papuschka, und ich antwortete: „Nein danke, ich glaube, ich habe genug", dabei wußte ich natürlich ganz genau, daß ich mehr als genug hatte. Aber das wäre unfein gewesen. Da Mamuschka hereingekommen war, setzte ich hinzu: „Ich möchte auch nicht, daß das Backpulver durchschmeckt!"

„Nun sag doch was, Boriiiis!" sagte Mamuschka und schaute Papuschka an. Aber der wollte sich den Kuchen schmecken lassen und nicht erziehen. Ich rollte meinen Daumen und meinen Zeigefinger zusammen zu einem Ring und hob ihn an das Auge wie Grand Tante ihr Pincenez und sagte: „Essen Sie, liebe Gäste, kriegen doch die Schweine." Auf russisch klang das netter und war eine höfliche Aufforderung an die Gäste, tüchtig zuzulangen, sie würden einen nicht schädigen dadurch.

„Nun sag doch was, Boris!" sagte Mamuschka zum zweitenmal, aber Papuschka nahm seine Zigarre und verschwand ins Herrenzimmer.

„Ich muß arbeiten", sagte er, „und ich will meine Ruhe."

„Wenn Paps seine Ruhe will, dann kriegt er sie", sagte ich, „wenn ich meine Ruhe will, krieg ich sie nie."

„Papuschka hilft vielen Menschen", sagte Mamuschka, „und das kann er nur zu Hause, und dazu braucht er Ruhe."

Das stimmte, denn Papuschka brachte es fertig, manchmal einen jüdischen Großvater verschwinden zu lassen, und das war damals eine große Hilfe. Wenn man allerdings zwei hatte, dann konnte auch Papuschka nichts machen.

10. Kapitel

Großväter werden wichtig

Irgend jemand drückte penetrant auf die Türklingel, und Papuschka haßte das. Er ging auf den Flur, schob die Scheibengardine ein wenig zur Seite, und als er sah, wer draußen stand, ging er auf die Toilette. Es klingelte nochmal, und Geroi bellte wie verrückt.

Als Papuschka von der Toilette kam, sagte Mamuschka vorwurfsvoll: „Es hat doch geklingelt, ich dachte, du machst auf."

„Der widerliche Kerl ist draußen", sagte Papuschka und verschwand im Herrenzimmer.

Mamuschka stürzte förmlich an die Tür, denn sie wußte genau, wen Paps meinte, wenn er widerlicher Kerl sagte.

„Guten Morgen, Herr Ortsgruppenleiter", sagte Mamuschka, „kommen Sie doch herein."

„Heil Hitler", sagte der Ortsgruppenleiter, „ich dachte schon, es sei nur der Hund da, gnädige Frau."

„Entschuldigen Sie, der Hund bellt immer so, man kann kaum was hören." Sie führten den Herrn OGL, wie wir ihn nannten, in das Herrenzimmer zu Paps, aber der war inzwischen rausgegangen und in der Küche.

„Mein Mann kommt gleich, nehmen Sie doch bitte Platz", sagte Mamuschka, „ich hole uns eine Tasse Kaffee."

„Vielen Dank, keine Umstände bitte", erwiderte der OGL, knallte die Hacken zusammen und setzte sich.

Als Papuschka kam, stand er wieder auf, streckte den Arm aus zum Hitlergruß, knallte erneut die Hacken zusammen und grüßte. Dann streckte er Papuschka die Hand hin, der sie übersah.

„Guten Tag, Herr Kaminski", sagte Papuschka, „was führt Sie zu mir? Bitte nehmen Sie doch Platz."

Herr Kaminski setzte sich, Papuschka blieb stehen. Er lehnte sich an den Schreibtisch, unter dem ich immer saß, wenn ich nicht unter dem Eßzimmertisch hockte.

„Ich brauche einen Stammbaum", sagte der OGL, „*dringend*".

„Ich bin keine Baumschule", sagte Paps.

„Sehr spaßig, haha", lachte der OGL und nahm einen Schluck

Kaffee. „Ich brauche Ihre Hilfe", sagte er dann. Geroi bellte noch immer, er haßte Uniformen. „Können Sie den Köter nicht beruhigen, man versteht ja sein eigenes Wort nicht." „Der Köter ist ein reinrassiger Dackel mit einem sehr langen Herkommensbescheid. Sechs Generationen, so mancher würde ihn darum beneiden heutzutage."

„Bei Dackeln ist das einfacher, da lebt jede Generation nicht so lange", sagte der OGL, der grade dabei war, den Wert eines guten Stammbaumes schätzen zu lernen, und da er noch keinen hatte, sollte Papuschka ihm einen erstellen. Papuschka arbeitete ja im Reichssippenamt, und außerdem befaßte er sich mit Geschichte und Rassenkunde. Er wußte darum ganz genau, wie dumm es war, wenn Hitler lauter blonde, blauäugige Frauen mit blonden, blauäugigen Männern kreuzen wollte, um dann eine blonde, blauäugige Herrenrasse zu bekommen.

„Wenn Hitler lange genug leben könnte, würde er sein blaues Wunder erleben", sagte Papuschka, „Blonde, Blauäugige und Blöde."

Der OGL aber glaubte an Hitler, zumal er selber weit davon entfernt war, dem arischen Herrenmenschen zu ähneln. Braun und braunäugig war er, von innen und von außen, und schwarzhaarig, genau wie sein Idol.

„Warum kaufen Sie sich nicht eine Ahnentafel, Herr Kaminski, füllen sie aus und lassen sie dann bestätigen?"

„Das ist es ja eben", sagte Herr Kaminski und rutschte auf seinem Stuhl ein wenig nach vorn, als würde es ihm heiß zwischen den Beinen, „mir fehlen einige Dokumente."

„Schreiben Sie an das Pfarramt", riet Papuschka.

Der OGL rieb sich die Stirn mit einem braunen Taschentuch. Er wollte doch Karriere machen und vielleicht Kreisleiter werden. Aber ohne Stammbaum keine Karriere, er brauchte einen Stammbaum, an dem garantiert kein Jude gebaumelt hatte.

„Meine Mutter hatte keinen Mann", sagte Herr Kaminski, „ich meine, sie hatte natürlich einen Mann, aber keinen Ehemann, und ich habe keine Urkunde, um beweisen zu können, daß ich geboren bin."

„Jede Geburt wird registriert", sagte Papuschka, „wo sind Sie denn geboren?" Herr Kaminski war im polnischen Korridor geboren worden, und nun sollte Papuschka einen Salon draus machen. Aber wenn man Kaminski mit i am Ende hieß, dann konnte man nur schwer Karriere machen, denn i war meistens polnisch.

„Sie haben doch Beziehungen", sagte der OGL zu Papuschka, „auf Geld soll es mir nicht ankommen. Jetzt brauche ich Sie, aber eines Tages können Sie vielleicht mich brauchen." Er reckte den Hals, als wäre der Kragen zu eng und schaute sich um.

„Zum Beispiel könnte ich Sie fragen, warum Sie denn kein Bild unseres Führers im Zimmer haben", sagte er. Mamuschka wurde ein wenig bleich, dann aber sagte sie: „Hitler brauchte einen besseren Rahmen, das Bild ist zum Rahmen." „Der Nagel, um ihn aufzuhängen ist noch an der Wand, wie Sie sehen können", sagte Paps. Es war der Nagel, an dem früher das Bismarckbild gehangen hatte, welches jetzt neben der Toilettentür hing.

Ich kletterte unter dem Schreibtisch hervor und rief: „Wir haben *noch* ein Bild von Hitler, jawoll." Ich mußte meinem Papuschka unbedingt zu Hilfe kommen.

Angesichts so viel blonder, blauäugiger Kinderschönheit wurde der OGL milde gestimmt. Ich sah ja genauso aus, wie die Kinder sein sollten, die er eines Tages zu zeugen hoffte. Schließlich war meine Mutter schwarzhaarig und hatte dennoch ein blondes Kind bekommen. Er nahm mich zwischen seine Oberschenkel und tätschelte mir die Wange. Ich machte einen Knicks und begann, Konversation zu machen, wie man das eben mit Gästen tut. Um das zu können, mußte man vorher natürlich eine Menge im Kopf konservieren, was man dann zu gegebener Zeit anwenden konnte.

„So ein nettes, blondes Mädchen wünsche ich mir auch", sagte der OGL.

„Wenn Sie das wollen, dann müssen Sie Ihrer Frau Ziegenmilch zu trinken geben und Kölnisch Wasser auf den Bauch reiben", sagte ich altklug, denn Mamuschka hatte mal gesagt, sie hätte mir schon vor der Geburt alles Gute angedeihen lassen und es so gemacht.

Alle lachten, und die Situation entspannte sich. Später sagte Papuschka, daß der OGL seiner Frau Wasserstoffsuperoxyd auf den Bauch und auch zu trinken geben müßte, bevor sie blonde Kinder bekommen könne, aber da war der OGL natürlich schon weg.

„Bist du denn schon bei den Jungmädeln?" fragte der OGL.

„Sie ist noch zu jung dazu", sagte Mamuschka.

„Ich möchte gern zu den Jungmädeln", sagte ich, und das stimmte auch, denn das durfte man erst, wenn man zehn Jahre alt war, und ich wäre gern schon zehn Jahre alt gewesen.

„Ich werde ein Wort für dich einlegen", sagte der OGL, „dann nimmt man dich auch früher. Wer erzählt dir denn immer von unserem geliebten Führer und was er so alles für Deutschland getan hat?" und er schaute lächelnd zu Mamuschka, von der er ja wußte, daß sie Mitglied in der Partei war.

„Mein Vater", sagte ich, denn all mein Wissen kam ja in erster Linie von ihm. Papuschka sah aus, als wäre er einerseits erleichtert, wolle mir aber andererseits eine runterhauen. Mit einem Gesicht so und zugleich so auszusehen, das war Papuschkas Stärke. Er konnte höflich sagen, er fände etwas reizend und ein halbes Gesicht machen, als meine er es auch, und ein anderes halbes, als meine er es nicht.

„Das freut mich aber", sagte Herr Kaminski und war froh, daß er sich zu nichts hatte hinreißen lassen. Ein deutscher Mann hatte sich in der Gewalt, Disziplin war alles.

Er erhob sich und wollte Papuschka jovial auf die Schulter klopfen aus Freude, daß Papuschka doch nicht so anti war, wie er gedacht hatte, aber dann besann er sich eines Besseren und benutzte seinen ausgestreckten Arm zum Hitlergruß. „Heil Hitler", sagte er und klappte wieder die Hacken zusammen, „ich werde Ihren Rat befolgen und dann wiederkommen und alles bestätigen lassen."

Mamuschka brachte den OGL an die Tür, gab ihm Grüße an die Frau Kaminski mit und sagte: „Mein Mann macht das schon, Herr Kaminski, Sie kennen ihn ja."

Derweil sah Papuschka mich an und sagte streng: „Du sollst nicht lügen, Natalia!"

„Ich habe nicht gelogen", sagte ich beleidigt und schaute in seine Augen. Wenn ich geschwindelt hatte, was schließlich öfter vorkommen konnte bei einem phantasiebegabten Kind, schaute ich weg, in die Gegend hinein.

„Aber wir haben doch gar kein *zweites* Hitlerbild", sagte Papuschka, „wir haben nicht mal ein *erstes*."

„Für das erste Hitlerbild kann ich nichts", verteidigte ich mich, „das hat Mamuschka gesagt, ich habe nur von dem zweiten geredet, und das haben wir. Ich meine das Bild von Hitler in dem Buch ‚Mein Krampf'", sagte ich, „da ist eins drin, oder etwa nicht?"

„Das Buch heißt ‚Mein Kampf'", sagte Papuschka und lächelte ein wenig.

„Du sagst auch immer ‚Mein Krampf'."

„Na schön", sagte Papuschka, „und wie steht es mit all dem Schönen, was ich dir über Hitler erzählt haben soll und was er uns alles gebracht hat?"

„Du hast zu Herrn Roth gesagt, Hitler habe uns eine schöne Pest gebracht, ich habe es genau gehört."

„Ich kann mich nicht erinnern", sagte Papuschka und schaute auf den Nagel, an dem ein Hitlerbild hätte hängen können, wenn man es gewollt hätte. Da Hitler aber ein Mann von großem Format war, mußte man, um ihn aufhängen zu können, natürlich einen größeren Nagel nehmen. Am besten einen Haken.

11. Kapitel

Die Pest

Die schöne Pest, die Hitler uns gebracht hatte und die Papuschka meinte, als er zu Herrn Roth davon sprach, war eine schleichende und stetig wachsende Krankheit. Andere Seuchen nahmen mit der Zeit ab, diese Seuche nahm laufend zu. Es begann damit, daß Männer kamen und auf der Wiese vor dem Haus anfingen abzumessen. Sie trampelten auf dem Gras herum, schmissen Zigarettenkippen hin und waren dabei, unser Kinderparadies zu zerstören. Im Sommer stand das Gras so hoch, daß man sich in ihm verstecken konnte, man konnte träumen darin oder Heuschrecken und Grillen fangen und sie in Einmachgläser stecken. Auf den Bäumen, die vereinzelt darauf standen, erzählten wir uns alle Neuigkeiten und vor allem unsere Träume; solche, die wir hatten, waren interessant und solche, die wir erfanden, waren noch interessanter, auch für den Erzähler selber, der sich wunderte, was für tolle Dinge er im Traum erlebt hatte. Nun wollte man uns die Hälfte unserer Wiese wegnehmen, die andere später auch noch. Wohin sollten wir und die Rehe und die Hasen gehen? Wir teilten ja gern mit den Rehen und Hasen, aber nicht mit der Pest.

„Hitler bringt uns die Pest", sagte Papuschka über den Gartenzaun zu Herrn Roth, „denn natürlich wird da drüben nur ‚Volk' einziehen."

„Na ja", sagte Herr Roth, „Hitler bringt den Leuten eben Arbeit und Brot", aber er war nicht sehr glücklich über die Aussicht, seine Aussicht verbaut zu bekommen. Aber es half nichts. Die Häuser wuchsen, und eines Tages war die erste Reihe fertig, natürlich genau uns gegenüber, denn da nur eine Straße da war, nämlich die unsere, baute man selbstverständlich erst auf der anderen Seite unserer Straße. Bisher hatte es niemanden gestört, daß unsere Straße nirgends richtig begann und in der Wiese nirgends richtig endete. Nun bekam sie geteerte Enden, der Rest blieb mit Kopfsteinpflaster und mündete mit einem Bogen in die Chaussee, die zum Bahnhof führte. Um der Pest zu entgehen, kaufte Papuschka in Zukunft nur eine Monatsfahrkarte 1. Klasse.

Nachdem die Häuser bezugsbereit waren, kamen natürlich auch bald die Seuchenwagen. Der erste hielt genau vor Roths Tür, und darum gingen Sigi und ich zu Illa, um zu sehen, welche Leute gegenüber einziehen würden, die wir natürlich keines Blickes würdigen wollten.

Eine Frau und einen Mann und zwei Kinder sahen wir, das Mädchen war in Illas Alter.

„Wehe, du schaust diese Göre an", zischte ich.

„Wie werd ich", versicherte Illa, „die ist reineweg Luft für mich."

„Für mich ist die gestorben", sagte auch Sigi, und wir waren uns einig. Das gestorbene Mädchen hüpfte ganz munter herum, und plötzlich hörten wir, wie sie rief: „Mutti, ich will ein Bütterken."

Wir wendeten uns angewidert ab. Bei uns sagte man bitte, wenn man etwas haben wollte, und was auf der Welt war ein Bütterken?

Als der zweite Seuchenwagen hielt, kamen drei Kinder und ein Mann.

„Ob der die Gören ohne Frau gekriegt hat?" fragte ich, und wir lachten, denn inzwischen glaubten wir ja längst nicht mehr an den Klapperstorch.

„Kinder haben die wie Karnickel", sagte ich, obwohl Roths ja nur eins weniger hatten – zunächst noch.

Als eines der Kinder hochschaute, streckte Illa die Zunge heraus.

„Fiese Möpp!" rief das Mädchen und zeigte einen Vogel in unsere Richtung. „Mach das Fenster zu", sagte ich zu Illa, „die stinken mir. Wenn sie wenigstens aus England wären, dann könnten wir sie verstehen oder immerhin verstehen, warum wir sie nicht verstehen. Aber die kommen aus Deutschland und sprechen trotzdem wie die Portukuden." Wir schworen ihnen Feindschaft bis aufs Blut.

Uns gegenüber zogen noch komischere Leute ein. Da sagte der Mann zu der Frau „Mudda", dabei war sie gar keine Mutter.

„Die kommen her, wo die Hunde mit dem Schwanz bellen", sagte Sigi, „es wird in der Schule entsetzlich werden mit denen, am besten wir gründen eine APGP, eine Abwehrpartei gegen die Pest." Wir waren alle einverstanden, und um die Partei stark zu machen, nahmen wir auch Ausländerkinder auf.

„Jeder bekommt nur sieben Tage Bedenkzeit, und dann muß er einige markante Sätze wissen, mit denen man den Zulukaffern vor Augen führen kann, wie wortreich die Berliner Sprache ist und daß wir keine Bütterken, Bämmen oder Möpps dulden werden."

Das verursachte bei mir ein paar schlafgeminderte Nächte, denn ich durfte zu Hause nicht berlinern. Trotzdem wollte ich nicht hinter den anderen zurückstehen. In die engere Wahl kamen nachher drei, aber sie waren sich ziemlich ähnlich. „Dir alte Spinatwachtel hat man wohl als Kind zu heß gebadet und mit nem Klammersack gepudert, daß de nu daherkommst und redest, als müßte man dir die Klappe mit Lysol spülen. Wenn de det nich nachläßt, dann kriegste eine, daß dir die eigne Mutta nicht wiedaerkennt oder dir als Briefmarke vawenden kann." Pinkelpauls Erguß war ein Meisterwerk, aber wir lehnten stolz ab.

Obwohl wir den ganzen Tag aufgepaßt hatten, wie das Ehepaar einzog und garantiert kein Kind zu sehen bekommen hatten, hörte ich, wie die Frau am zweiten Tag rief: „Theooodor, Theooodor, komm zu Mama."

„Ich freß einen Besen", sagte ich zu Illa, „das Gör muß man in einer Kiste reingetragen haben."

„Höchstens in einem Wäschekorb", meinte Illas Bruder, „in einer Kiste kriegt ein Kind keine Luft."

„Ewig können sie das Gör ja nicht verstecken", sagte ich, „wir müssen eben abwarten und Tee trinken."

Wir mußten gar nicht lange warten, dann bekamen wir Theooodor zu sehen. Theooodor war eine Katze!

„Theooodor heißt: Das göttliche Geschenk", sagte Illas Bruder, aber wir schauten, als wär es ein Höllenhund.

Jetzt konnten wir jeden Abend hören, wie die Frau nach ihrer Katze rief, die ein Kater war. Darum lief er auch immer weg.

„Theooodor, Theooodor, komm zu Mama", aber das göttliche Geschenk dachte nicht daran, er war dabei, andere Katzen zu beglücken.

„Warum ruft sie immer Theooodor, wenn das Biest Theodor heißt?" fragte ich. „Odor ist berlinerisch für Duft, wahrscheinlich findet sie ihn dufte", sagte Sigi.

„Wenn Theodor weiterhin versucht, an unseren Taubenschlag zu kommen, dann gibt es dicke Luft", sagte ich, „Theodor klettert, als wäre sein Großvater ein Affe gewesen."

Eines Tages rief die Frau nicht nur am Abend, sondern auch am nächsten Morgen nach Theodor. Sie rief auch noch, als ich aus der Schule kam. Sie hatte ganz rote Augen. Keiner hatte ihn gesehen, niemand wußte, wo er war, wir wünschten nur, er bliebe, wo der Pfeffer wächst.

Theodor war und blieb verschwunden, trotz dreier Suchanzeigen in der Tageszeitung. Der einzige, der Auskunft über Theodors Verbleiben hätte geben können, schwieg. Viel, viel später erfuhr ich dann, daß das göttliche Geschenk als gut verschnürtes Paket auf einem Sitz in der S-Bahn liegengeblieben und im Fundamt gelandet war. Dort blieb es liegen, bis es zu stinken anfing. Theodor hatte seinem Namen Ehre gemacht und mächtig odort, d.h. geduftet.

12. Kapitel

Arschtokraten

„Arschtokraten und Polacken", sagte Pinkelpaul verächtlich und spuckte vor mir aus. Ich hätte ihm gerne eine runtergehauen, obwohl er viel dicker war als ich, aber da ich nicht wußte, was Arschtokraten waren, konnte ich auch nicht richtig ermessen, wie wütend ich zu sein hatte. Dumme Kuh oder blöde Gans hätte ich verstanden und dann kalkuliert, ob es sich lohnte, dafür erst von Pinkelpaul und hinterher nochmal von Mamuschka verhauen zu werden, weil diese ja fand, daß guterzogene, kleine Mädchen sich nicht schlugen, schon gar nicht mit Buben wie Pinkelpaul. Aber Mamuschka war in dem vornehmen Internat der Fürstin Lubow erzogen worden und hatte natürlich nicht den blassesten Schimmer von den Notwendigkeiten des täglichen Lebens in einer Zweiraumschule. Pinkelpaul hieß natürlich nicht Pinkelpaul, sondern Paul Hinkels, aber wir nannten ihn Pinkelpaul, weil er immer dann, wenn er nichts wußte, den Arm hob und fragte: „Fräulein, darf ich mal pullern gehn?"

Das ärgerte uns natürlich, denn wir wußten, daß er meistens nicht mußte, sondern nur nichts wußte, da aber Fräulein Rieger nie ganz sicher war, ob Pinkelpaul nicht vielleicht doch ausnahmsweise mußte, ließ sie ihn immer hinausgehen. Einmal hatte er, als sie es zu verhindern suchte, ganz einfach in die Hose gemacht und vor sich hingestunken, und das wollte Fräulein Rieger nicht noch ein zweites Mal riskieren.

Ich haute Pinkelpaul eine auf die Nase und lief weg, hinauf in das Schlafzimmer meiner Eltern und setzte mich vor den Spiegel.

War ich nun ein Polacke oder ein Arschtokrate, oder war ich vielleicht beides? Was war denn ein Arschtokrate, hatte das mit Arsch zu tun? Ein Arsch war kahl und der Kopf meines Vaters war kahl, ganz bestimmt war Papuschka ein Arschtokrate und

Mamuschka der Polacke, und ich armes Kind war von beidem etwas. Ich drehte mich vor dem Spiegel hin und her, zog an meinen Haaren und stellte erleichtert fest, daß sie noch fest saßen. Noch war also keine Gefahr, daß ich eine Glatze bekommen und ein Arschtokrate werden würde. Ich wollte aber in Zukunft auf mich aufpassen und auch mal Haarwasser benutzen, Vorsicht war die Mutter der Porzellankiste. Da Mamuschka einen langen Schwanenhals hatte, wollte ich in Zukunft meinen Kopf nicht mehr vorstrecken, dann brauchte es vielleicht noch eine lange Weile, ehe ich ein Arschtokrate und Polacke werden mußte. Pinkelpaul konnte natürlich auch gelogen haben, aber wenn ich an die Glatze meines Vaters dachte, war ich meiner Sache nicht so sicher. Auch das Bild meiner Ururgroßmutter Natalia war verdächtig, denn sie hatte ein kostbares Tuch um den Kopf und verhüllte damit ihre Haare, die sie vielleicht nicht hatte? Papuschka hatte mir zwar einmal erklärt, daß sie eine tartarische Prinzessin gewesen sei und darum nach dem Tode ihres Mannes ihr Haar bedeckt getragen hätte, aber das war alles so lange her, daß Papuschka es vielleicht doch nicht so ganz genau wußte. Ihr Sohn hatte auf dem Bild, welches im Wohnzimmer hing, auch eine Kopfbedeckung auf, eine Persianermütze und einen Mantel mit großem Persianerkragen.

„Ist er ohne Haare?" fragte ich Mamuschka, aber die lachte mich aus. „Hat er eine Glatze?" fragte ich Papuschka, und er sagte: „Sicher nicht." „Was ist ein Arschtokrate?" fragte ich, „ist das was Schlimmes? Ist die und ist der da ein Arschtokrate?" sagte ich und zeigte auf das Ölbild. „Aristokrate heißt das", erklärte Papuschka, „aber warum willst du das wissen?" „Och", sagte ich, „nur so", und schaute traurig auf Papuschkas Glatze.

13. Kapitel

Sommersprossen

Eines Tages bat man Mamuschka, für die JM und die Pimpfe in dem Sommerlager in Bierwalde zu kochen. Mamuschka sagte natürlich sofort und freudig ja, weil sie dachte, nun etwas besonderes tun zu können. Ob sie kochen könne, fragte niemand vorher, das nahm man wohl als selbstverständlich an, obwohl eine Dame in Rußland eine Küche nicht betreten durfte. Aber wir waren ja in Deutschland, und da gehörte es sich, daß eine Hausfrau kochen könne. Ich freute mich auch, denn Mamuschka mußte mich natürlich mitnehmen. Ich wollte schon lange mal mein Essen aus einer Kanone auf den Teller geschossen bekommen, und außerdem war ich stolz, daß ich in ein Lager durfte, wo andere erst mit zehn Jahren hinkonnten. Ich war sieben, beinahe acht, wie ich immer sagte. Mir ging das Älterwerden nie schnell genug.

Leider durfte ich nicht mit in einem Zelt schlafen, sondern Mamuschka und ich wohnten in dem nahegelegenen Gutshaus. Tagsüber trieb ich mich natürlich im Lager herum und freundete mich mit Lucie an. Lucie war schon elf, aber sie zeigte mir geduldig, wie man ein Fahrtentuch band, wie man aus Kienäpfeln ein Feuer machen und wie man so tun konnte, als könne man schon schwimmen. Dazu machte man die Schwimmbewegungen mit den Händen und mit einem Fuß, mit dem anderen stieß man sich am Seeboden ab. Lucie hatte rehbraune Augen und Sommersprossen, um beides beneidete ich sie.

„Du hast so viele Sommersprossen", sagte ich, „gib mir welche ab." „Ich bin ja ganz verschossen in deine Sommersprossen", war ein bekannter Schlager. Lucie lachte und meinte: „Wenn ich tot bin, bekommst du sie."

„Och", sagte ich, „da muß ich zu lange warten."

Dann aber war Lucie eines Abends beim Appell nicht dabei, und es gab eine lange Sucherei überall, am und im See, aber man fand sie erst am zweiten Tag. Lucie war ertrunken. Sie wurde in einem der Zelte aufgebahrt und ein Jungmädel und ein Pimpf hielten Wache.

„Ich will Lucie sehen", sagte ich zu Mamuschka, „Lucie hat mir ihre Sommersprossen versprochen!"

„Es ist besser, du behälst sie so in Erinnerung, wie du sie zuletzt gesehen hast", sagte Mamuschka.

„Lucie war meine Freundin", schluchzte ich, „ich will zu Lucie, oder ist sie grün?"

„Nein, Lucie ist nicht grün", sagte Mamuschka, „aber es ist traurig, wenn man jemanden tot sehen muß, den man lieb gehabt hat."

„Lucie ist nicht tot", sagte ich, „sie ist nur ertrunken. Ihre Seele ist im Himmel oder schon beinahe, und im Himmel braucht sie keine Sommersprossen." „Eine Tote kann nichts mehr verschenken", sagte Mamuschka.

„Tante Maudy ist auch tot und hat ihre Brosche dir geschenkt", sagte ich. „Geld und Schmuck kann man vererben", erklärte Mamuschka, „aber nichts, was mit dem Leib verbunden ist."

„Urgroßmutter hat ihre Schwindsucht vererbt, oder nicht?"

sagte ich und zog die Nase hoch, weil mir die Tränen überall hinflossen.

Mamuschka fand, ich frage wiedermal viel zu viel. Sie nahm mich an die Hand, und wir gingen in das Zelt. Lucie lag da, als ob sie schliefe. Sie hatte Blumen im Haar und in den gefalteten Händen.

Ich betete: „Lieber Gott, nimm Lucie in den Himmel, aber laß mir die Sommersprossen da, bitte."

Danach ließ Mamuschka mich mit dem Auto nach Hause fahren. Ich fragte Papuschka, warum Gott meine Lucie in den Himmel geholt hätte, und er sagte: „Soletka, wenn man sieben ist, entschuldige, ich meine, wenn man beinahe acht ist, dann denkt man, die Erwachsenen wüßten auf alle Fragen eine Antwort. Aber nur Gott hat eine Antwort, und wir müssen lernen, darauf zu vertrauen, daß Gott alles richtig macht."

„War es am besten, daß Lucie in den Himmel mußte?"

„Lucie ist gut aufgehoben", sagte Papuschka, „und ich glaube, es ist am besten so. Lucies Mutter ist Halbjüdin. Wir gehen schweren Zeiten entgegen."

„Wir gehen herrlichen Zeiten entgegen", sagte ich, „Lucie hat gesagt, das hat Hitler gesagt. Oder nicht?"

Papuschka ließ mich vom Schoß gleiten und sagte: „Hol doch schnell mal einen Spiegel, ich glaube, ich sehe Sommersprossen über deiner Nase."

Er hätte mich nicht besser ablenken können. Wie ein geölter Blitz raste ich nach oben und holte Mamuschkas Handspiegel. Ich hielt ihn ganz dicht vor meine Augen und studierte mein Gesicht. Erst konnte ich nichts erkennen, aber dann glaubte ich doch, ein paar Sommersprossen zu entdecken. Eine saß direkt auf meiner Nasenspitze.

„Das ist einfach toll", sagte ich beglückt, und Papuschka lächelte.

„Ein Geschenk von Lucie", sagte er.

Die Sommersprossen gingen wieder weg, aber das Tüpferl auf der Nase blieb, damit ich mich immer an Lucie erinnern konnte.

14. Kapitel

Z.K. und K.

Die Zeit der Knöpfe und der Abkürzungen begann beinahe zur gleichen Zeit. Ich wurde JM (Jungmädel) und lernte, meine weiße

Bluse mit vielen weißen Knöpfen an einem dunkelblauen Rock anzuknöpfen. Mütter, die ein JM im Hause hatten, übten, soweit sie es noch nicht konnten, wie man Knöpfe richtig annäht, denn unsere Kluft, so nannte man die Uniform, hatte große und kleine Knöpfe an vielen nötigen und unnötigen Stellen.

„Hitlers Uniformentwerfer muß ein Knopffabrikant gewesen sein", sagte Papuschka, „und er ist bestimmt Millionär geworden."

Auf den Knöpfen stand BDM, aber wir JM wollten natürlich mit dem BDM nichts zu tun haben, wenn wir auch alle zur HJ gehörten. Lieber wurde ein anständiges JM eine JM-Führerin, als daß sie sich zum BDM überweisen ließ, was sonst automatisch im Alter von 14 Jahren geschah.

Hitler wollte die Klassen abschaffen, aber der Mensch versucht sie zu erhalten oder, falls man die einen wegnimmt, irgendwelche anderen neuen zu schaffen. Hier JM, hier BDM, das war wie die eine und die andere Seite unserer Straße, man wollte möglichst wenig miteinander zu tun haben. Zur HJ (Hitlerjugend) gehörten wir alle automatisch, auch das JV (Jungvolk). Wenn man eine Weile ein JM gewesen war, bekam man ein schwarzes Dreieckstuch um den Hals und durfte es mit einem braunen, geflochtenen Lederknoten über dem Herzen zusammenhalten, man kann auch „locker unter dem Kragen" sagen. Die beiden herunterhängenden Enden stopfte man in den Rock rein, damit sie nicht herumbaumelten.

Als ich JM wurde, war die HJ noch im Aufbau. Man *mußte* noch nicht Mitglied werden, wie später, man *konnte*. Unsere Führerin war auch kein junges Mädel, sondern ein ältliches Fräulein mit über den Ohren zusammengedrehten Haarschnekken. Sie brachte ihre Erfahrung aus dem Bund der Wandervögel mit, und obwohl sie Irms Braun hieß, war sie nicht braun, doch sie war bereit, es zu werden. Zunächst einmal brachte sie uns bei, was sie konnte, nämlich singen, wandern und basteln. Als ich mit einem knappen Jahr Verfrühung JM wurde (der OGL hatte sein Versprechen wahr gemacht und ein Wort für mich eingelegt), lernte ich, einen Kakteenständer zu basteln. Da wir uns erst am Spätnachmittag trafen, fand ich den JM-Dienst ganz besonders schön, denn alles war mir recht, wenn ich nur später ins Bett gehen konnte als Mamuschka für gut und gesund erachtete.

Später bekam ich jüngere Führerinnen, und wir trafen uns darum schon am frühen Nachmittag, was meine Begeisterung etwas dämpfte.

„Die sind ja selber noch naß hinter den Ohren", sagte Papuschka, und er sagte das auch von mir, als ich JM-Führerin geworden war.

Zunächst aber war Irms da, und die hatte das Vertrauen der Eltern.

Im Sommer bekam ich mein Dreieckstuch und war nun auch bereit, auf Fahrten zu gehen. Kleinfahrten dauerten 2–3 Tage, und die machte man über Ostern, über Pfingsten oder in den Herbstferien. Wir übernachteten dann in einer Bauernscheune und schliefen in Schlafsäcken. Die anderen lachten ein wenig, weil ich auch im Lager meine Zähne putzte und einen Schlafanzug anzog statt des üblichen Trainingsanzuges und weil ich einen weißen Innenbezug im Schlafsack hatte. Aber es gibt eben Dinge, die sind einem in Fleisch und Blut übergegangen. Ich konnte nicht schlafen, ohne was Sauberes am Hals zu haben.

Anpassen tat ich mich bei anderen Dingen wie Strümpfen und Wäsche. Kaum war ich aus Mamuschkas Reichweite, da riß ich mir die langen Strümpfe herunter und zog Kniestrümpfe an, und das warme Leibchen blieb am nächsten Tag auch im Affen (so hießen die Tournister).

Da es um Pfingsten herum oft noch recht kühl sein konnte, kam ich auch meistens mit einem gehörigen Schnupfen nach Hause.

Großfahrten dauerten mindestens 14 Tage, und da an solchen Fahrten immer nur wenige JM teilnehmen durften, fuhr man weiter weg und übernachtete in Jugendherbergen.

Ich hätte nie gedacht, daß Mamuschka mich auf eine Großfahrt mitlassen würde, aber unter Hitler geschahen eben Zeichen und Wunder. Irms versicherte überzeugend, daß ich unter ihren 33jährigen Augen wohlbehütet sein würde, und so packte ich meinen Affen, rollte die Decke, legte sie vorschriftsmäßig drüber und war stolz wie ein Spanier.

„Na, wie sehen wir aus?" fragte ich mit leuchtenden Augen.

„Wie Affen vom selben Stamm", sagte Papuschka, drückte mir ein Fünfmarkstück in die Hand und flüsterte: „Komm gesund wieder, Soletka." Mamuschka küßte mich unter Tränen und war sehr stolz auf mich. Ich war die Jüngste von allen, gerade zehn Jahre alt. Ich genierte mich ein wenig, weil bei uns so viel geküßt wurde und keine Uniform der Welt einen davor bewahrte, aber dann zogen wir los, die Fahne voran und ich gleich daneben. Irms hatte mir versprochen, daß ich sie auch mal tragen dürfe, und schon der Gedanke daran beflügelte meine Schritte.

Das erste Stück fuhren wir mit der Bahn, dann marschierten

wir aber oft 20–25 km am Tag. Das war für mich, mit dem Affen auf dem Rücken, eine stramme Leistung. Wenn ich aber außer dem Affen auch noch die Fahne tragen durfte, spürte ich meine Last kaum, denn Stolz machte stark. Wenn ich sie wieder abgeben mußte, drückte mich der Affe dafür doppelt, und schließlich latschten Rosi und ich hundert Meter hinterher. Irms erlaubte das, denn sie war ja ein Wandervogel gewesen, und Vögel haben auch manchmal Nachzügler. Rosi brachte mir tolle Schlager bei, und wir sangen mit theatralischen Gebärden und zuckersüßer Stimme von Veilchen und stiller Liebe.

Unter Absingen solch patriotischer Lieder erreichten dann auch wir unser Ziel. Erste große Station war Tirschtiegel. Dort gab es ein Haus, bei dem die Grenze mitten hindurchlief. Wenn der Bauer schlafen wollte, mußte er nach Polen, weil die Polen ja alte Schlafmützen waren, wenn sie nicht grade Deutsche umbrachten, und wenn er auf die Toilette wollte, mußte er nach Deutschland zurück, was ja auch passend war. Letzteres fanden nicht wir, sondern Paps, als ich es ihm später erzählte. Leider erzählte er mir auch, daß seine Vorfahren, wenigstens die eine Linie, jahrhundertelang im Danziger Werder ein Gut gehabt hatten, erst ein kleines und dann ein größeres, und daß sie Polen geworden wären, wenn nicht Preußen diese Ecke Polens einkassiert hätte. Sie waren aus den Niederlanden nach Polen gekommen, und ich hätte also um ein Haar auch noch Polenblut abbekommen. Gut, daß ich das nicht vorher gewußt hatte, mir wäre die Freude an der Fahrt schon vergangen, bevor sie richtig losgegangen war. Leider blieb diese Großfahrt meine einzige, denn nachdem Irms Braun richtig braun geworden war, wurde sie abgesetzt und mußte jüngeren Führerinnen Platz machen. In Zukunft durfte ich also nur noch auf Kurzfahrten mit, aber auch da lernte ich eine ganze Menge, wenn ich auch mit der Anwendung des Gelernten vorsichtig sein mußte. Manches war innerhalb unseres Hauses gefährlich, manches außerhalb, und so gesehen, hatte ich eine gefährliche Jugend.

Zum Beispiel lernte ich bei den neuen, jungen, forschen JM-Führerinnen, daß man vor dem Essen sein Kochgeschirr umdrehen müsse, und dann nahm man wahlweise seinen Löffel, die Gabel oder das Messer und klopfte damit wie wild auf den Kochgeschirrboden. Dazu sang man mit möglichst lauter Stimme:

„Wir haben Hunger, Hunger, Hunger – es stimmte,
haben Hunger, Hunger, Hunger – man hörte es,
haben Hunger, Hunger, Hunger – jeder glaubte es,
haben Durst." – Das sang man, ob

man Durst hatte oder nicht. Wenn man seinen Schlag Essen abbekommen hatte, stellte man das Kochgeschirr vor sich auf den Boden, faßte sich an den Händen, hob dann die Arme hoch, abwartend, und dann schrie die Führerin: „Haut“ . . ., und wir schrien zurück: „rein“. Dabei schlugen wir die Arme wieder herunter. Dann durften wir „reinhauen“, so nannte man es, wenn man essen durfte.

Bei uns zu Hause sagte man immer ein Gebet vor dem Mittagessen, und so ein Gebetersatz sollte es wohl auch sein, wenn die Führerin ab und zu noch einen Essensspruch aufsagte, zum Beispiel: „Es ißt der Mensch, es frißt das Pferd, bei uns ist es heut umgekehrt“, oder: „Hurra, Hurra, der Fraß ist da, nun alle Mann rannnnn.“

Zu Hause probierte ich das auch mal aus. Ich faßte Mamuschka bei der Hand und sagte: „Haut – rein!!“

Das tat sie dann auch, nur anders, nämlich auf meinen Mund.

Diese gefährliche Zeit hatte natürlich auch ihre guten Seiten und ihre Höhepunkte, zum Beispiel als mir abends um 8 Uhr bei Fackelschein die neue Gruppenfahne übergeben wurde.

Abends um 8 Uhr war ich ja normalerweise schon im Bett, aber da Fackeln erst im Dunkeln richtig zur Wirkung kommen, sollte die Fahnenverleihung erst am Abend beginnen, und das fand ich ganz besonders großartig. Hitler oder die Bannmädelführerin hatten die vortrefflichsten Ideen, ich war schon hellauf begeistert, bevor es losging. Mir wurde vor lauter Begeisterung und von dem Geschuckel im Bus ganz schlecht im Magen, und als wir so lange wartend rumstehen mußten, begann ich an den Füßen zu frieren. Meine Hände waren zum Glück warm, denn Mamuschka hatte mir fürsorglich warme Fausthandschuhe angezogen. Erst wollte ich sie nicht, dann war ich aber doch sehr froh über sie. Wir standen in Reih und Glied und trauten uns nicht, von einem Fuß auf den anderen zu wackeln. Endlich kam die Bannmädelführerin, die damals noch Gauführerin hieß, wir sangen ein zackiges Lied, sie machte eine Ansprache und schritt dann von einer zur anderen und schüttelte die kalten Hände. Hitler ehrte uns persönlich durch sie, ich fand das fabelhaft. Ich wollte mich in diesem erhabenen Gefühl richtig sonnen, nur ging die Größe des Augenblikkes verloren, und daran war Mamuschka schuld. Ich hätte sie . . . na, irgendwas, dafür, daß sie mich sooo blamierte. Als ich die Fausthandschuhe auszog, um meine Hände für den markigen Handschlag frei zu haben, baumelten sie herunter. Ich konnte sie auch nicht herausziehen, weil Mamuschka ihre Pappenheimer und meine Verliererei kannte und die Fausthandschuhe mit dem

Band durch die beiden Armlöcher meiner braunen Jacke gezogen hatte. In meiner Begeisterung war mir das gar nicht aufgefallen. Ich wäre vor Scham am liebsten im Erdboden versunken, aber er tat sich nicht auf für mich. Wir waren ja nicht die Rotte Kora, sonder die Rotte JM.

Mir wurde wieder schlecht, und die Fahne war mir egal. Das hatte ich nun davon, weil ich eine Mutter hatte, die erst mit 33 Jahren ihr erstes Kind bekam. Ich wankte nach Hause und hoffte, ich würde ihr meine Meinung sagen können – dann war ich aber doch ganz froh, daß sie mir die Stirn hielt, während ich brechen mußte. Zum Glück erbrach ich erst zu Hause und nicht im Bus. Diese zweite Schande hätte ich bestimmt nicht überlebt.

Am nächsten Morgen fragte Papuschka scheinheilig: „Na, wie war es? Zum Schlechtwerden, was?“

Ich gab ihm keine Antwort.

15. Kapitel

Das Beet

Bevor wir die Volksschule verlassen mußten, durften wir uns von Fräulein Rieger ein Abschiedsgeschenk wünschen. Natürlich nicht etwas Außerschulisches, sie mußte ja ihre Dienstvorschrift einhalten. Jeder, der abging, durfte sich eine Stunde wünschen, die er besonders gerne mochte. Natürlich hätten wir uns am liebsten eine Freistunde gewünscht, denn die hatten wir immer am liebsten, aber diesen Wunsch hatte Fräulein Rieger schon von vornherein ausgeklammert. Es war also ein Abschiedsgeschenk mit Einschränkungen.

Ilse wünschte sich eine Deutschstunde mit Gruselgeschichten, und das war schön. Jürgen wünschte sich blöderweise eine Rechenstunde, und so machten wir Rechenspiele, immer zwei linke Bankreihen gegen zwei rechte. Wir verloren haushoch, und darum fand ich es langweilig. Illa wünschte sich eine Singstunde, und wir hätten gerne gesungen: „Eine Frau wird erst schön durch die Liebe“ oder „Ich pfeif heut Nacht vor deinem Fenster“, obwohl wir nicht wußten, wozu das gut sein sollte, aber Fräulein Rieger klammerte Schlager aus. So begnügten wir uns mit „Unterm Dach juchhe“ und sangen vom Sperling, der auch an der Magenwand des Adlers noch summte und danach „Negeraufstand ist in Kuba“. Fräulein Rieger protestierte, aber wir sangen sie nieder und genossen es, wie die Leichen mit aufgeschlitzten Bäuchen herumschwammen. Im Lied natürlich.

Um sie wieder zu besänftigen, sangen wir zum Abschluß „Sah ein Knab ein Röslein stehn" und „Horch was kommt von draußen rein". Bei letzterem kam aber nicht das besungene Feinsliebchen, sondern der Rektor rein und erkundigte sich, warum wir so viel Krach machen würden. Er war eben unmusikalisch, Kriegsversehrter und Witwer. Ihm konnte man nicht mal mit Marschmusik imponieren. Ich wünschte mir eine Religionsstunde, weil ich die biblischen Geschichten so liebte und Fräulein Rieger sie sehr schön erzählen konnte. Ich kannte sie natürlich alle, aber das erhöhte nur den Genuß. Ich paßte auf, daß Fräulein Rieger keinen Fehler machte, und etwas mal genauso gut oder besser zu wissen als die Lehrerin, war eine zusätzliche Freude. Fräulein Rieger wählte die Geschichte vom Sämann und wollte uns damit klarmachen, daß man nicht Kartoffeln säen könne und dann Weizen ernten wollen.

Sie sagte auch, daß der, der Wind säe, Sturm ernten würde, aber ich hatte noch nie etwas von einem Windsamen gehört, nur von einem Windei. Meine Gedanken wanderten ab, und ich dachte an mein eigenes Erlebnis mit Samen.

Eines Tages sagte ich zu Papuschka, daß ich auch einmal ein schönes Beet machen wolle wie Herr Roth, der die seinen immer so penetrant säuberlich und akkurat hinterm Gartenzaun vor uns ausbreitete.

„Was für ein Beet denn?" wollte Papuschka wissen, aber da ich es selber noch nicht wußte, tat ich geheimnisvoll und meinte: „Halt ein Überraschungsbeet." Papuschka war bereit, sich überraschen zu lassen, und wies mir die Stelle zwischen Klarapfel und Kaiserbirne zu, damit ich da meine gärtnerischen Fähigkeiten voll entfalte.

Ich dachte nach, was ich denn anlegen wollte . . . ein Blumenbeet? Davon hatten wir mehr als genug. Ich meine nicht Beete, sondern Blumen.

Ein Gemüsebeet? Da würde Herr Roth mir bestimmt den Rang ablaufen.

Ich buddelte also erstmal und machte ein kreisrundes Beet, weil Herr Roth immer rechteckige machte. Als es fertig war, überlegte ich angestrengt, was ich für tolle Sachen säen wollte. Papuschka hatte mir 30 Pfennige gegeben und das war viel Geld, dafür bekam man drei Tüten voll Samen, die allerdings nie voll waren.

Ich drehte die drei Groschen in der Hand herum, und je länger ich nachdachte, desto mehr tat mir die Geldausgabe leid. Was konnte man nicht alles für drei Groschen kaufen, wenn man keinen Samen kaufen würde? Gummibärchen, Lakritze, Bruchkeks, Lutscher, Pfefferminz und Sahnebonbons. Für Lackbilder tät es auch noch langen. Welche Herrlichkeiten waren das im Vergleich zu unscheinbaren Samen, von denen man nicht mal genau wußte, ob sie alle aufgehen würden. Sogar Zigaretten konnte man kaufen, obwohl man statt dessen natürlich auch vertrocknete Sonnenblumenblätter in Zeitungspapier gedreht rauchen konnte, die nichts kosteten.

Schließlich siegte der gesunde Bauchverstand, und ich setzte die drei Groschen magenfreundlich um. Dann begann ich zu überlegen, wie ich ohne Geld zu gutem Samen kommen könne.

„Ich geb dir zwei Lutscher", sagte ich zu Illa, „besorg mir mal von euch Samen."

Als sie zögerte, setzte ich hinzu: „Und dazu eine Reihe Gummipuppen."

Jetzt war Illa geneigt, die Sache in Erwägung zu ziehen. Ihr Vater hob alle nicht verbrauchten Samenkörner in alten Eierbechern auf, die er beschriftet hatte.

„Was für welche willst du denn haben?" fragte Illa.

„Ist egal", sagte ich, „halt Samen, möglichst von Blumen."

Illa verschwand und blieb ziemlich lange weg. Ich hatte schon Angst, sie sei auf frischer Tat ertappt worden und hätte Sturm geerntet, Popoklatsch mit Anlauf, aber dann kam sie doch und brachte freudestrahlend ihre Puppe mit. Bei ihrer Puppe konnte man nämlich den Oberschenkel herausschrauben und dann die Puppe mit allem füllen, was man aus dem Haus schmuggeln wollte. Die Puppe hatte uns schon oft als heimliches Transportmittel gedient.

„Dufte", sagte ich bewundernd und schraubte das Puppenbein ab. Der ganze Oberschenkel war voller Samen.

„Meinst du nicht, daß das auffällt, wenn du so viel Samen genommen hast?" fragte ich, „irgendein Eierbecher muß doch ratzeputz leer sein."

Illa druckste herum, und mir kam mit einem Male ein fürchterlicher Gedanke.

„Sag bloß, du hast aus jedem Eierbecher etwas geklaut?"

Illa nickte.

„Du bist total bekloppt", schimpfte ich, „total plemplem."

Illa war beleidigt. Sie fand, daß sie für zwei Lutscher und eine Reihe Gummipuppen genug riskiert hätte und ich keine großen Ansprüche stellen dürfe. Na ja, ich hatte Paps ein Überraschungsbeet versprochen, nun würde ich selber eines bekommen. Ich säte

Samen und wußte nicht, was mir blühen würde. Daß mir etwas blühen würde, war außer Frage. Wenn nicht Blumen, dann Spott und Hohn. Vielleicht auch Radieschencosmea oder Sonnenblumenpetersilie, Mohrrübendill mit Studentenblumenschnittlauch. Und wenn der Teufel, wie in der biblischen Geschichte, auch noch dazwischensäen würde, dann konnte der Himmel-weißwas herauskommen, pflanzliches Tohuwabohu oder Sodom und Gomorrha.

Auf jeden Fall mußte ich nicht, wie Herr Roth es immer tat, sorgsam und mühsam alle kleinen Unkrautpflänzchen ausrupfen, um den lieben, guten Pflanzen Luft und Licht zu verschaffen. Woher sollte ich denn wissen, was Unkraut war oder nicht? Selbst Herr Roth als Fachmann hatte da anfangs so seine Schwierigkeiten. Wie sollte ich erkennen, was ich gar nicht kannte? Da gab es nur eines – abwarten und Tee trinken.

„Na, was hast du denn gesät?“ fragte Papuschka, als die ersten grünen Spitzen auftauchten, aber ich lächelte nur vielsagend.

„Wart es ab“, sagte ich, „terpenje (Geduld).“ Ich konnte ihm ja nicht sagen, daß ich das selber auch gerne gewußt hätte.

„Es wird ein Überraschungsbeet“, erklärte ich Paps, „sonst bist du ja auch nie neugierig.“

Illa und ich studierten täglich unsere Sprößlinge. Wir legten uns sogar auf den Bauch, um noch genauer sehen zu können, aber wir erkannten doch nichts. Illa und ich kletterten hundertmal über den Zaun und schauten, ob wir bei Roths etwas sahen, was wir bei uns wiedererkennen könnten, aber wenn wir dann vor meinem Beet standen, hatten wir nur noch Zweifel. Mein Verstand sagte mir, daß alles, was bei mir so einzeln grünte, bei Roths irgendwo in der Mehrzahl grünen müsse, aber auf dem Haufen oder schön in Reih und Glied sah alles anders aus. „Wir müssen eben abwarten“, meinte Illa lakonisch.

Mein Überraschungsbeet wurde ein vollkommener Reinfall. Papuschka zog mich den ganzen Sommer lang damit auf. Einmal sagte er, er wolle gern Salat aus meinem Beet, ein andermal wollte er Blumen für eine Visite. Ich litt schweigend. Schließlich stellte er sich vor mein Beet hin und sagte mit bewundernder Stimme: „Es ist doch wirklich erstaunlich, was man für 30 Pfennige alles kaufen kann.“

Und er kratzte sich dabei an der arschtokratischen Glatze.

„Es fällt kein Meister vom Himmel“, sagte ich.

16. Kapitel

Das Gymnasium

Ich kam aufs Gymnasium, Illa ins Lyzeum und Sigi blieb auf der Volksschule, weil sie später in die Handelsschule wollte. Ich hatte protestiert, weil ich wußte, daß man im Gymnasium schlechtere Noten bekam als im Lyzeum, aber Paps fand das natürlich gut. Er fand, es wäre an der Zeit, daß ich aufhören sollte, Geld für Noten zu bekommen, die keine Leistung von mir forderten.

„Das ist ein großer Nachteil für mich", sagte ich, „wer gibt mir dann die Fuffziger, die ich immer von Tante Doretta und Tante Helen bekommen habe?"

„Du wirst zur Abwechslung mal etwas tun", erklärte Paps, „das wird dir guttun." „Vielleicht Schularbeiten machen, was?" fragte ich entsetzt, „etwa stundenlang wie Illa?"

„Vielleicht nicht stundenlang, aber vielleicht eine Stunde lang", meinte Paps. Ich merkte schon, ich konnte mir den Mund fusselig reden, Paps war nicht bereit, seine Meinung zu ändern. Ich schickte mich ins Unvermeidliche und tröstete mich mit dem Gedanken, daß das Internat, welches man mir immer androhte, welches wir uns aber noch nicht leisten konnten, sicher noch schlimmer gewesen wäre als das Gymnasium. Früher hatte ich dann ab und zu recht scheinheilig gesagt: „Dann tut mich lieber ins Internat", und Mamuschka fühlte sich dann auf ihr Herz getreten, aber seit Hitler so wild auf Ahnentafeln war, mußte ich vorsichtig sein. Falls Papuschka nachgeben und anfangen würde für Leute wie den Ortsgruppenleiter Stammbäume zu errichten, hätte er bald bestimmt auch genug Geld, um mich in ein Internat zu stecken.

„Geld stinkt nicht", meinte Mamuschka, aber Papuschka war da anderer Meinung. Ihm stank alles, was braun war, also auch braunes Geld.

„Ich freß einen Besen", sagte Illa, „wenn an dem ganzen Scheibenkleister nicht die Tatsache Schuld ist, daß wir uns zu sehr an die Pest von drüben gewöhnt haben, die Feindschaft-bis-aufs-Blut ist verwässert im Laufe der Zeit. Und nun will dein Vater, daß du eben alleine woanders in die Schule kommst." Natürlich hatte Illa recht, wir hatten uns an die Pest gewöhnt und fanden die Kinder der Leute von drüben auf der anderen Seite unserer Straße gar nicht mehr so schrecklich. Wir hatten sie keines Blickes würdigen wollen, sie aber dennoch gut beobachtet. Was man lange genug anschaut, verliert den Schrecken. Außerdem litten wir in der Schule unter den gleichen Lehrern, und das verbindet. Sigi war sogar mitten ins Seuchengebiet gezogen, unsere Wiese war fast zugebaut worden, das Restaurant und der Leniladen verschwunden. Leni verkaufte auch keine Schmierseife mehr und hängte keine Brötchen mehr an die Türklinken. Je mehr der Forschschritt fortschritt, desto mehr veränderte sich unser Leben. Kein Wunder, daß Papuschka fortziehen wollte. Er hielt nichts von Fortschritt, in dem zu viel Forschschritt war, aber er konnte es nicht verhindern.

Die Kinder der Pest hatten sich längst akklimatisiert und die Überlegenheit der Berliner Ausdrücke anerkannt. Sie sagten nicht mehr Bütterken sondern Schrippe oder Stulle und steigerten gut nicht mit besser, am besten, sondern gut – prima – knorke – dufte – schnaffke. Den fiesen Möpp ließen wir ihnen. Es wurde F. M. daraus und wir nahmen F. M. in unseren Wortschatz auf. Ein guter Sieger läßt dem Besiegten den Säbel. Im gewissen Sinne brauchten wir auch einander, denn wenn man den Mund voller Wortmunition hat, braucht man schließlich jemanden, auf den man sie verschießen kann. Solange es nur *unsere* Straßenseite gegeben hatte, war es rückblickend direkt langweilig gewesen. Die Pest hatte Leben in die Auseinandersetzungen gebracht.

Im Gymnasium bekam ich, genau wie ich prophezeit hatte, schlechtere Noten, weil man bei gleichbleibender Faulheit eben nicht gleichbleibend gute Noten haben kann in einer anspruchsvolleren Schule. Ich sorgte aber dafür, daß sie nie so schlecht waren, daß Mamuschka oder Papuschka mir die Leviten hätten lesen können. Illas Mutter fuhr zum Reichsparteitag nach Nürnberg, und als sie wiederkam, wurde sie immer dicker. Erst dachten wir, es sei von den Nürnberger Lebkuchen, aber dann meinte Illa doch, es sei vom Kartoffelessen. Sigi und ich hatten gleich unsere Bedenken, denn wir waren schon aufgeklärter. Wir wußten schon, wie ein Baby rauskommen würde, nur wie es reinkam, wußten wir leider immer noch nicht. „Löcher, um ein gnitzekleines Kind hineinstecken zu können, gibt es ja genug“, sagte Sigi und bohrte nachdenklich in der Nase, „aber Löcher, wo große Babies rauskommen können, gibt es keine. Also bleibt nur eins, man muß den Bauch aufschneiden. Wenn Gott Zeit hat, macht er den Bauch selber auf, vom Bauchnabel abwärts, – wenn er grad keine hat, macht das der Kaiser, das nennt man dann auch Kaiserschnitt.“

„Es gibt doch keinen Kaiser mehr“, sagte ich, „wer bringt dir so einen Quatsch bei?“ Sigi war beleidigt.

„Es gibt Kaiser's Kaffeegeschäft, oder?“ meinte sie, „und außerdem macht ein Kaiser nie was selbst, sondern hat seine Leute dafür.“

Das stimmte natürlich.

„Trotzdem muß bei beiden Methoden eine Narbe zurückbleiben“, sagte ich, „und ich hab auch schon am Riga'schen Strand nackte Frauen gesehen, die eine lange Narbe hatten, aber *meine* Mutter hat garantiert keine. Also bitte schön, wo in aller Welt hat man mich herausgekriegt?“

„Bei euch ist so vieles anders“, meinte Illa, „vielleicht auch das.“ –

Im Sommer fuhr ich mit dem Fahrrad zur Schule und im Winter mit der S-Bahn. Der Sommer dauerte von April bis Oktober und der Winter von November bis April. Mit dem Fahrrad war es billiger und gesünder, nur dauerte es viel länger. Zur Schule radelte ich mit den Kindern, mit denen ich mich irgendwo auf dem Schulweg traf. Der Hinweg dauerte 20 Minuten, der Rückweg 1–2 Stunden, weil wir Radler uns immer nach der Schule zu einer Schonstunde in der Kiefernschonung trafen, bevor wir uns wieder den Strapazen des Elternhauses aussetzten. Dann erzählten wir uns den Inhalt von Filmen oder Büchern, was den Vorteil hatte, daß immer nur einer ins Kino gehen oder ein bestimmtes Buch lesen mußte. Dazu pafften wir manchmal eine Zigarette aus getrockneten Blättern, die man nur paffen konnte, weil man sich in die Hose gemacht hätte, wenn man sie richtig geraucht hätte.

„Weißt du, Boris“, sagte Mamuschka bewundernd, „man verlangt schon viel von den Zehnjährigen, jeden Tag bis 2 Uhr Unterricht und manchmal danach auch noch Sport.“

„Meistens ist ja morgens Sport“, warf ich schnell ein, aber Papuschka hatte nicht richtig zugehört, und außerdem war es ihm egal. Er wußte, daß die Schule mich nicht anstrengte, und Sport war für mich ein Vergnügen. Er verschwand im Herrenzimmer.

„Siehste“, sagte ich, „du regst dich immer nutzlos auf.“

An kritischen Tagen pflückten wir Blumen und im Herbst sammelten wir schnell ein paar Pilze und brachten sie unseren Müttern mit, um unsere Zuspätkommerei zu entschuldigen. Mamuschka hätte natürlich Zustände bekommen, wenn sie gewußt hätte, was wir uns erzählten, wie wir rauchten und was wir rauchten und wie wir durch die Gegend radelten. Wir waren alle Meisterfahrer. Wir konnten einhändig und freihändig fahren, mit den Füßen auf der Lenkstange oder auf dem eigenen Gepäckträger hockend, dabei Schulhefte und nicht gegessene Butterbrote zerdrückend. Wir konnten auf dem Rahmen stehen mit einem Bein und das andere akrobatisch nach hinten strecken, vorwärts und rückwärts fahren und in voller Fahrt abspringen. Wir konnten auch Schulmappen verlieren, was uns aber nie aufregte, denn so unnütze Dinge gingen nie verloren, dafür fand sich immer ein ehrlicher Finder.

Ähnliche Talente entwickelten wir in der S-Bahn, und der Winter war darum für die Eltern der Schulkinder eine teure Jahreszeit. Sie mußten die Monatskarte zahlen und laufend nachkaufen, was wir in der S-Bahn verloren hatten – Mützen, Handschuhe, Schals, Jacken. Dafür gab es leider nicht so viele ehrliche Finder wie für Schulsachen. Mit Vorliebe stiegen wir in die Abteile für Reisende mit Gepäck ein, weil da die Bankreihen nur an den Seiten waren und man prima Fangen spielen und in den Gepäcknetzen liegen konnte. Da die eigentliche Fahrzeit nur 5 Minuten betrug, wir aber unsere Monatskarten gut ausnutzen und unsere Mütter mit zu frühem Heimkommen nicht verwöhnen wollten, fuhren wir immer über unseren Zielbahnhof hinaus und einige Male hin- und zurück. Durch diese interessanten Schulwege wurde mir bald klar, daß Papuschkas Schulwahl doch die richtige gewesen war. In das Lyzeum gingen nur Mädchen, in das Gymnasium Mädchen nur ausnahmsweise. Ohne Jungen wäre der ganze Schulweg aber uninteressant gewesen. Ein weiterer Vorteil des Gymnasiums war, daß es keine Rügen gab, sondern gleich Tadel, für zwei Tadel eine Stunde Arrest. Arreststunden waren eine feine Sache, da konnten wir uns viel besser entfalten als in den Schulstunden. Natürlich mußten wir lernen oder irgend etwas zur Strafe abschreiben, aber wie wir aussahen, wenn wir zur Strafe lernen mußten, das machte das Lernen direkt zum Vergnügen. Einmal hatten wir alle rote Schleifen im Haar, einmal Trauerflor am Oberarm oder Papiertüten auf dem Kopf. Die Lehrer fanden das nicht gut, wir dafür umso mehr.

Vorteilhaft war auch, daß es im Gymnasium keine Handarbeitsstunden gab. Man konnte sein Abitur machen, ohne je gelernt zu haben, wie man einen Knopf annäht. Eigentlich hätte Mamuschka das schätzen müssen, weil es genau zu der feinen Art paßte, in der sie erzogen worden war, aber sie schätzte es natürlich nicht.

Als ich in das Gymnasium kam, begannen und endeten die Ferien mit Fahne hochziehen und Absingen eines markanten Liedes.

„Fest wie deutsche Eichen halten alle Zeit wir stand,
wenn Stürme brausen über's deutsche Vaterland,
wir sind die Niedersachsen, sturmfest und erdverwachsen,
Heil Herzog Wittekind's Stamm!"

Nicht „Heil Hitler" sondern „Heil Herzog Wittekind", das

fand Papuschka sehr gut und außerdem amüsant, weil wir ja nicht in Niedersachsen, sondern in der Mark Brandenburg lebten.

„Dir paßt auch nie was", sagte ich, aber Papuschka lächelte und meinte beruhigend: „Doch, doch, das paßt mir sehr gut."

Er hätte mich ja ins Lyzeum lassen können, da sangen sie, daß die SA mit ruhigem Schritt marschiert. Dabei mußten sie stillstehen und an den armen, von Rotfront erschossenen Horst Wessel denken, oder so tun als ob.

„Bleib lieber bei den schönen, deutschen Eichen, die spenden guten Schatten", sagte Papuschka.

Er war eben nicht wie andere Leute. Die wollten am liebsten in der Sonne stehen und schön braun werden. Vielleicht lag es aber auch an Papuschkas empfindlicher Glatze, daß er den Schatten vorzog.

Nach einem Jahr bekamen wir einen neuen Direktor, der schaffte gleich die deutschen Eichen ab und erzog uns zu Flußpiraten. Nun mußten wir singen „Von der Maas bis an den Belt", und keiner wußte, wo die Maas und wo der Belt rumflossen. Aber wir sangen. Ich stand am liebsten in der zweiten Reihe, weil man dann den Arm auf die Schulter des Vordermannes legen konnte. Die Kameraden, die Rotfront erschossen und die nun auch in unseren Reihen mitmarschierten, halfen uns leider nicht, den Arm hochzuhalten, der bei den langen Liedern ermüdete. Darum gab es vor dem Aufstellen immer ein Durcheinander, weil keiner gern in der ersten Reihe stehen wollte.

Später, als wir als Flußpiraten genug Übung gesammelt hatten, durften wir uns in den Musikstunden auch ans Meer wagen. Dann sangen wir: „Kameraden, unsre Speere werfen wir in fremde Meere, schwimmen nach und hol'n sie ein . . .", dabei konnte ich noch gar nicht lange schwimmen, und im Werfen war ich auch nur mittelmäßig.

Oder wir sangen: „Wer will mit uns nach Island ziehen, den Kabeljau zu fischen . . ." Ich mochte keinen Kabeljau, ich mochte überhaupt keinen Fisch, und auf einem Schiff wurde mir immer schlecht. Ich wurde stets seekrank, wenn wir in den Ferien nach Riga fuhren.

Besser war schon das Lied: „Nach Ostland geht unser Ritt . . .", aber wenn alle mit Begeisterung sangen, daß sie in ein neues Land reiten würden, dann dachte ich im Stillen, das sei ein alter Hut, denn der Osten war ja kein neues Land für uns, sondern ein Stück Heimat.

Eines Tages lernten wir ein tolles Lied, das wäre etwas für Zarah Leander gewesen, denn man mußte es schön tief singen. Den Text verstand ich nicht, aber von vielen Liedern verstanden wir den Text nicht und sangen sie trotzdem. Großmama hatte mir beigebracht: „Goldne Abendsonne, wie bist du so schön", und jahrelang sang ich dann: „Nie Kanone Wonne Deinen Glanz ich sehn."

Nun sangen wir, daß Deutschland erwachen solle, und kein Mensch hatte gemerkt, daß Deutschland schlief. „Judas erscheint, das Reich zu gewinnen", hieß es, und es kam darin die „donnernde Rache" vor. Judas Ischariot konnte ja nicht gemeint sein, der hatte sich längst aufgehängt, und einen anderen kannte ich nicht. Und ich kannte auch nur einen, der das Reich gewinnen wollte oder es schon gewonnen hatte, und das war unser Führer, Adolf Hitler. Also fragte ich Papuschka: „Du, Papuschka, ist Hitler der Judas?"

„Wer sagt denn sowas?" fragte Papuschka.

„Boris, bringe uns nicht ins KZ", sagte Mamuschka warnend.

„Da sind wir schon drin, alle zusammen", sagte Papuschka.

Ich wurde ärgerlich, denn ich wußte nicht, was ein KZ war. Nun wußte ich gleich zwei Dinge nicht, es war zum Verrücktwerden!

„Ich verstehe immer Bahnhof", sagte ich maulend, „ich frage überhaupt nichts mehr. Ich möchte ein Leben lang tot sein."

„Ich finde, es ist wirklich nötig, daß Nata nun in ein Internat kommt", sagte Papuschka, „jetzt fangen sie auch im Gymnasium an verrücktzuspielen."

„Das Gymnasium ist prima", schrie ich, „und verrückt werde ich nur, weil man hier nie eine Antwort bekommt, auf die man nicht wieder drei Fragen stellen muß. Mir langt es. Ein Internat ist totale Geldverschwendung, da reiße ich sowieso aus, dreimal am Tag."

Ich sah noch, wie Mamuschka glücklich lächelte, weil sie irrtümlicherweise Ausreißenwollen für Anhänglichkeit hielt, dann raste ich aus dem Haus und verkroch mich in den Johannisbeerbüschen. Ich hatte das Gymnasium nicht gewollt, stimmt, aber nun fand ich es prima. Die Lehrer waren fast alle dufte, und verhauen wurden nur die Jungens, und das war auch prima. Wir hatten auch nur zwei Lehrerinnen, und die eine davon liebten wir ganz besonders, weil sie bei uns immer nur Ersatzunterricht gab. Dann unterrichtete sie nicht, sondern erzählte von anderen Ländern, von Huckleberry Finn, Tom Sawyer und ihrem Bruder in Brasilien, der immer, wenn er ein Päckchen schickte, die Hohlräume mit Kaffee füllte. Wer wollte da noch nach Ostland reiten, wenn es sowas alles im Westen gab?

„Hitler ist ja meschugge", dachte ich, aber ich sagte das natürlich nicht. Schließlich war das Gymnasium auch nahrhafter als das Lyzeum, denn eine meiner Mitschülerinnen lud uns lange Zeit nach der Schule zum Kuchenessen ein. Wir aßen Bienenstich und Königsberger Kranz, Liebesknochen konnte ich bald nicht mehr sehen, aber einen Amerikaner konnte ich auch noch essen, wenn mir beinahe schlecht war.

Natürlich kam eines Tages heraus, daß Helga das Geld für den Kuchen immer aus der Geldbörse ihres Vaters gestohlen hatte, und sie flog von der Schule. Ihr Vater nahm dann verärgert seine zweite Tochter auch vom Gymnasium.

„Das ist noch ein Vater von Schrot und Korn", sagte ich, „ich wette, die Helga hat nicht halb so viel Schimpfe bekommen wegen der Kuchenesserei wie ich. Ihr tut gerade so, als hätte ich das Geld dafür geklaut."

„Ich wunderte mich schon immer, warum das Kind mittags nie Appetit hatte", sagte Mamuschka, und Papuschka meinte zu mir: „Du hättest dir Gedanken machen können, woher das Geld kommt."

Ich hatte aber nicht gedacht, sondern gegessen und war froh gewesen, mitessen zu dürfen.

„Ein Kavalier genießt und schweigt", sagte ich, „das hat der Fürst gesagt, und eine Kavalöse schweigt auch und genießt und petzt nicht."

„Kavalöse, so ein Wort gibt es nicht", erklärte Papuschka.

„So ein Wort gibt es nicht", mischte sich nun auch Mamuschka ein.

„Na ja, dann habe ich ja einem dringenden Bedürfnis abgeholfen und ein passendes Wort erfunden", sagte ich. Ich hatte gerne das letzte Wort. Mamuschka hatte selten das letzte Wort, aber immer den letzten Handschlag. Auch jetzt rutschte ihr mal wieder die Hand aus. Ich hätte ihr am liebsten die Zunge rausgestreckt, aber ich war ja nicht lebensmüde. Also beschloß ich, den Staub meines Elternhauses von meinen Füßen zu schütteln. Schon in der Bibel stand, daß die Ungerechtigkeit überhand nehmen würde, mir war ganz klar, daß wir in der Endzeit lebten, ganz egal ob Hitler nun einen tollen Anfang gemacht hatte oder nicht. Da kein Senfbaum da war, legte ich mich unter die Ulme, deren Zweige bis zum Boden hingen, und hoffte, ein Walfisch würde mich verschlingen wie den Jona. Mir war alles recht. Selbst der Weltuntergang.

17. Kapitel

Die englische Sprache

Sehr zum Kummer von Grand Tante lernte ich als erste Fremdsprache Englisch. Auch Illa fing mit Englisch an; das war im Lyzeum nichts besonderes, wohl aber im Gymnasium. Dort hatte man bisher mit Latein begonnen, nur in meinem Jahrgang versuchsweise mit Englisch und danach nie wieder eine Ausnahme gemacht. Papuschka fand das bedauerlich, ich aber fand es gut, denn nun konnten Illa und ich immer unsere neugelernten Sprachkenntnisse austauschen und voneinander profitieren. Natürlich zeigte sich auch dabei sehr bald die Überlegenheit des Gymnasiums. Als ich von meiner ersten Englischstunde nach Hause kam, hatte ich schon einen ganzen Vers gelernt und einen tiefen Einblick in das englische Nachtleben gewonnen.

„Good night, sleep tight, don't let the bedbugs bite", hatten wir gelernt, während Illa nur wußte, daß eine Tafel eine blackboard sei und guten Morgen „good morning" und „sit down" hinsetzen hieß. Um das zu verstehen, mußte man ja nicht Sprachunterricht nehmen, fand ich. Mein Spruch erweiterte wenigstens den Horizont, denn man überlegte, warum es in englisch nötig war, vor Bettwanzen gewarnt zu werden.

„England ist eine Insel", sagte Illa, „da können die Leute schlecht 'runter und die Wanzen erst recht nicht. Darum müssen sie im Lande bleiben und mehren sich dort redlich." Das leuchtete mir ein.

„Dann ist es natürlich kolossal wichtig, daß man zuerst etwas über Wanzen erfährt", sagte ich, „vorausgesetzt, man hat überhaupt Lust, je in solch ein Land zu reisen, in so ein verwanztes."

Im Laufe der Zeit lernten wir aber noch eine Menge mehr, und wenn ich es so richtig bedachte, dann war Englisch eigentlich gar nicht schwer. Viele Worte schrieb man wie im Deutschen, man sprach sie nur anders aus, andere konnte man sich leicht merken, weil sie einen an deutsche Worte erinnerten. Winter, Tiger, Rost, Butter, Ball, Post, Wind, Gold, Idiot, das alles schrieb man gleich.

Mist und fee sprach man wie Mistvieh, by und light wie Beileid, up und fart wie Abfahrt, bough und lime wie Bauleim usw. Es machte Spaß, solche Vergleiche zu suchen und zu finden, sie brachten einem die englische Sprache sympathisch näher. Wie kompliziert war dagegen die deutsche Sprache, von der russischen ganz zu schweigen. Ich war direkt erstaunt und ergriffen, daß ich so etwas Schweres hatte lernen können.

„Ich bedaure die Kinder, die Deutsch lernen müssen", sagte Illa, „bis die sich verständlich machen können, sind sie längst verhungert."

Wenn man in einen deutschen Bäckerladen ging, brauchte man dringend Worte wie: Liebesknochen, Windbeutel, Amerikaner, Heidesand, Schweinsohr usw. Beim Metzger lernte man zugleich Geographie, denn es gab Frankfurter und Wiener, Kassler und Krakauer. Im Süßwarenladen mußte man Worte kennen wie Studentenfutter, Negerküsse, Bärendreck und Türkenhonig.

„Wir können Gott auf den Knien danken, daß wir keine Engländer sind", sagte Illa, „Deutsch würde ich wahrscheinlich nie lernen, wenn ich es nicht schon könnte."

Damit hatte sie recht, und die Ehrfurcht vor unserer Sprachvielfalt wuchs. Ohne Ornithologie ging es auch nicht, denn man sagte bei uns Schnapsdrossel, Dreckfink, Rabenmutter, und aus der Tierkunde brauchte man Worte wie Lackaffe, Rattenschwanz, Löwenmähne oder Brillenschlange. Die deutsche Sprache hatte mehr Ausdrücke als ein deutscher Duden fassen konnte. Das war wirklich kolossal!

18. Kapitel

Festtage

Festtage, an denen man etwas geschenkt bekam, waren natürlich die besten, aber Tage, an denen Besucher mir etwas mitbrachten, waren auch ganz schön, wenn sie auch keine Festtage waren, denn feiern taten dann immer nur die Erwachsenen und ich wurde ins Bett gesteckt. Wenn sie dachten, ich schliefe, schlich ich 'runter in die Küche und trank den Rest aus den dort herumstehenden leeren Flaschen aus. Das machte mich sehr müde, und ich schlief infolgedessen am nächsten Morgen besonders lange.

„Es ist ein braves Kind", sagte dann Mamuschka und war sehr stolz auf mich und ihre gute Erziehung.

„Das findet man wirklich selten", sagte auch Alexandra, eine Freundin von Mamuschka, die morgens natürlich immer lange schlafen wollte, weil sie und alle anderen, die bei uns übernachteten, erst weit nach Mitternacht ins Bett gefunden hatten.

Zwei Jahre später erwischte mich Mamuschka bei meiner stillen Trinktätigkeit, verhaute mir den Po und paßte in Zukunft auf die leeren Flaschen auf.

Der Erfolg war, daß ich morgens früher aufwachte und alle störte.

Nun war ich mit einem Male kein braves Kind mehr, weil eben nur schlafende Kinder wirklich brav sind.

Da ich das einzige Kind in der Verwandtschaft war, bekam ich immer viel mehr Geschenke als meine Freundinnen. Dafür bekamen diese eine Geburtstagstorte und ich immer nur den obligatorischen baltischen Hefekringel mit je einer dicken Kerze in jedem Kringelloch.

Illa bekam von ihrer Mutter immer eine Walnußtorte, in die man so viele kleine Kerzen stecken konnte, wie man wollte oder wieviele Jahre Illa alt war, und darum beneidete ich sie maßlos. Darum war in meinen Augen immer „der Wurm drin" an meinem Geburtstag.

Auch Weihnachten war nicht ohne Wurm, denn wir hatten zwar immer den schönsten und größten Baum, aber Papuschka regte uns jedes Jahr von neuem mit seiner langsamen Paketauspackerei auf. Natürlich mußte ich immer erst ein Gedicht aufsagen und wir sangen ein Weihnachtslied. Der Anblick der vielen Pakete unter dem Weihnachtsbaum war aufregend, aber nicht halb so aufregend wie die Art, in der Papuschka die Pakete schön langsam von den Schnüren befreite, diese über zwei Finger wikkelte und das Ende fein säuberlich einsteckte.

„Nun mach doch schon", sagte ich, „ich platze", aber Papuschka ließ sich nicht drängen.

Jedes Jahr wünschte ich mir ein Fähnchenkleid, und da ich es nie bekam, wurmte mich auch das. Ein Fähnchenkleid war ein Kleid aus dünnem Stoff, aber bei uns hatte man eben weder für Fähnchen noch für Fahnen etwas übrig. Statt dessen gab es jedes Jahr aufs neue ein Samtkleid mit Spitzenkragen, ein Matrosenkleid oder Kleider aus Gminderlinnen, welches meine Tante uns immer in allen Farben schickte. Wenn ich dann nicht so entzückt aussah, wie Mamuschka das erwartete, dann sagte sie:

„Du bist verwöhnt und ein undankbares Kind." Dabei wäre ich für ein Fähnchen sooo gerne dankbar gewesen.

Die Süßigkeiten fand ich natürlich wundervoll, genau wie Papuschka, der sie immer mit seiner Süßigkeitsspürnase schon vor Weihnachten gefunden hatte, ganz egal wie gut Mamuschka sie auch versteckt zu haben glaubte.

„Vor Weihnachten schmecken sie am besten", sagte er immer, aber ich konnte nie feststellen, daß sie ihm zu irgendeiner anderen Zeit weniger gut geschmeckt hätten.

Früher brachte der Weihnachtsmann die Geschenke und der

Osterhase die Eier. Seit man auf unserer Wiese Häuser gebaut hatte, kamen der Weihnachtsmann und der Osterhase natürlich nicht mehr rum, und so machten Papuschka und Mamuschka alles selber.

Da bei uns meistens zweimal Weihnachten und zweimal Ostern gefeiert wurde, einmal auf deutsch und vierzehn Tage später auf russisch, war ich natürlich besser dran als meine Freundinnen.

Das russische Osterfest erwarteten wir in der Kirche. Ich war oft sehr müde, aber da es in der russischen Kirche keine Bänke, dafür aber viele Leute gab, merkte es niemand, wenn ich im Stehen vor mich hinschlief. Umfallen konnte ich ja nicht, dazu standen die Menschen zu eng beisammen.

Genau zu Mitternacht rief dann der Priester: „Christus ist erstanden“, und so gut es in der Enge ging, fielen sich alle um den Hals und versicherten einander: „Ja, er ist wahrhaftig auferstanden.“

Nachdem Christus auferstanden war, mußte ich ins Bett, denn nun wollte Mamuschka feiern. Ostern ist das höchste Fest in der russischen Kirche, und in Rußland wurde dann immer drei Tage lange gegessen und gefeiert, alle Freunde kamen auf Besuch und man selber machte Besuche, und vielen Menschen platzte der Magen, weil er ja durch die vorhergegangene Fastenzeit speiseentwöhnt war. Selbstverständlich platzte er nur bei armen Leuten, denn die reichen aßen, wenn sie strenggläubig waren, zwar kein Fleisch, dafür aber viele andere Delikatessen, Kaviar und verschiedene Arten Fisch.

Außer den Festtagen, die es schon seit Urväter Zeiten gegeben hatte, waren 1933 neue dazugekommen, die Hitler gegeben hatte. Papuschka nannte sie eine „schöne Bescherung“, und Mamuschka murmelte entsetzt: „Boriiis, das Kind!“ Aber das Kind hatte es längst gelernt, in ihrem Zwischenraum zu leben und sich, je nach Lust, Laune oder Zweckmäßigkeit, mal nach der einen oder der anderen Seite hinzulehnen. Mit elf Jahren war ich davon überzeugt, daß es sich auf Mamuschkas Seite und mit Hitler besser leben ließ als auf Papuschkas Seite, der sich von Hitler nichts bescheren lassen wollte. Dabei hatte Hitler auch ihm Arbeit verschafft, sogar im Übermaß, denn Ahnenforschung war in Mode gekommen. Jeder mußte, wenn er etwas werden wollte, einen arischen Nachweis erbringen, und selbst alte Stammbäume wie der unsere waren nichts wert, wenn herauskam, daß irgendwann ein oder gar mehrere Juden dran gebaumelt hatten. Hitler selber mußte natürlich nichts nachweisen, denn er war ja auf Grund seiner hervorragenden Taten auch mit schwarzem Schnurrbart und dunklen Haaren ein Auserwählter. Außerdem war er so blauäugig gesonnen, daß alle seine Nachfolger davon überzeugt waren, daß er, wenn er nur gewollt hätte, zweifelsohne blonde, blauäugige Kinder gezeugt hätte. Er wollte nur nicht, weil er seine ganze Manneskraft in dem Dienst für die Allgemeinheit verzehrte. Andere Männer allerdings durften ihre Kraft nicht durch die Rippen schwitzen, sondern wurden angehalten, für reichlichen Nachwuchs zu sorgen. So gesehen, war Papuschka mit mir als seinem einzigen Kinde ein bevölkerungspolitischer Blindgänger, wenn er auch einwandfrei erwiesen hatte, daß er trotz Glatze blonde, blauäugige Kinder zu zeugen in der Lage war. Dafür war ich ihm sehr dankbar, denn wenn ich Mamuschkas schwarze Haare geerbt hätte, wäre ich um manche Ehre gekommen. Man hätte mir auch sicher nicht die Gruppenfahne anvertraut und mich auch nicht für propagandistische Werbefilme benutzen können.

„Putz dir die Nase, bevor man dich fotografiert", sagte Papuschka, „und zieh dir die Strümpfe hoch . . . nicht die Nase, steck auch ein Taschentuch ein!" Paps war manchmal abscheulich und konnte einem alle Freude vermiesen. Natürlich würde ich aufpassen, daß ich wie aus dem Ei gepellt aussehen würde, und einen Schnupfen hatte ich nur, weil Mamuschka mich nicht genug abhärtete. Wenn andere schon oder noch Söckchen trugen, mußte ich schon lange Strümpfe anziehen und mich damit blamieren.

„Ich werde nicht geknipst", sagte ich, „ich werde gefilmt", und dann zog ich mit dem Fahrrad los in die Berliner Rehberge, wo der Film gedreht werden sollte. Auf dem Weg dorthin probierte ich schon ein starähnliches Lächeln.

„Mach den Mund nicht zu weit auf", hatte Papuschka noch zum Abschied gesagt, „sonst sieht man deinen vorstehenden Eckzahn!" Auch das war natürlich gemein, aber ich nahm mir vor, mich vor zu viel Zähnezeigen in acht zu nehmen. Mamuschka war da ganz anders, sie wußte meine Ehre einzuschätzen, denn mein Ruhm war ihr Ruhm, ob in der Schule oder in der Hitlerjugend. Leider war, aus welchem Grund auch immer, bei allen erhabenen Anlässen der Wurm drin. Erst die Schande mit den baumelnden Handschuhen, und auch bei den Filmaufnahmen gab es eine Blamage. Wir saßen im Kreis, und während gefilmt wurde, sollte ich etwas über den gerade begonnenen Frankreichfeldzug erzählen. Jeder gute Deutsche hing täglich am Radio und wußte genau Bescheid, wieweit Hitler mit den Franzosen war, die ihre Wäsche auf der Siegfriedleine aufhängen wollten und sich ihre Maginotlinie sauer kochen konnten, weil sie hinten und vorn nichts nutzte.

Aber bei uns hing niemand am Radio, und ich selber schwärmte grade für Shirley Temple und ihre Korkenzieherlocken. Ich wollte lernen, wie man steppt und wie man aus Schnittlauchhaaren Locken macht, was leider mißlang.

Ich stotterte also etwas vom Schliefenplan, der sich im Westen vollzog und der im ersten Weltkrieg mißlungen war und nun, dank Hitlers Schlachtengenie, zu verspäteter Durchführung kam. Zum Glück dachten alle, ich sei nur durch die Filmerei so verwirrt. Die Bannmädelführerin meinte ein wenig ironisch: „Nur gut, daß es keine Tonbandaufnahme war."

Ich wäre am liebsten unter den Rasen gekrochen, meine Nase begann zu laufen, die Strümpfe rutschten, ich hatte kein Taschentuch parat und zeigte dennoch ein Zähnelächeln, damit niemand merken sollte, wie blamiert ich mich fühlte. Natürlich vergaß ich ganz meinen Eckzahn. Die ganze HJ konnte mir mit einem Male gestohlen bleiben, ich hatte die Nase voll.

Als ich zu meinem Fahrrad wollte, war es gestohlen. Das hatte mir grade noch gefehlt zu meinem Unglück. Ich lief die vielen Kilometer bis nach Hause und meine Nase lief mit. Als ich endlich daheim war, sah ich nicht mehr aus wie ein aufsteigender Stern, sondern höchstens wie eine verglühte Sternschnuppe. Mir war die ganze Welt schnuppe, sogar Hitler. Papuschka war aber sehr anständig und schimpfte nicht mal. Er hatte eben wieder einmal recht behalten, das ganze war eine „schöne Bescherung" gewesen.

19. Kapitel

Bildung

Meine Eltern gingen gern in das Theater. Als sie wenig Geld hatten, gingen sie oft, als sie mehr Geld hatten, etwas öfter und eben auf teurere Plätze. Auf billige gingen sie auch dann nicht, als sie sich eigentlich nur billige leisten konnten. Wenn sie schon ins Theater gingen, dann sollte auch alles Drum und Dran schön sein. Papuschka steckte die Brillantnadel in die Krawatte und Mamuschka ihre Brillantbrosche an das Kleid und das Brillantarmband an das Handgelenk und das perlmuttbesetzte Opernglas in die Handtasche. Es war ein schönes Gefühl für sie, ab und zu einmal normal wie früher und damit über unsere Verhältnisse zu leben. Von mir aus hätten sie lieber ins Kino gehen sollen, das wäre billiger gewesen, und vor allen Dingen wären sie dann früher nach

Hause gekommen. Jeder Theaterbesuch von ihnen war ein Abend voller Schrecken für mich.

Als ich kleiner war, steckte Mamuschka mich ins Bett, sagte: „Spakoi ni notsch", bekreuzigte mich und meinte: „Wir sind bald wieder da."

Aber Gott war weit weg, und wenn meine Eltern auch noch weg waren, gab es im Haus so viele Geräusche, die ich sonst nie hörte. Es knisterte und knackte, und mein Herz klopfte wie ein Pferdefuß in meiner linken Wade, ich hatte fürchterliche Angst vor Einbrechern. Das alte Zeug da unten, das wollten die bestimmt nicht, die wollten nur *mich*. Jeder Einbrecher war in meiner Phantasie auch immer zugleich ein Mörder.

Ich betete ein paarmal: „Lieber Gott, mach mich fromm, daß ich in den Himmel komm", und wollte damit die Engel animieren, mir beizustehen. In den Himmel wollte ich, genau genommen, eigentlich noch nicht.

Als ich älter war, da hieß es: „Lies noch ein wenig und gehe nicht zu spät ins Bett." Das war so ein frommer Wunsch ahnungsloser Eltern. Ich blieb im Wohnzimmer sitzen und las und las, und je länger ich las, desto weniger traute ich mich nach oben zu gehen. Wenn meine Eltern weg waren, konnte ich alle Bücher lesen, für die ich angeblich noch zu klein war. Dank der vielen Theaterbesuche meiner Eltern hatte ich mich mit zwölf Jahren durch Vaters ganzen Bücherschrank gelesen und nicht die Hälfte davon verstanden. Aber das machte nichts. Die andere Hälfte wimmelte von schaurigen Gestalten, und fortan fürchtete ich mich nicht nur vor Einbrechern, sondern auch vor Macbeth, Dschingis-Khan oder Iwan dem Schrecklichen. Ich ging immer erst ins Bett, wenn ich fürchten mußte, Mamuschka käme gleich nach Hause und dann würde ein doppeltes Theater losgehen, wenn sie mich noch unten vorfände. Macbeth' Geist konnte ich vielleicht entgehen, schließlich war der in erster Linie für England zuständig, aber nicht dem meiner Mutter.

Es dauerte dann meistens auch nicht mehr lange, bis ich hörte, wie sich unten der Schlüssel in der Haustür drehte. Da ich mit Sicherheit annehmen konnte, daß ein Einbrecher nicht mit dem Schlüssel durch die Haustür kommen würde, konnten es nur meine Eltern sein. Sie schlichen leise nach oben, um das liebe Kind nicht zu wecken, und Mamuschka beugte sich auch immer noch einmal über mich, wahrscheinlich aus Affenliebe und schlechtem Gewissen. Ich atmete dann so ruhig und gleichmäßig wie ich konnte und hielt auch den Mund fest zu, denn vor lauter Angst hatte ich natürlich vergessen, die Zähne zu putzen. Zähne, die einem vor Angst klappern, kann man sowieso schlecht putzen.

Der Rest der Nacht war meistens auch nicht erholsam, denn ich träumte schaurige Sachen. Mamuschka sagte immer, ich solle beten und mich dann auf die andere Seite drehen, das hülfe. Wenn ich aufwachte, versuchte ich es auch, aber kaum lag ich auf der anderen Seite, kam die Fortsetzung von meinem Traum, nur eben ein neues Kapitel. Dann betete ich nochmal und drehte mich erneut um, und wenn ich das ein paarmal getan hatte, schlief ich schließlich doch ein.

Als ich älter war, durfte ich ab und zu auch in das Theater, und meine Eltern suchten die für mich passenden Stücke aus. Es ging mit „Hänsel und Gretel“ und „Peterchens Mondfahrt“ an, und schließlich durfte ich auch „Minna von Barnhelm“, „Wilhelm Tell“ und den „Freischütz“ sehen.

Seit ich im Gymnasium war, hatte ich auch noch ein Schülerabonnement. So ein Schüler-Theaterbesuch ging bereits schon mit Theater los, nämlich zu Hause zwischen Mamuschka und mir. Mamuschka ging dekoltiert ins Theater, aber für mich fand sie es unpassend.

„Knöpf das Kleid richtig zu“, sagte sie, und das Kleid war natürlich wieder so ein doofes Samtkleid mit Spitzenkragen von Grand Tante, die ich seit Babuschkas Tod Ota nannte, das war ein Zwischending von Oma und Tante. Spitzenkrägen kamen auf blauem Samt so schön zur Geltung, dabei wollte ich leider selber zur Geltung kommen, der Kragen war mir egal. Lange Strümpfe mußte ich auch anziehen, wenn man auch zum Glück nicht sehen konnte, daß sie an einem Leibchen angeknöpft waren. Wenn ich konnte, angelte ich mir aus Mamuschkas Flickkorb ein paar Seidenstrümpfe, um sie bei erstbester Gelegenheit gegen meine weißen, langen Strümpfe einzutauschen. Um den Hals bekam ich eine Goldkette oder eine kleine Korallenkette und dann sollte das Goldkind losziehen. Aber ich jammerte und heulte erst mal, wie altmodisch ich aussehe und wie altmodisch meine Mutter sei und daß ich lieber sterben als mich lächerlich machen wolle, Mamuschka schimpfte und meinte ihrerseits, daß ich sehr nett aussähe und froh sein solle, daß ich so oft ins Theater dürfe, ich sei eben verwöhnt und undankbar.

„Zu Hause ist genug Theater“, jaulte ich, „Szenen am laufenden Band, Kummer und Herzeleid, ich brauch dafür gar nicht erst wegzugehen. Ich wünschte, ich wäre Gretel und die Hexe tät mich fressen“, schrie ich jammernd.

„Mach kein Theater“, sagte Mamuschka, „mach, daß du fortkommst“, und schob mich aus der Türe.

Kaum war ich um die Ecke, war ich schon ganz vergnügt. Mein Gejaule war nur noch Routine. Seit ich wußte, wie ich an Seidenstrümpfe und Mamuschkas großen Granatschmuck und den dazu passenden Armreif kommen konnte, war ich zufrieden. Mein erster Gang im Theater galt dann immer der Damentoilette, in der ich mich verschönerte. Wenn ich wieder herauskam, glaubte ich mich verwandelt wie die Ente, aus der ein Schwan geworden war. Ich merkte, daß die Leute mich anstarrten und sich nach mir umdrehten. Ich sonnte mich in ihrer Bewunderung und war auch eine atemberaubende Erscheinung; hinten am rechten Bein eine lange Laufmasche und vorne auf dem noch nicht vorhandenen Busen ein übergroßes Collier aus antiken, böhmischen Granaten.

20. Kapitel

Ferienkind

Der Ortsgruppenleiter fragte Mamuschka, ob sie auch bereit wäre, ein Ferienkind aufzunehmen. Obwohl Mamuschka mit mir genug am Hals hatte, sagte sie zu. Sie wollte den Ortsgruppenleiter nicht enttäuschen, nachdem Papuschka ihn schon so enttäuscht hatte.

„Das sind arme Kinder aus dem Ruhrpott“, sagte Mamuschka, „die brauchen mal gute Ernährung und viel Luft, Licht und Sonne.“

„Da ist Berlin als Großstadt gerade richtig!“ sagte Papuschka, aber wir wohnten ja nicht in der Stadt, sondern auf dem Lande und gehörten nur grade noch so zu Berlin.

„Was fragst du mich noch?“ sagte Papuschka, „du hast ja sowieso schon zugesagt, was soll ich also noch dazu sagen? Sie kann bei Natalia im Zimmer schlafen, wir stellen ein zweites Bett auf.“

„Toll“, sagte ich, „dann habe ich endlich auch einmal jemanden, mit dem ich im Bett quatschen kann, ich meine, mal für länger, und mit jemandem, der was Interessanteres zu erzählen weiß als Illa, die meistens dasselbe erlebt wie ich.“ Ich fieberte den großen Ferien entgegen, und Mamuschka kaufte Pudding und Butter und Zucker und alles, was schön fett macht, damit unser hohlwangiges Kohlenpottkind es gut haben und zunehmen sollte bei uns.

Wer kam, war Gerda Gielenbach aus Gummersbach. Sie war genauso alt wie ich, aber einen Kopf größer und 8 kg schwerer.

Mamuschka fand das sehr enttäuschend, sie hätte so gerne ein Kind hochgepäppelt, und Papuschka sagte: „Deren Vater ist bestimmt PG (Parteigenosse) und hat Beziehungen. Da sieht man mal wieder, was für ein Blödsinn gemacht wird. Herr Ortsgruppenleiter sollte mal Geographie lernen, dann wüßte er, daß Gummersbach nicht im Kohlenpott liegt."

Aber nun war Gerda da, und wir wollten ihr schöne Ferien bereiten, wenn man sie schon nicht aufpäppeln konnte. Papuschka kaufte ihr eine Blockflöte und gab uns Geld für den Besuch des Zoos, und Mamuschka kochte nicht extra fett, sondern wie immer, sie backte aber mehr als sonst, so daß auch Papuschka ganz zufrieden war über den Besuch.

Ab und zu machten wir auch Ausflüge, um Gerda die Gegend zu zeigen, aber sie sagte immer, Bäume und Wiesen und kleine Hügel hätte sie in und um Gummersbach auch. Trotzdem war sie keine Enttäuschung für mich, im Gegenteil. Da ich mein Zimmer mit ihr teilte, teilte sie mit mir ihre Erfahrungen. Ich hatte zwar auch keine rechte Ahnung wo Gummersbach lag, wenn auch offensichtlich nicht im Kohlenpott, aber es wurde mir bald klar, daß es nach Gerdas Erzählungen ein viel interessanterer Ort war als der unsrige. Gerdas Vater arbeitete bei der Reichsbahn, sie hatten ein kleines Haus, und wir erfuhren nie, warum sie es nötig hatte, verschickt zu werden, sie selber wußte es auch nicht.

Gerda erzählte von ihrer Klasse und von einem Mädchen, welches tolle Sachen mache.

„Na, was macht sie denn?" fragte ich und versuchte, nicht zu neugierig zu klingen, denn Gerda sollte nicht merken, daß mir etwas imponieren könnte. Ich sprach außerdem leise, damit Mamuschka nichts hören sollte.

„Sie macht immer Brücke auf der Wiese, und die Jungens kitzeln sie dann mit einem Grashalm", sagte sie.

„Wo?" fragte ich.

„Na, wo schon", sagte Gerda, „halt da unten zwischen den Beinen."

„Die ist doch blöd", sagte ich, „wozu macht sie dann erst Brükke, das ist doch umständlich. Sie braucht doch nur die Beine zu spreizen, wenn sie das will, obwohl ich finde, das ist verrückt und ein Grashalm piekt. Pinkelpaul tät einen sicher mit Absicht pieken, der ist so gemein."

Auf die Idee, daß es auch ohne Brücke gehen könnte, war Gerda noch nie gekommen, sie hatte eben nur einen großen Kopf, aber nicht so viel drin wie ich. Darüber war ich sehr froh.

„Manchmal läßt sie sich auch Sicherheitsnadeln reinstecken", sagte Gerda, aber das fand ich auch nicht überwältigend, wenn ich es auch interessant fand, was man in Gummersbach so alles machte.

„Wozu sollen Sicherheitsnadeln gut sein?“ fragte ich.

„Die sind so schön kalt“, erklärte Gerda, aber probiert hatte sie es auch noch nicht. Wahrscheinlich konnte sie keine Brücke machen.

„Wenn sie es schon kalt will, warum steckt sie sich keine Eistüte rein“, fragte ich, „weißt du nichts Gescheiteres zu berichten?“

Natürlich wußte Gerda noch mehr, denn sie hatte schon Liebespärchen belauscht und sogar schon einmal einen Kuß bekommen.

„Bei uns küßt die ganze Familie, wir sind aus Rußland“, sagte ich. „Küsse sind nichts Besonderes.“

„Ach, so ein Kuß auf die Backe, den meine ich nicht“, sagte Gerda, „ich meine einen richtigen Kuß auf die Lippen, die man aufmacht und mit der Zunge wedelt.“

„Wer wedelt denn?“ fragte ich, „der Junge oder das Mädchen?“

„Beide“, sagte Gerda.

Ich überlegte. „Das ist blöde“, sagte ich, „beide zusammen können nicht mit der Zunge wedeln, man kann es bestenfalls abwechselnd.“

Ich versuchte, mir die Sache plastisch vorzustellen und kam zu dem Ergebnis, daß ich sowas bestimmt nicht leiden können würde.

„So eine Sabbelei ist unhygienisch“, sagte ich, „und am Ende bekommt man von dem Quatsch noch ein Baby und hat dann den Salat.“

„Ich fand es auch doof“, gab Gerda zu, nachdem sie merkte, daß sie mir nicht imponieren konnte, und dann erzählten wir uns lieber Gruselgeschichten, das war viel schöner.

Hinterher beteten wir noch, weil man nicht erst beten und dann Gruselgeschichten erzählen konnte, das hätte schreckliche Träume ergeben. Sonst betete ich ja immer mit Mamuschka, aber solange Gerda da war, wollten wir alleine beten, denn so konnten Gerda und ich uns auch über das Beten unterhalten.

„Bis du immer für alle deine Leute gebetet hast“, sagte Gerda, „hast du ja Fusseln am Mund. Warum sagst du nicht ganz einfach: ‚Lieber Gott, schütze alle meine Verwandten und Bekannten und nimm alle in den Himmel, wenn sie schon tot sind.‘“

„I bewahre“, sagte ich entsetzt, „so pauschal, da wäre ich ja schön blöd. Mein Vetter bindet mir immer die Zöpfe zusammen, der soll für sich alleine beten, und im Himmel will ich den eines Tages auch nicht haben.“

„Das seh ich ein“, meinte Gerda, „so hab ich das noch nicht betrachtet, ich bin aber direkt froh, daß meine Großeltern, Onkel und Tanten noch alle leben. Machst du das eigentlich jeden Abend?“

„Na klar“, sagte ich, „seit ich reden kann, bete ich.“

„Wenn sie bis jetzt nicht im Himmel sind“, sagte Gerda, „dann kommen sie auch nicht mehr rein. Deine Onkel und Opas sind doch schon über zwanzig Jahre lang tot, ich meine die, die schon tot sind.“

„Gefallen“, sagte ich, „der eine wenigstens bei Verdun. Der andere hatte Schwindsucht, der starb so.“

„Die müssen doch längst oben angekommen sein“, sagte Gerda, „und deine Großväter auch.“

Ich beschloß, Mamuschka mitzuteilen, daß ich in Zukunft aufhören würde, für alle zu beten, die länger als zehn Jahre tot waren. Meine Großväter und die beiden Onkel fielen dann weg, Großmama lebte noch, und für Babuschka konnte ich ja noch weitere fünf Jahre beten, weil sie erst im Jahr vor der Machtübernahme gestorben war.

„Wenn sie Hitler erlebt hätte, hätte sie das nicht überlebt“, meinte Papuschka, aber er sagte nicht, ob die Freude darüber sie umgebracht hätte oder das Entsetzen.

20. Kapitel

Abstammung

Papuschka gab Mamuschka ein Stück Papier, und sie schien sich darüber zu freuen. „Was ist das, kriege ich das auch?“ fragte ich, und Mamuschka nickte und sagte: „Natürlich, jeder von uns bekommt das.“

„Was ist denn das, nun sag doch schon“, drängte ich, denn ich war sehr neugierig, besonders auf alles, was geschrieben war.

„Hier, das ist deins“, meinte Mamuschka und reichte mir ein briefbogengroßes Dokument, meinen Abstammungsbescheid.

„Du interessierst dich doch sonst nicht für Ahnenforschung“, sagte ich, „du sagst doch immer, dir wär es egal, ob deine Großmutter eine geborene Meier oder Müller wäre, dabei freß ich einen Besen, daß es dir, wenn sie wirklich so hieße, ganz bestimmt nicht egal wäre. Ich weiß außerdem schon lange, von wem ich abstamme, was soll das", fragte ich, „bei uns hängen doch die „Ich-Abstammer" an der Wand."

„Ich möchte bloß mal wissen, was ihr im Deutschunterricht lernt", sagte Papuschka.

„Das liegt nicht am Unterricht, sondern an deiner Tochter", sagte Mamuschka, „sie muß immer neue Worte erfinden."

„Sie ist auch deine Tochter", meinte Papuschka, und ich hatte schon Angst, nun würden sie über ihren Redereien meinen Abstammungsbescheid vergessen. Ich las ihn durch und fragte dann: „Was heißt, ich sei frei von artfremdem Bluteinschlag?"

„Das heißt, daß du arisch bist", erklärte Mamuschka.

„Wozu muß ich arisch sein?" fragte ich.

„Weil es eben gut ist, wenn man arisch ist", sagte Mamuschka.

„So ein Blödsinn", meinte Paps.

„Boriiiis", sagte Mamuschka und schüttelte ihre Locken. Mamuschka war schön und intelligent und warmherzig und temperamentvoll, aber weise war sie nicht.

„Hitler möchte, daß wir möglichst arisch sind", sagte Mamuschka, „das findet er wichtig."

„Er will, daß wir blond und blauäugig sind und gute Deutsche, tapfer, treu und stark", sagte ich. „Das erste bin ich, das zweite so gut wie, und das dritte wird schon noch kommen. Warum steht da nun nicht ganz einfach, daß ich arisch sei? Warum steht da, ich sei frei von artfremdem Bluteinschlag?" wollte ich wissen.

„Das ist so gut wie", sagte Mamuschka.

„Die, die ganz einfach arisch sind, sind wohl besser als die, die nur frei von artfremdem Bluteinschlag sind?" fragte ich.

„Beides bedeutet, daß du arisch bist", erklärte Mamuschka, aber ich wollte keine Erklärung von ihr, sondern von Papuschka, weil ich wußte, daß der alles besser wußte. Ich sah Paps fragend an.

„Man bekommt aus der Sowjetunion keine Dokumente heraus", erklärte er, „also konnte man nur auf Grund der Namen deiner Vorfahren erkennen, daß sie nicht jüdischen Ursprungs sind. Es sind reinrussische Namen, und die Angehörigen der russischen Oberschicht heirateten keine Juden."

„Wenn Männer Jüdinnen heiraten, kriegen diese den Namen des Mannes, also müßte man wohl die Namen der Frauen anschauen", sagte ich.

„Man muß und hat beides angeschaut und ist zu dem Ergebnis gekommen, daß du frei von artfremdem Bluteinschlag bist."

„Da bin ich aber froh", sagte ich, „die Jüdinnen am Rigaschen Strand sind so dick und haben so große Busen, davon möchte ich nicht abstammen, Mamuschkas ist schon groß genug. Und Juden kenne ich nur einen, unseren Doktor, aber Paps sagt, der spinnt, denn er hat ein Hitlerbild in seinem Zimmer."

„Schäm dich", sagte Mamuschka und schaute mich an, als hätte ich eine Backpfeife verdient.

„Das hat Paps gesagt", sagte ich, „oder sowas ähnliches, er sagte, der sei meschugge."

„Boriiis", sagte Mamuschka vorwurfsvoll, denn sie hatte es durchaus nicht als verrückt empfunden, daß ein jüdischer Arzt in Riga ein Hitlerbild an der Wand hatte, nur seltsam. Sie verehrte Hitler genauso, nur hatten wir kein Hitlerbild an der Wand hängen. Aber das war Papuschkas Schuld. Im Herrenzimmer störte es ihn, im Wohn- und Eßzimmer hingen schon zu viele Ahnenbilder und in den Schlafzimmern war Hitler unpassend, wo er uns doch aufforderte, daß wir, beziehungsweise ganz Deutschland, erwachen sollten.

„Juden sind wie alle andern auch", sagte Paps, „es gibt dünne und dicke und gute und schlechte, arme und reiche, kluge und dumme."

„Gibt es ein Judland?" fragte ich.

„Nein, sowas gibt es nicht, nicht dem Namen nach. Aber die Heimat der Juden ist Palästina."

„Eine verlorene, wie für uns Rußland?" fragte ich.

„Für Mamuschka Rußland, für mich das Baltikum."

„Unsere Heimat ist Deutschland – jetzt", sagte Mamuschka, „ich bin eine gute Deutsche."

„Ich auch", sagte ich, „ich bin wie die Juden, die hier leben. Ich bin eine gute Deutsche, weil ich hier geboren bin, und ich habe eine verlorene Heimat irgendwo."

Mamuschka bekreuzigte sich und sagte auf russisch: „Mein Gott, dies Kind ist mal wieder eine Repa (Rübe)." Das sagte Papuschka immer, wenn ich mit meinen Gedanken zu stark wucherte. Dann sei ich wie eine Rübe mit viel Kraut oben und zu wenig Wurzel unten.

„Hitler findet, daß Juden keine guten Deutschen sein können", sagte Mamuschka.

„Ist Hitler auch arisch?" fragte ich.

„Was für eine Frage!" meinte Mamuschka entsetzt, „natürlich ist er arisch."

„Blond ist er nicht", meinte ich, „aber er ist so ein guter Deutscher wie wir es sind, oder beinahe. Er ist ja auch nicht in Deutschland geboren. Er wurde am 20. April 1889 in Braunau am Inn geboren." Ich war ganz stolz, daß ich das endlich auswendig gelernt hatte, „und weil er in Braunau geboren ist, hat er eine Vorliebe für braun."

Ich wollte hinzusetzen, „wie Hühnerkacke", weil ich wußte, das würde Paps freuen, aber ich wußte auch, daß ich dann von Mamuschka eine geklebt kriegen würde. Also schwieg ich lieber.

„Und wenn ich nun eine Bescheinigung darüber habe, daß ich frei von artfremdem Bluteinschlag bin, was mache ich damit?"

„Steck sie dir an den Hut . . . oder besser, hinter Natalyas Bild", sagte Papuschka.

„Boriiis", sagte Mamuschka wieder und zu mir gewandt: „Papuschka macht Spaß. Wir müssen diesen Bescheid gut aufheben, weil man ihn eines Tages vielleicht braucht." Sie wollte ihn nehmen und aufbewahren.

„Nicht doch", sagte ich, „den will ich erstmal Illa zeigen. Wenn er schon nicht zu viel gut ist (wenn Paps sagte, ich solle ihn hinter Natalya stecken, konnte nicht viel damit los sein), dann will ich wenigstens bei Illa damit angeben können, denn die hat sowas bestimmt noch nicht."

Ich schaute meine Ururgroßmutter Natalya an und verstand meinen Vater nicht. Hinter das Ölbild von ihr hätte man natürlich viel stecken können, aber warum und wieso? Sie war mir zu vertraut, als daß ich erkennen konnte, daß diese Frau von unten bis oben voll war von artfremdem Bluteinschlag, wenn auch nicht von jüdischem. Sie war die Tochter eines Tartarenkhans, aber davon sprach man in unserer Familie nicht. In Rußland sprach man überhaupt nicht gerne über die 150jährige Herrschaft der Tartaren. Man empfand sie als Schande, und darum wurde unsere tartarische Vorfahrin auch nicht erwähnt, ich meine, man sagte nur, sie sei eine russische Gräfin, aber das war sie ja erst durch die Heirat geworden.

Ich ging, um zu Illa zu eilen.

„Mach keine Flecke drauf", rief Mamuschka mir nach.

„Keine Bange", rief ich zurück, „ich will doch keine befleckte Abstammung."

21. Kapitel

1. Mai

Am Abend vor dem ersten Mai hatte ich immer Mühe mit der Beterei, wenigstens seit ich zu den JM gehörte. Natürlich wollte man gutes Wetter haben, das wünschte man Hitler und sich selber, denn Hitler naß und wir naß, das wäre mies für die Wochenschau, Hitler unter einem Regenschirm auch undenkbar, wo er schon unter dem Schirm der Vorsehung stand. Ich hatte keinen Zweifel, daß Petrus und die Vorsehung gutes Maiwetter bescheren würden, ich war mir nur nicht darüber im klaren, *wie* gutes Wetter ich erhoffen und erbeten sollte. Sonne war gut, zu viel Sonne war schlecht, denn wenn man in den Bankreihen saß, in denen man die Jacken anlassen mußte, egal wie stark und heiß die Sonne schien, konnte man leicht ohnmächtig werden. Optisch machte das nichts aus, denn die Schrift blieb erhalten. Ohnmächtig werden durfte man, die Jacken ausziehen aber nicht.

Kühles Wetter zu erbitten, war auch gefährlich, denn wenn man in den markierten Bankreihen saß, in denen man die Jacken ausziehen mußte, war das auch kein reines Vergnügen. Man durfte zittern und beben und grün und blau werden vor Kälte, aber die Jacken anziehen, das durfte man dann nicht. Hitler sollte von seinem Platz nicht nur unseren Jubel hören, sondern auch lesen können, wie ergeben wir ihm waren.

„Am besten ist es, du betest, daß du in den unmarkierten Bankreihen zu sitzen kommst", meinte Papuschka, „oder du bleibst zu Hause."

Letzteres kam aber überhaupt nicht in Frage für mich.

„Denkste", sagte ich, „nachher gibt es Erbsensuppe auf dem Maifeld, die will ich nicht verpassen."

„Zu Hause ißt du keine Erbsensuppe", sagte Mamuschka beleidigt, „dabei koch ich sie bestimmt viel besser."

„Erbsensuppe hier ist nicht Erbsensuppe da", sagte ich.

„Wem Hitler das Herz weitet, dem weitet er auch den Magen", deklamierte Papuschka mit feierlicher Stimme, und irgendwie hatte er sogar recht damit.

Wenn ich Erbsensuppe auf dem Maifeld aß, konnte ich drei Portionen davon essen, zu Hause nicht mal eine.

Leider konnte ich nur dreimal in meinem Leben einen erhabenen 1. Mai miterleben, denn dann begann der Krieg.

Das herrlichste Erlebnis hatte ich, als ich um einen Platz ohne Jacke gebetet und dann doch einen unmarkierten bekommen hatte. Mein Platz war ein ganz mieser, wenigstens dachte ich es, denn er war am Bankreihenende, direkt an einem der Durchgänge zu Hitlers Ehrentribüne.

Ich konnte mir also an allen zehn Fingern abzählen, daß ich Hitler kaum würde sehen können, vielleicht überhaupt nicht. Dann aber hatte ich das große Glück, daß Hitler sich ausgerechnet meinen Durchgang als Eingang ausgesucht hatte. So genau wußte niemand, wie und wo er hereinkommen würde. Nun war es *mein* Durchgang, den er ersehen hatte, um auf den Platz zu schreiten, auf den ihn die Vorsehung gestellt hatte. Am 1. Mai war das die Ehrentribüne des Olympiastadions. Da ich von meinem Platz aus so wenig sehen konnte, hatte ich aus Langeweile in meiner Nase gebohrt, was ich zu Hause nie durfte, wenigstens nicht in Gegenwart anderer Leute und eigentlich überhaupt nicht. Als Hitler in das Stadion einfuhr, begannen alle zu schreien. Ich schrie natürlich mit, denn ob man etwas sah oder nichts sah, das spielte keine Rolle, man fühlte mit und ahnte, daß sich der Wagen des Führers langsam näherte. Ich hatte das ja schon zweimal erlebt und sogar gesehen. Hitler stand immer im offenen Wagen, die linke Hand am Koppel und die rechte Hand zum Gruß mal ausgestreckt und mal angewinkelt. Ich wußte aus Erfahrung, daß der ausgestreckte Arm mit der Zeit erlahmte, und da Hitler keinen Vordermann hatte, auf dessen Schulter er seinen Arm ausruhen lassen konnte, mußte er ihn eben ab und zu abwinkeln. Das war der Nachteil, wenn einen die Vorsehung ganz nach vorne gestellt hatte.

Plötzlich ging Hitlers Kopf ganz dicht an mir vorbei. Mein Finger in der Nase erstarrte kurz, dann fuhr er mitsamt meinem Arm in die Höhe. Mein mieser Platz war zu einem tollen Platz geworden.

Zu Hause wollte ich angeben, wie nahe ich bei Hitler gestanden hätte, aber es waren leider nicht viele, die es hören wollten, eigentlich nur Mamuschka, und ihr Interesse erlahmte schnell, als ich anfing, ihr von der vorzüglichen Erbsensuppe vorzuschwärmen, von der ich wieder einmal drei Schläge gegessen hätte. Eigentlich waren es nur zwei gewesen, aber ich war eben auch ein wenig Mamuschkas Kind, wir neigten beide ganz gern zu Übertreibungen.

22. Kapitel

Brieffreundschaft

Als ich amo, amas, amat konjugieren konnte und wußte, daß man von einem Kuß kein Kind bekam, wenigstens nicht von einem harmlosen auf die Backe oder auf die geschlossenen Lippen, beschloß ich, mir einen Freund anzuschaffen. Die Jungen aus der

Klasse kamen dafür nicht in Frage, die kannte ich zu gut. Außerdem waren sie natürlich viel zu jung und zu dumm, auf jeden Fall dümmer als wir Mädchen, das erlebten wir ja jeden Tag aufs Neue. Die meisten von ihnen hatten wir auch schon mit gebeugtem Rücken und hochgestrecktem Hinterteil erlebt, wenn der Lehrer sie züchtigte. Manche brachten keinen Laut über die Lippen, und das imponierte uns, aber als Freunde fürs Herz schieden sie aus. Zu einem Freund will man aufschauen, und das kann man nicht mehr, wenn man bereits einmal auf seinen Po hinuntergeschaut hatte.

Ein Dichterwort heißt zwar: „Warum in die Ferne schweifen, sieh, das Gute liegt so nah“, aber der hatte nicht bei uns gelebt, wo fast überhaupt nichts Gutes nahelag. Beinahe nichts war Sigis Bruder, weil er jünger war als Sigi. Dann blieb nur Illas Bruder, dessen Alter in meinen Augen stimmte, aber das meine nicht in den seinen. Mit andersgeschlechtlichen Freundschaften hat es so seine Schwierigkeiten, wenn man zehn bis vierzehn ist. Illas Bruder hatte natürlich durch seine Schwester die Lust an Freundinnen meines Alters verloren, ihm war schon Illa zu viel, und meistens war ich ja bei Roths, so daß er beinahe zwei Schwestern hatte. Nähe verwischt die Perspektive. Das ist kein klassisches Zitat, dafür stimmt es mehr. Das Jungvolk hatte auch noch nicht bewirkt, daß er meine blonden Haare und blauen Augen richtig zu würdigen verstand, von ihm aus hätten Illas Locken und meine Schnittlauchzöpfe grün sein können, und das kränkte mich sehr. Also beschloß ich meinerseits, ihn zu übersehen.

Ich entschied, meine Augen in die Ferne schweifen zu lassen. Einem Freund in der Ferne konnte ich sicher glaubhaft machen, daß ich schon mindestens vierzehn Jahre alt sei. Ich studierte in Mamuschkas Modezeitschrift die Rubrik „Wer schreibt mir“ und stellte fest, daß es darin keine männlichen Brieferhoffer gab. Es war direkt noch ein glücklicher Zufall, daß ich zwei Mädchen von vierzehn Jahren fand, die eine Brieffreundin suchten. Eine lebte im Harz und die andere in Bayern.

„In der Not frißt der Teufel Fliegen“, dachte ich mir, also schrieb ich an beide. Illa, die noch an die Gefährlichkeit eines Kusses und beinahe noch an den Klapperstorch glaubte, war einverstanden.

„Jungs sind sowieso blöd“, meinte sie, und sie hatte natürlich mehr Erfahrung damit als ich als Einzelkind.

Das Mädchen aus dem Harz schrieb umgehend zurück, und als wir den Brief gelesen hatten, waren wir auch schon Mitglieder eines Geheimclubs. Tagungsort war eine dicke Eiche bei Blankenburg, und im nächsten Brief bekamen wir einen Ausweis, eine Mitgliedsnummer, einen Geheimcode und einen Raubtiernamen. Meiner war Irbis und ich wußte zunächst gar nicht, was ich nun eigentlich darstellte. Im Berliner Zoo hatte ich sowas auch noch nicht gesehen, auf jeden Fall konnte ich mich an keinen Irbis erinnern. Es klang wie Kürbis und ich hätte gern um einen anderen gebeten, aber das ging natürlich nicht, zumal ich nicht wußte, ob der zweite besser sein würde als der erste. Ich schlug im Lexikon nach und las: „Irbis, Uncia uncia, Schneeleopard, Großkatze des Zentralasiatischen Hochgebirges, kleiner Kopf und sehr langer Schwanz."

Warum zweimal uncia, das kapierte ich nicht, sowas brachten einem die Lehrer nicht bei, und der kleine Kopf ärgerte mich auch, ich wollte wenigstens ein Tier mit großem Kopf sein. Ein sehr langer Schwanz war schließlich kein Ausgleich für einen kleinen Kopf.

„Was is'n nu ein Irbis?" fragte Illa, und ich sagte ihr nur, daß das ein Schneeleopard und ein tolles Tier sei, und da es in Asien vorkäme, passe es ja auch zu meiner Herkunft, so ein bißchen wenigstens. Illa hieß Gepard und war damit zufrieden. Ein Gepard hatte auch einen kleinen Kopf, aber dafür lange Beine, und die hatte sich Illa schon immer gewünscht.

„Es ist gut, daß ihr so viele Bücher habt", sagte sie, „es wäre doch schrecklich gewesen, wenn wir nicht wüßten, was wir sind. Nun müssen wir nur noch die Geheimschrift studieren, dabei habe ich schon mit den Englischvokabeln genug am Hals."

„Was sein muß, muß sein", sagte ich, „kein Geheimbund ohne Geheimschrift, und einen Gegenbund haben wir natürlich auch, denn ohne Gegenbund macht ein Bund überhaupt keinen Spaß. Erst Feinde machen die Sache interessant."

„Feinde im Harz kratzen mich überhaupt nicht", meinte Illa, aber das war nur ein Beweis für ihren Mangel an Phantasie.

Als ich die Brieferhoffende in Bayern schon fast vergessen hatte, kam doch noch eine Antwort von ihr. Sie schrieb, sie heiße Maria und würde gern mit mir Briefe wechseln (das Wort korrespondieren hatte sie wieder ausgestrichen, weil sie es wahrscheinlich nicht richtig schreiben konnte), wenngleich ihr Vater (mit zwei t) ihr geraten hätte, lieber eine Brieffreundschaft mit einem Mädle aus Schwaben oder Baden anzufangen, weil die besser verstünden, was man schriebe als eine Saupreußin. Sie wolle aber doch mit mir schreiben, denn es sei auf dem Dorf sehr langweilig, und es gäbe nicht mal ein Kino, nur einmal in der Woche einen Film im Gasthaussaal. Sie schrieb:

„Die Iller und die Spree, die laufen nicht zusammen, hat mein Vatter gesagt, das sähe man schon an der Geografie, aber sie wolle doch gern mit mir laufen, so auf Entfernung und ihre Mutter hätte nichts dagegen."

„Heiliger Bimborium", sagte ich, „der schreibe ich nicht, das heißt, ich *muß* ihr schreiben, ob ich will oder nicht, denn was heißt hier Saupreußen! Ich werde ihr mal beibiegen, daß ein Pferd, welches zufällig im Kuhstall geboren wurde, noch lange keine Kuh ist."

„Sie schreibt Saupreuße, also ist einer im Saustall geboren", meinte Illa, „aber was ist denn ein Saupreuße eigentlich?"

„Es hat was mit Sau zu tun, also ist es was schweinisches", sagte ich und schrieb sofort an Maria einen deftigen Brief.

Ich schrieb: „Berlin ist eine Großstadt, und da gibt es bestimmt weniger Schweine als in Bayern, also gibt es auch bestimmt mehr Saubayern als Saupreußen; außerdem bin ich Halbrussin und keine Preußin, aber wenn ich eine wäre, täte ich mir das auch nicht nachsagen lassen, daß ich eine sei."

Trotz dieser Anfangsschwierigkeiten wurde meine Korrespondenz mit Maria sehr aufschlußreich und lehrreich, sie erweiterte unsere Horizonte.

Maria schrieb: „Ich habe Vatter gefragt, ob er schon was von Rußland gehört habe und er sagte, das läge im Osten, und der Osten sei die Gegend, in die Deutschland sich ausdehnen müsse, beziehungsweise, dahin könnten sich alle Deutsche ausdehnen, wenn sie wollten und wenn sie keine Bayern wären, denn die Bayern blieben in Bayern. Ich habe ihn noch gefragt, ob er jemand aus Rußland kennen würde, und er hat gesagt, aus Rußland käme nichts Gescheites außer von solchen, die schon tot seien wie Tschaikoffski oder Radetzki. Es gäbe aber auch tote Russen, von denen trotzdem nichts Gescheites käme, wie zum Beispiel Marx und Raschputin. Ich hoffe, Du, liebe Nata, stammst nicht von sowas ab. Ich schicke Dir noch ein Poesiealbum und klebe mir bitte links, wo Du nichts schreibst, ein Lackbild ein, aber ein schönes. Du kennst Dich ja sicher mit Poesiealbums aus."

Ich erklärte Mamuschka, daß ich ein Lackbild bräuchte und auch ein Poesiealbum haben wolle. Papuschka fragte ich, ob ich von Tschaikowsky oder Rasputin abstamme, und er meinte, mein Klavierspiel sei für den ersteren zu schlecht und für den zweiten Herrn sei meine Herkunft zu gut.

„Schreibe ihr mal, daß du eher von Dschingis-Khan abstammen könntest", sagte Paps, und das tat ich dann auch, weil ich noch nichts von Dschingis-Khan wußte. Maria schrieb prompt zurück: „Vatter hat gelacht und gesagt, Dein Vatter sei ein Spaßvogel. Wenn die Mongolen so aussähen, wie Du blond und blauäugig bist, dann hätten sie ruhig nach Europa kommen können."

Dschingis-Khan *kam* ja nach Europa, aber das war in Bayern vielleicht nicht bekannt. Daraufhin erkundigte ich mich, wer nun der Dschingis-Khan gewesen sei, und erfuhr, daß er eigentlich Temudsching hieß und ein großes Weltreich gegründet hatte.

„Na, sehr nett war dieser Mann ja nicht, wenn er auch sehr mächtig war, eigentlich stamme ich doch lieber von jemand anderem ab", sagte ich.

„Wer ein Weltreich gründen will, ist nie nett", sagte Papuschka, „so ist das nun mal."

„Ist ein Tausendjähriges Reich ein Weltreich?" fragte ich, und Paps meinte: „Kein Mann kann ein tausendjähriges Reich schaffen."

„Doch, Hitler kann", sagte ich, „unsere Lehrerin hat es uns gesagt: Was Dschingis-Khan kann, kann Hitler schon lange."

Paps schaute mich an und antwortete: „Nach dem Tode von Dschingis-Khan ist das Reich zerfallen."

Ich schrieb Maria etwas in ihr Poesiealbum und klärte sie über Dschingis-Khan auf, aber Maria schrieb, Dschingis-Khan sei gegen Hitler der reinste Waisenknabe, das hätte ihr Vatter gesagt. Ich raste zu Paps und zeigte ihm das, und er meinte: „Das kann schon stimmen." Ich teilte Maria mit, daß mein Vater ausnahmsweise mal der gleichen Meinung sei wie ihr Vatter.

Ein halbes Jahr später schrieb Maria, daß ihr Leben schwerer geworden sei, besonders für ihren Vatter, denn der sei Ortsgruppenleiter geworden, was ja an sich nicht so schwer sei, außer wenn er Reden halten müsse, und das müsse er jetzt oft. Es finge am 30. 1. an und dann so zwischendrin nochmal, und dann käme der 20. April und gleich danach der 1. Mai und so weiter und so weiter bis zum Kriegergedenktag, und ich hätte keine Ahnung, wie oft es was zu gedenken gäbe in der NSDAP-Geschichte, irrsinnig viel in ein paar Jahren, und ihr Vatter bekäme zwar Schulungsbriefe, aber ein Bauer sei eben kein Redner, wenigstens kein geborener.

23. Kapitel

Am Meerbusen

Im Sommer fuhren wir zu den wohlhabenden Verwandten nach Süddeutschland, bei denen es in vieler Hinsicht viel weniger großzügig zuging als bei uns zu Hause und die auch viel weniger Besuch hatten als wir.

Schöner war es, wenn wir an den Rigaschen Meerbusen fuhren, weil ein Busen, besonders der Rigasche Meerbusen, eben weicher und schöner ist – natürlich auch nasser.

1939 fuhren wir das letzte Mal hin, ohne zu wissen, daß es das letzte Mal sein würde.

Illa nahmen wir mit, weiß der Himmel warum. Ich hatte schon genug auszustehen mit Mamuschkas ewiger Rederei, ich solle mehr Butter essen, und nun nahm sie Illa mit, die Butter löffelweise essen konnte und die sie mir immer als leuchtendes Vorbild vor die Nase stellen würde.

Illa und ich waren morgens immer sehr früh in den Dünen, weil man da die tollste Aussicht hatte auf die Busen am Busen. Von 10–12 Uhr war Damenstunde, da ging man oben ohne oder ganz nackt, ganz früh war Herrenstunde, da schliefen feine Damen und auch wir immer noch, und ab 12 Uhr war dann freie Bahn für alle, mit oder ohne Badeanzug, meistens mit.

„Schau mal, die hat Buletten", sagte Illa staunend, die sowas zum ersten Male erlebte, und ich sagte: „Pyramidal", weil das ein neues Schlagwort von uns war. Dabei waren die dicken Busen keineswegs wie Pyramiden, sondern eher wie Wassersäcke.

Beim Anblick so vieler großer Busen kam ich mir natürlich flachbrüstiger denn je vor. Wenn ich auch keinen richtig großen Busen wollte, einen kleinen hätte ich ganz gern gehabt, zumal sich bei Illa unter dem Badeanzug schon etwas zu runden begann, und dabei war sie ein Jahr jünger.

Wir mußten uns auch jede Woche wiegen, und ich konnte Mamuschkas Buttereßgerede nur entgehen, indem ich immer in den Bademantel Steine tat, bevor ich mich wog. So sah sie wenigstens, daß ich zunahm, und gab sich zufrieden. Dreimal in der Woche gingen wir abends ins Kurkonzert und sammelten die Autogramme der Sänger, auch von Martha Eggert und Jan Kiepura und ahnten nicht, warum diese Deutschland verlassen hatten. Die Kinder in Berlin sangen zwar: „Palästina schreit laut, wo die Juden man verhaut, Chamberlain, du Idiot, du kannst gehn."

Aber wo lag schon Palästina? Im Baltikum verhaute niemand die Juden, dafür gab es auch zu viele, und wer in Palästina verhauen wurde, das war uns egal. Ich war froh, wenn ich es fertigbrachte, durch die Woche zu kommen, ohne von Mamuschka Haue zu erhalten. Natürlich bekam ich mit zwölf Jahren nicht mehr solche Haue wie früher, aber Mamuschkas Hand war locker, und meine linke Backe immer gefährdet.

„Nimm doch mal die andere Hand, ich werde ja einseitig", sagte ich, aber Mamuschka fand, das sei kein Spaß, sondern frech, und ich bekam keinen Nachtisch. Wenn meine Großmamá (Betonung auf der letzten Silbe) noch gelebt hätte, wäre sie damit nicht durchgekommen, außerdem konnte Mamuschka halb so gut Nachtischspeisen zaubern wie Großmamá. Alles, was Mamuschka fabrizieren konnte, nannte Großmamá: „Faule Hausfrauenspeise."

„In Deutschland gibt es nicht so viel Personal wie in Lettland", sagte Mamuschka dann, um nicht sagen zu müssen, daß wir uns gar kein Personal leisten konnten, nur ein Tagesmädchen und später eine Putzfrau, aber das zählte ja kaum. Mamuschka wurde immer sehr schnell braun. Tagsüber sonnte sie sich am Strand und abends in der Bewunderung vieler Verehrer. Sie hatte im Baltikum auch keinen sozialen Tick, das war erholsam, wenn ich auch mehr Hände küssen mußte denn je, was immerhin anstrengender war, als die Hände geküßt zu bekommen, wie Mamuschka.

Manche Frauen vergaßen im Urlaub ihre Ehemänner, und Mamuschka vergaß eben Hitler. Illa sammelte Hitler in allen Lebenslagen, aber auch Göring mit Klein-Edda und Goebbels mit allen seinen süßen Gören, dazu selbstverständlich Bilder von Brigitte Horney, Willy Fritsch und anderen Kinostars. Mich störte das nicht, weil ich selber auch sammelte, in erster Linie Steine und in zweiter Bilder von Shirley Temple und Ilse Werner, die mir mit ihrer Pfeiferei imponierte.

„Habt ihr immer noch kein Hitlerbild?" fragte Illa.

„Einen Nagel haben wir schon", sagte ich, „nur keinen Platz."

Das hörte sich komisch an, aber es stimmte. Wir hatten schließlich nur ein kleines Haus, und es hingen schon vor Hitler mehr Bilder herum, als nötig gewesen wäre. Aus Pietät und Takt und aus Familiensinn gab es Bilder von den Vorfahren, man war froh, sie gerettet zu haben. Dazu gab es ein Bild von dem russischen Zaren, zusammen mit seinem Vetter Wilhelm II. und das große Bismarckbild, unter dem der Spruch stand: „Der Zwietracht eiserner Erwürger, des deutschen Volkes Ehrenbürger."

In Rußland hatte Mamuschka gedacht, alle Deutschen seien Engel, und als sie dann in Deutschland war, enttäuschte es sie, daß es so viele Parteien und so viel Streit gab. Zum Trost hatte sie sich Bismarck aufgehängt und gehofft, es würde eines Tages nochmal so jemanden geben, und als dann Hitler kam, dachte sie, nun sei so jemand gekommen. Irren ist ja schließlich menschlich, sie war ja nicht allein auf den braunen Mann aus Braunau reingefallen. Sie hatte halt Pech mit den Männern, die sie erwählte, und nur Glück mit denen, die sie nicht wollte, zum Beispiel Rosenberg, der ihr auf dem Ball der schwedischen Botschaft ein Paar Babyschuhe vermachte, die er gewonnen hatte und die es dann fertigbrachten, was so lange auf sich hatte warten lassen – meine Geburt. Ohne Rosenbergs Babyschuhe wäre ich sicher ein unbefruchtetes Ei geblieben.

In meinem Kinderzimmer hingen außerdem noch ein Pferdebild und ein Bild eines Schiffes, welches Papuschkas genialer, leider an Schwindsucht gestorbener Bruder gemalt hatte. Natürlich hatte ich auch ein Bild vom Herrn Jesus, und damit waren alle Wände voll. Wo wollte man da noch für Hitler einen gebührenden Platz schaffen? Alle guten Plätze waren bereits vergeben, als Hitler an die Macht kam. Höchstens in der Küche neben dem Porzellanbrett wäre noch Platz gewesen, aber auf dem stand: „Laß Dir rathen, iß täglich kalten Brathen."

Es war ein altes Porzellanbrett, und da schrieb man noch mit th. Na ja, neben die Aufforderung, täglich Braten zu essen, wollte Mamuschka den Hitler auch nicht hängen, zumal der doch für den Eintopfsonntag plädierte und Mamuschka zur Pfundspendensammlung veranlaßte.

Wenn wir im Baltikum waren, gingen wir natürlich auch immer auf den Friedhof, das gehörte sich so. Ich ging gern auf den Friedhof, weil ich mir da immer so besonders lebendig vorkam. Am Schluß gingen wir stets zu dem Brillantengrab, es lag sowieso am Ausgang des Friedhofes. Ich hatte es so getauft, weil die Dame, die dort begraben lag, Babuschkas Brillanten gerettet hatte, die Mamuschka trug, die aber eigentlich mir gehörten. Leider wußte ich es noch nicht, sonst wäre ich dankbarer gewesen.

Mamuschka schloß immer die Augen, wenn sie vor einem Grab stand, und ich hätte zu gern gewußt, was sie vor sich hinbetete. Es war mir klar, daß es einfacher ist, für die zu beten, die nicht mehr da sind, als für die, die einem noch auf die Nerven gehen können. Ich schloß auch meine Augen und überlegte, was ich mit den zwei Latt machen könnte, die ich im Blumentopf auf dem Gartentisch gefunden hatte.

„Lieber Gott", sagte ich kummervoll, „kein Mensch wird mir glauben, daß ich das Geld im Blumentopf gefunden habe, denn wer kratzt schon außer mir in einem Blumentopf herum, ich tat es ja auch nur aus Langeweile und weil ich hoffte, ich fände einen Wurm drin, mit dem ich Illa ärgern könne. Keiner wird sich vorstellen können, wie zwei Latt in den Topf gekommen sind, ich ja auch nicht."

„Komm Nata", sagte Papuschka und nahm mich bei der Hand.

„Stör das Kind nicht, wenn es betet“, sagte Mamuschka vorwurfsvoll und nahm meine andere Hand.

„Lieber Gott, schenke mir eine Erleuchtung“, betete ich. Ich konnte auch im Gehen beten, ich war ja ein frommes Kind.

Am nächsten Tag hatte ich eine Erleuchtung und behauptete, ich hätte die zwei Latt auf der Straße gefunden. Das glaubte man mir, und ich durfte sie behalten. Für ein Latt kauften Illa und ich uns je fünf Vanilleeis, und für ein Latt gingen wir ins Kino und sahen uns unseren ersten Film für Erwachsene an. Gusti Wolf spielte eine Abiturientin, die ihren Arzt heiratete, ein Kind erwartete und trotzdem weiter zur Schule ging. Kein Wunder, daß so ein Film für Jugendliche unter achtzehn verboten war.

„Willst du mit siebzehn ein Kind haben?“ fragte Illa.

„I bewahre“, versicherte ich, „ich will mehr Busen und nicht mehr Bauch, ich will jedes Jahr an den Rigaschen Meerbusen fahren und nicht eine Narbe auf dem Leib kriegen und in Berlin bleiben müssen.“

„Die Gusti war doppelt bekloppt“, sagte Illa, „die ging noch in die Penne, obwohl sie nicht gemußt hätte.“

Papuschka bekam natürlich heraus, daß wir im Kino gewesen waren, er sagte aber nur: „Seid ihr auf Zeitungspapier gestanden, damit ihr größer ausgesehen habt?“ „Boris“, meinte Mamuschka, „ich finde es nicht gut, wenn Kinder in Erwachsenenfilme gehen und du sie nicht mal ermahnst deswegen.“

„Der Film war auf lettisch“, sagte ich und kam Paps zu Hilfe, „wir haben sowieso nichts verstanden.“

Illa trat mich unter dem Tisch und fand, ich sei großartig. Ich fand das übrigens auch. Als wir im Bett lagen, meinte sie: „Genau genommen war der Film demoralisierend.“

„Wieso denn das?“ fragte ich.

„Die Leute könnten meinen, Schule sei ein Vergnügen. So gesehen, sollte er für Erwachsene verboten sein.“

„Er zeigte, wie langweilig eine Ehe ist“, sagte ich, „darum sollte er für Jugendliche verboten sein.“

„Weißt du“, meinte Illa schließlich, „der ganze Film war bestenfalls etwas für Kinder unter sechs Jahren, weil die nichts davon verstehen.“

Ich dachte nach und sagte dann: „Wir hätten lieber nochmal je fünf Vanilleeis kaufen sollen, das wäre besser gewesen.“

24. Kapitel

Wahlverwandtschaft

Ich war zwar ein Einzelkind, aber ich hatte so viele Tanten und Onkel wie ein Köter Flöhe, und das juckte mich so wenig wie diesen, es sei denn, Illa oder eine meiner Freundinnen begann mich deswegen zu kratzen. Natürlich waren meine Tanten und Onkel ganz anders als die ihren, aber für mich waren Ticks etwas absolut Normales und meist sogar Liebenswertes und Nettes, es kam eben nur auf die richtige Sehensweise an. Die meisten Tanten und Onkel waren auch von „zu Hause", also aus Rußland oder aus dem Baltikum, sie umarmten und küßten mich und sagten: „Erbarmung, ist das Marjellchen wieder gewachsen", oder „woi, woi, so lang und schmal und noch immer keinen Busen", und man schaute auf Mamuschka, die so einen stattlichen hatte. Da ich aber nun zweimal in der Woche in die russische Schule ging, würden sich meine russischen Kenntnisse sicher vertiefen und mein Busen zwangsläufig erhöhen, davon war man überzeugt. Und dann bekam ich Schmantbonbons und Halwa geschenkt und noch ein paar Küsse, und hernach durfte ich eine Weile tun, was ich wollte, denn nun wollten die von „zu Hause" auch tun, was sie wollten, – erzählen, Sakuska essen und immer wieder einen kleinen Wodka trinken.

Wenn Illa mich ärgerte und meinte, meine Tanten würden spinnen, dann sagte ich ihr, daß ihr Vater auch nicht so ganz dicht sei, am Tage mache er rechteckige Beete und abends male er dreieckige Zypressen auf der Toteninsel, und wenn ihre Tanten kämen, dann müsse sie sich fein machen und dabei bleiben und sich anständig benehmen, ich aber dürfe tun, was ich wolle, und hinterher, wenn ich dazukäme, wären alle sehr vergnügt und ich bekäme dann auch Wodka und wäre dann auch ganz lustig. Ich wurde von dem Wodka wirklich ganz vergnügt, obwohl Mamuschka mir immer nur klares Wasser einschenkte, aber ich dachte, es sei Wodka, und darum wirkte es wie Wodka.

Eine ganze Anzahl meiner Tanten wohnten im Alexanderheim, in dem ich auch zur russischen Schule ging, natürlich nur am Nachmittag, denn vormittags mußte ich ja in die deutsche Schule. Zuerst mußte ich immer zu Tante Maria. Sie lebte im Keller des Heims und hatte drei Hühner auf der Herdstange, eine goldene Ikone in der Ecke, Goldrubel in der Nähmaschine und Schmuck und Silber in einem Koffer unter ihrem Bett.

„Und du mußt ihr immer die Hand küssen", sagte Illa, „pfui Deibel."

Na ja, ich mußte auch immer an die Hühner denken, wenn ich mich über ihre Hand beugte, aber das gab ich natürlich nicht zu.

„Sie war früher sehr reich und hat Mann und Kinder verloren, da wird man eben etwas eigenartig“, verteidigte ich Tante Maria.

„Man lebt nicht im Keller, wenn man Geld hat“, meinte Illa, aber was verstand sie schon davon.

„Reich war sie früher“, sagte ich, „jetzt hat sie nur noch ihre Erinnerungen und will auf russischer Erde leben, und da sie es nicht in Rußland kann, dann eben hier im Alexanderheim, das auf russischer Erde erbaut wurde. So hat sie es auch zum Friedhof und zur Kirche ganz nahe, denn beide liegen gegenüber.“

„Erinnerungen hat man im Kopp“, sagte Illa, und damit hatte sie ausnahmsweise mal recht.

„Man erinnert sich im Kopp besser, wenn man was von früher in der Hand hat“, sagte ich.

„Und was ist mit deiner Tante in Nürnberg?“ sagte Illa, „nun sag bloß, die spinnt nicht, wo sie sich von einem Mann mit achtzehn Papageien hat scheiden lassen. Wir haben zusammen nicht mal einen.“

„Sie hat sich nicht wegen der Papageien scheiden lassen, sondern wegen der Zwillinge, die sie noch in den Wechseljahren bekam, als keiner mehr dachte, sie würde welche kriegen.“

„Deshalb wechselt man nicht den Mann aus“, sagte Illa, als hätte sie Erfahrung, dabei hat Tante Fee nur verhindern wollen, daß die Zwillinge die unfeinen Redensarten der Papageien lernen sollten. Aber sie lernten sie natürlich doch und sagten „bloody hell“, noch bevor sie „Mama“ sagen konnten, und das gab Tante den Rest.

„Sie hat keinen andern Mann“, sagte ich, um noch was zu sagen.

Gut, daß Illa Onkel Max nicht kannte. Der ging nämlich nach dem Tode seiner Frau täglich zum Angeln, und eines Tages war dann irgendwie herausgekommen, daß er immer Fische zum See hintrug und nicht welche rausholte. Er hatte sie paarweise, Romeo und Julia, Cäsar und Cleopatra, Orpheus und Euridike und andere Paare in seinem speziell angefertigten Aquarium, und eines der stattlichen Fischpaare nahm er immer mit und ließ sich ob seiner Prachtexemplare von andern Anglern bewundern. Sie verwickelten ihn dann in ein Gespräch über die Angelei, und da Onkel Max gut Bescheid wußte, hatte er immer Ansprache. Ich fand das gut, auf jeden Fall besser, als wenn er Fische geangelt und mausetot gemacht hätte.

Mamuschka fand allerdings auch, das mit den Fischen sei ein

Vogel von Onkel Max, zumal sie das Gefühl hatte, er sei erst seit dem Tode seiner Frau richtig fröhlich.

„Kein Wunder, bei der Flunder“, meinte Papuschka lakonisch, „die war doch flach überall, hinten und vorn und auch im Kopf.“

„Schäme dich, Boris“, sagte Mamuschka, aber das tat Papuschka natürlich nicht. Ich hatte noch viele Tanten und Onkel mit bemerkenswerten Eigenschaften, die meisten kannte Illa gar nicht. Da war Tante Malu, die Kleptomanie gehabt oder vorgetäuscht hatte, um etwas Aufregung in ihre alten Tage zu bringen, und Onkel Edo, ihr Bruder, der immer hinging und die Sachen bezahlte – und einmal brachte er dann einen Brillantring zurück, und dabei hatte Tante Malu den richtig bezahlt und wollte ihn seiner Enkelin zum 21. Geburtstag schenken. Das war vielleicht peinlich, vor lauter Peinlichkeit kaufte Onkel Edo dann noch eine Goldkette, die er eigentlich gar nicht hatte kaufen wollen.

Tante Marta trug immer seidene Handschuhe, passend zu der Farbe ihres Kleides, aber das war keine Sache, die wir komisch fanden, denn die seidenen Handschuhe lagen sozusagen in der Familie. Ihre Mutter, Tante Lydia, hatte früher einen kleinen Negerknaben besessen, der dafür sorgen mußte, daß sie immer Bettwäsche und Badezimmerwäsche in der Farbe ihrer täglichen Unterwäsche bereitliegen hatte, und die Wäsche wurde natürlich mindestens einmal am Tag gewechselt. Sie besaß unzählige Garnituren in den Farben weiß, rosa, gelb, zartlila, hellgrün und hellblau und als während der Revolutionsjahre fast alles verlorenging bis auf die viele seidene Unterwäsche, da trug Tante Lydia eben ihr Leben lang seidene Handschuhe, die aus dieser Unterwäsche genäht worden waren. Ihre Tochter später auch, aber aus anderen Gründen, und auch immer eine Mütze, und auch das hatte seinen Grund. Leider durfte ich ihn Illa nicht verraten, denn Mamuschka hatte mir nur unter dem Siegel der Verschwiegenheit erzählt, daß die Bolschewisten Tante Martas Hände verbrannt und ihr auf den Kopf geschlagen hatten. Wenn Tante Marta nicht wollte, daß andere Leute das erfuhren, dann redete ich auch nicht darüber, wenn mir auch sonst der Mund kaum stillstand.

Zugegeben, viele meiner Wahlverwandten hatten einen Tick, aber ich liebte sie gerade deswegen. Wie langweilig wäre mein Leben ohne sie gewesen, denn wenn Mamuschka über ihr und deren Leben erzählte, war das interessanter und aufregender als die meisten Märchen.

25. Kapitel

Pfui Schande

Seit ich schreiben konnte, dichtete ich auch.

„Das hat sie von Großvater Richard", sagte Mamuschka ganz stolz, denn Richard war ihr Vater.

Wenn ich hübsch malte, dann hieß es, das hätte ich von Großpapa Alexander. Wenn es nach dem ging, was meine Eltern so sagten, dann hatte ich alle guten Eigenschaften und Talente von jemandem geerbt, und nur die Unarten hatte ich von mir selbst. Dann sagte Mamuschka höchstens: „Von wem sie wohl das wieder hat?", und aus dem Ton konnte man abhören, daß es nicht aus ihrer Familie stammen könne. Oder sie meinte: „Von uns hat sie das nicht!"

Papuschka wußte als Genealoge genau, was im Laufe von vielen Generationen so zusammen und eines Tages herauskommen konnte, darum enthielt er sich aller Kommentare.

Dabei hatte ich eine ganze Menge von beiden Seiten mitbekommen, gute und auch weniger gute Eigenschaften, wie man es betrachten wollte.

Ich hatte Mamuschkas weiches Herz, was sie gut fand, Papuschka allerdings schätzte das nur mit Maßen, denn wir konnten beide auch sehr sentimental sein. Ich hatte Papuschkas realistische Einschätzung der Dinge geerbt, das fand er gut, Mamuschka weniger, denn sie verwechselte es mit Berechnung. Ich hatte eine dünne Haut und tat dann doch so, als hätte ich eine dicke. Ich hatte seinen Stolz und seine anscheinende Unnahbarkeit geerbt, konnte und wollte allerdings andererseits beliebt sein wie Mamuschka, nur eben nicht überall, sondern da, wo ich wollte. Ich konnte empfindlich sein wie eine Mimose und dann handeln wie der Elefant im Porzellanladen.

Manchmal sagte Mamuschka: „Ich glaube, man hat dich im Krankenhaus verwechselt." Das sollte natürlich ein Scherz sein, aber manchmal hatte ich meine ernsthaften Zweifel, ob es nicht stimmen könnte.

Papuschka war nicht egoistisch, aber oft egozentrisch und ging uns, Mamuschka und mir, manchmal auf die Nerven. Mamuschka war liebebedürftig, theatralisch und überschwenglich und ging uns, Papuschka und mir, damit auf die Nerven. Ich war mal dies und mal jenes und manchmal alles zusammen und ging dann ihnen, Mamuschka und Papuschka, auf die Nerven, sogar mir selbst.

Da ich offenbar nicht sein konnte, wie meine Eltern mich wollten, versuchte ich wenigstens so zu sein, wie Hitler die kleinen, blonden Mädchen wollte. Das war einfacher, denn blond und blauäugig war ich schon ohne Mühe. Da ich lieber herumkommandierte als mich herumkommandieren zu lassen, beschloß ich, Jungmädelführerin zu werden. Wer nicht JM-Führerin werden durfte, wurde mit 14 Jahren automatisch zum BDM überwiesen, und das kam für mich nicht in Frage. Der Bund deutscher Milchkühe, wie wir ihn nannten, war indiskutabel für mich, keine zehn Pferde brachten mich zu den Kühen.

„Wer befehlen will, muß erst einmal lernen zu gehorchen", sagte Papuschka, aber der Spruch war nicht von ihm, sondern uralt und nicht mal gut, fand ich. „Wenn es nach *deinen* Maßstäben ginge", sagte ich, „dann hätte Hitler gar keine JM-Führerinnen."

„Auf jeden Fall keine mit dreizehn und vierzehn Jahren, die noch naß hinter den Ohren sind", erwiderte er.

Ich war erst zwölf und darum doppelt beleidigt.

„Willst du, daß ich zu den Milchkühen gehe?" fragte ich.

„Das ist natürlich ein Grund", meinte Papuschka lächelnd, „und außerdem hättest du ohne die JM-Knöpfe an deiner Bluse ja immer einen rutschenden Rock und eine rausrutschende Bluse. Kriege erstmal eine Taille" (BDM-Mädchen trugen einen Gürtel, keine Knöpfe).

„Was ich brauche, ist keine Taille, sondern einen Busen", sagte ich, „da hätte Mamuschka mir ruhig etwas von ihrem vererben können und hätte noch genug für sich übrig behalten."

„Kommt Zeit, kommt Busen", sagte Papuschka lakonisch, „und bis dahin hast du ja immerhin das Fahrtentuch, an dem man sehen kann, wo bei dir vorne ist."

Das war wieder typisch Papuschka. Er sagte nicht oft was, aber wenn er was sagte, hatte er immer so abscheulich recht.

Dabei konnte er sehr humorvoll und auch unterhaltend sein, aber nur, wenn er wollte. Wenn ihm die Gesellschaft nicht paßte, war er stumm wie ein Fisch, dem man noch das Maul zugebunden hatte.

Meine ersten Gedichte waren Glückwünsche, die ich in Reimform gepreßt hatte. Mamuschka fand sie wundervoll. Natürlich waren sie miserabel, aber da die anderen Kinder gar nicht dichteten, war ich vergleichsweise gut, also immerhin besser als nichts. Doch ich lernte mit der Zeit und mit der Übung, und nach ein paar Jahren reimte ich ganz nett über Blumen und Wolken, Elfen und Frühling, und in Ermangelung von Liebesfreuden und Liebesleiden auch mal etwas Humorvolles.

Und dann kam mitten in meiner Dichtereuphorie die Schande über mich, ausgerechnet eine dichterische!

Über unseren Zeugnissen gab es eine Spalte für die charakterliche Beurteilung. Da standen dann bei mir Sätze wie: „Sie nutzt ihre zweifellos guten Fähigkeiten nicht aus", oder „Die Leistungen entsprechen nicht den Fähigkeiten." Einmal stand auch drin, ich neige zu Überheblichkeit. Das hatte mir Herr Lilienfein eingebrockt, der keine weiße, sondern eine sehr braune Lilie war. An sich mochte ich ihn sehr gern, aber wenn er anfing, von Ahnenreihen und Stammbäumen und der arischen Herrenrasse zu erzählen, dann langweilte mich das natürlich, denn von Ahnenzeug hörte ich zu Hause genug. Mir imponierte auch nicht, daß er wußte, wer sein Urgroßvater gewesen ist, wo ich meine Ururur-großmutter immer in Öl vor meiner Nase hatte und mein Papuschka fand, daß *nur* vier Generationen zurück kaum der Rede wert seien.

„Natalia", sagte Herr Lilienfein, „du weißt den Wert der Ahnenforschung nicht zu schätzen."

Genau genommen, stimmte das natürlich, denn Ahnenforschung war mir so selbstverständlich wie das tägliche Brot, und wer schätzte schon das gebührend, was alltäglich war.

„Nööö", meinte ich, „aber als Ihre Vorfahren noch als Affen auf den Bäumen oder Lilien auf dem Felde lebten, haben meine wahrscheinlich schon vor Degeneration mit dem Kopf gewakkelt."

Alle lachten, nur Herr Lilienfein nicht.

„Eine Stunde Arrest", sagte er, und dann mußte ich eine Stunde lang, die in der Schule zum Glück nur 45 Minuten hatte, den Satz schreiben: „Du deutsches Kind, sei tapfer, treu und wahr. Adolf Hitler."

Trotzdem hatte mich die Schreiberei offensichtlich nicht tapferer, auch nicht treuer und schon gar nicht wahrer gemacht, denn im nächsten Zeugnis stand:

„Wegen eines groben Täuschungsversuchs bekam sie eine Stunde Arrest."

Daraus konnte jedermann entnehmen, daß mir der Versuch mißlungen war, denn wenn er geglückt wäre, hätte es ja nicht im Zeugnis gestanden.

Zur Strafe hatte ich also Arrest bekommen und die zweite Strafe war, daß ich dieses Zeugnis nicht den Tanten zeigen und 50-Pfennigstücke kassieren konnte. Eigentlich hatte ich die Zeugniszeigerei dick, aber andererseits mochte ich auf diese Einnahmequelle nicht verzichten, denn mein Taschengeld war knapp bemessen. Als ich das „schöne“ Zeugnis mit der noch schöneren Kopfnote bekam, war eigentlich schon Gras über die ganze Sache gewachsen, und nur so ein Lehrerkamel fraß das Gras wieder weg und Mamuschka regte sich von neuem darüber auf. Sie konnte es nicht fassen, daß ausgerechnet ihre so dichterisch begabte Tochter *sowas* gemacht hatte.

Was hatte ich gemacht?

Der Herr Lilienfein hatte verlangt, daß wir jeder ein Gedicht machen sollten. „Warum hast du denn nichts gedichtet, du kannst das doch“, sagte Mamuschka außer sich, „war das nun nötig?“

„Ich kann nicht auf Befehl dichten“, sagte ich, „wenn ich *muß*, ist bei mir der Hahn zu, alles dicht, dann kann ich nicht.“

„Das ist nur dein Dickkopf“, meinte Mamuschka, und vielleicht hatte sie auch ein wenig recht damit. Ich war irgendwie allergisch auf Befehle, ich machte am liebsten das Gegenteil von dem, was man befahl. Andererseits konnte man mich im Guten um den Finger wickeln.

Ich sagte Mamuschka natürlich nicht, daß ich es wirklich ziemlich lange versucht hatte, dazu war ich zu stolz. Als ich aber beim besten Willen nichts Gereimtes aus mir herausdrücken konnte, nahm ich eins meiner Kinderbücher und schrieb einfach etwas ab. Es war ein Gedicht über den Osterhasen, und da Ostern und die Zeugnisse in absehbarer Ferne, also ziemlich in der Nähe lagen, paßte es vorzüglich.

Einer der Verse lautete:

„Gar mancher denkt, er kann es auch,
und setzt sich hin und drückt,
doch weiß er nicht den rechten Brauch
und ist zu ungeschickt.“

Ich war es auch, wenigstens in Bezug auf Reime, ich konnte kein Gedicht legen. Herr Lilienfein fand mein Gedicht so gut, daß er mich anregte, nun noch eine nette Zeichnung dazu zu machen, denn er wußte, ich konnte ganz nett malen. „Wenn alles fertig ist, hänge ich Bild und Gedicht in den Schaukasten“, versprach er. Welche Ehre!

Aber ich konnte auch kein Bild fabrizieren. Was also lag näher, als mein Gedicht mit einer schönen Malerei aus just demselben Kinderbuch zu zieren. Ich brauchte sie nur abzupausen. Dummerweise nahm ich das Buch mit in die Schule und pauste die Osterhasen sozusagen unter der Nase des Zeichenlehrers ab. Der roch den Braten trotzdem nicht, dafür eine Mitschülerin. Sie petzte, und ich wurde der üblen Tat überführt.

„Wie konntest du nur", sagte Mamuschka vorwurfsvoll auf russisch.

„Das frag ich mich selber", antwortete ich auf deutsch. „Wie konnte ich nur so dämlich sein, so viel Dummheit geht doch auf keine Kuhhaut!"

Dabei führte ich Mamuschka x-mal am Tag hinter das Licht, und ausgerechnet in der Schule machte ich so einen Blödsinn.

„Wie konntest du nur", sagte Mamuschka schon wieder, und langsam nervte sie mich damit. Von Psychologie hatte sie eben keine Ahnung.

Ich versuchte darum auch gar nicht erst, ihr zu erklären, was alles in mir vorgegangen war. Ich mußte froh sein, daß sie vor lauter Wie-konntest-du-nur-Gefühl das Hauen vergaß.

„Oh Jeremia, Santa Klara, Heiliger Sebastian", sagte ich, als sie immer noch nicht aufhörte, sich aufzuregen.

„Was sagst du da?" fragte sie.

„Ich zitiere die Bibel", antwortete ich, denn Mamuschka kannte sich da nicht so gut aus wie ich.

„Was wird Papuschka sagen", meinte sie und dachte, das würde mich schrecken.

„Wie ich ihn kenne, wird der gar nicht viel sagen, weil er weiß, daß du schon zu viel gesagt hast", antwortete ich.

Bums, da hatte ich eine weg. Nun fühlte sich Mamuschka gleich wohler, und mir machte es nicht viel aus.

Kaum war Papuschka zur Tür herein, da bekam er die ganze Geschichte brühwarm aufs Butterbrot gestrichen, dabei hatte er noch nicht einmal den Mantel ausgezogen.

Es kam, wie ich prophezeit hatte, er sagte nichts, er schaute mich nur an, und ich schaute zurück. Als wir bei Tisch saßen, fragte er schließlich: „Warum hast du es dem Lehrer nicht erklärt?"

Natürlich, das wäre richtig und logisch gewesen, aber völlig unmöglich. Ich rechtfertigte mich nie, wenn ich Recht hatte. Das tat ich nur, wenn ich Ausreden brauchte. So sind Kinder eben, und Erwachsene verstehen das meistens nicht. Als das Zeugnis kam, war die schanddichterische Angelegenheit ein alter Hut geworden, aber nun rührte der entsprechende Satz alles wieder auf, und Mamuschka rührte feste in dem alten Käse herum.

„Sollte man nicht . . .?"

„Ob man nicht . . .?"

„Wäre es nicht gut, wenn . . .?"

„Können wir es uns leisten, daß . . .?"

Man dachte und beschloß, das Opfer zu bringen und mich nun

endlich doch in ein Internat zu tun, in das ich von Rechts wegen schon längst gehörte, was wir uns nur von links wegen nicht leisten konnten. Aber der Mensch denkt und Gott lenkt, oder, „der Mensch dachte und Gott lachte . . .“

und Hitler krachte hinein in die Polen.

Hitler, der Retter der Nation, rettete auch mich.

26. Kapitel

Kriegsbeginn

Sigi hatte Geburtstag. Unsere Busenfreundschaft existierte noch, wenn sie auch ein wenig durchhing, weil wir nicht mehr auf dieselbe Schule gingen. Es war gleichsam eine Hängebusenfreundschaft geworden.

Wir waren grade beim Pfänderspiel, und ihr Bruder sollte mich küssen, um sein Pfand wiederzubekommen, da gingen die Sirenen los. Hitler hatte verkündet, daß seit den frühen Morgenstunden auf die Polen zurückgeschossen würde, obwohl vorher keiner gehört hatte, daß diese hingeschossen hätten, aber mich interessierte das nicht halb so viel wie die Aussicht auf Sigis Schokoladentorte. Nun aber raste ich, wie von der Tarantel gestochen, nach Hause und an Mamuschkas Küchenschürze. Sie trug zwar keine, aber es ist symbolisch gemeint. Keiner wußte, warum die Sirenen gingen, ob aus Freude über das Zurückschießen oder um sie nur mal auszuprobieren. Auf jeden Fall war es ein abscheulicher und unbekannter Ton, und ich hatte gar keine Ahnung, daß es irgendwo auf einem Dach eine Sirene gab. Nun waren wir vom Pfänderspiel mitten ins Kriegsspiel hineingeraten. Obwohl es hieß, daß die schlafmützigen Polen den Krieg angefangen hätten, waren sie offensichtlich nicht auf ihn vorbereitet gewesen. Hau ruck und zuck und in sieben Tagen war der Spuk vorbei. Es war wirklich ein Kinderspiel, so konnte man glauben. In den Wochenschauen sah man strahlende Sieger auf Panzern, auf Kanonen und in Flugzeugen. Tote sah man nicht, wenigstens keine deutschen. Man hatte den Eindruck, daß wir Krieg führen konnten, ohne eine Schramme abzubekommen. Einmal scharf geguckt, zweimal scharf geschossen, und schon war Polen im Eimer. Ich war direkt froh, daß ich kein Pole war, wenigstens kein männlicher. Weibliche waren besser, denn bald hörte man überall das

Lied vom schönen Polenmädchen. „Aber nein, aber nein, sprach sie, ich küsse nie." Nachher hat sie dann doch geküßt und schwamm als Leiche im Dorfteich herum. Das änderte nichts an der Tatsache, daß sie schön gewesen war, wenigstens bevor sie im Wasser gelegen hatte.

Propagandistisch wäre es natürlich besser gewesen, wenn Goebbels von einem schweren und nicht von einem so leichten Siege geredet hätte. Aber er hatte eben auch noch einiges zu lernen. Einige Jahre später war er versierter und versenkte im Laufe der Zeit doppelt so viele Schiffe wie die Engländer je gehabt hatten.

Da der Polenfeldzug so ein Kinderspiel gewesen war, wunderte es mich, daß der Mann von Tante Agnes es fertig gebracht hatte, lebendig nach Polen zu fahren und unlebendig zurückzukommen, das heißt, er kam natürlich nicht selber, er wurde gebracht. Wie konnte sowas nur passieren? Wahrscheinlich, weil er zu groß war und seinen Kopf schlechter einziehen konnte als andere, denn selbst mit eingezogenem Kopf wäre er immer noch größer gewesen als die meisten. Nun war er tot und ein Held, das war klar. Am Anfang des Krieges wurden alle tapferen, toten Krieger noch nach Hause gebracht, dabei war er eigentlich gar nicht richtig gefallen, sondern tot an der Brücke stehengeblieben, die er gebaut hatte.

Tante Agnes weinte nicht, als man ihren Mann heimbrachte, und sie weinte auch nicht, als wir zur Beerdigung gingen. Da Tante Agnes' Mann der erste Mann aus unserem Bekanntenkreis war, der gefallen war, gingen wir alle mit zum Friedhof. Der Pfarrer sagte, daß Tante Agnes stolz sein dürfe, daß ihr Mann für Führer, Volk und Vaterland und als ein Held gestorben sei, aber Tante Agnes sah überhaupt nicht stolz aus. Hinterher kam der Ortsgruppenleiter und drückte ihr die Hand.

„Wir wollen uns seines Opfers würdig erweisen", sagte er. Ich überlegte, wie er das als OGL wohl am besten tun könne? Genau genommen bestand gar keine Chance für ihn, das zu tun, als selber zu fallen. Na ja, mit etwas Geduld würde er sicher noch zu einer würdigen Ausdrucksform kommen, wir standen ja erst am ersten Grab. Wir ahnten auch nicht, wie froh wir sein konnten, daß wir an einem stehen konnten. Später wußte man oft nicht, wo jemand gefallen und begraben worden war. Tante Agnes' Mann bekam noch das EK I nachgeschmissen, beziehungsweise in den Sarg gelegt, indem man es auf den Sarg legte. Ich schaute den Sarg an und fragte mich verwundert, wie man den langen Mann in einen so kleinen Sarg hineingebracht haben könnte. Beine konnte man ja schlecht falten. Ob Tante Agnes' Mann auch gesungen hatte: „Ja, die Fahne führt uns in die Ewigkeit, ja die Fahne ist mehr als der Tod"?

Nun hatte die Fahne ihn in die Ewigkeit geführt, und keiner fragte, ob er das gut fand, und keiner konnte fragen, ob die Fahne das nun wirklich wert gewesen war.

Mamuschka und ich gingen später ab und zu auf den Friedhof und besuchten das Grab, weil Tante Agnes nicht hingehen wollte. Ich hielt immer gebührenden Abstand.

„Was soll das?" fragte Mamuschka.

Ich sagte: „Ich will nicht auf seinem Kopf stehen oder auf seinen Füßen rumtrampeln, das Grab ist ja noch viel kleiner als der Sarg es schon war."

„Was du immer für Ideen hast", sagte Mamuschka und bekreuzigte sich, obwohl Tante Agnes' Mann ja evangelisch beerdigt worden war. Evangelisch gelebt hatte er natürlich nicht, weil er, genau wie Hitler, vorgezogen hatte, gar nichts zu sein. Da man aber mit gar nichts schlecht beerdigt werden konnte, war er Mitglied geblieben in der Kirche, wie in anderen Vereinen auch. Hitler war natürlich aus viel edleren Motiven nichts gewesen. Hitler war selbstlos und dachte nicht daran, wie er mal beerdigt werden würde, und er heiratete auch nicht, weil er nicht eine Frau allein beglücken wollte, sondern alle weiblichen Wesen vom Mutterleibe an verehrte, vorzugsweise die Blonden.

Mir fiel vor Tante Agnes' Manns Grab der flotte Bruder von Mamuschka ein, der im Ersten Weltkrieg gefallen war. Der war noch richtig gefallen, denn er hatte auf einem hohen Roß gesessen. Es gibt eben Rangunterschiede, und ein Kavallerist kann besser fallen als ein Infanterist. Dabei kannte mein Onkel den Kaiser und das Vaterland, für welches er sterben durfte, nur von den paar Studentenjahren her. Zar und Mutterland waren ihm vertrauter. Auf seiner Gedenktafel stand „Verdun" und als ich es mühsam zusammenbuchstabieren konnte, dachte ich, dieser Onkel sei bei der Marine gewesen und abgesoffen.

„Wie kommst du denn darauf?" fragte Mamuschka, es war einer ihrer Standardsätze im Umgang mit mir.

„Da steht es doch", sagte ich, „Ver – dun". In Norddeutschland sagt man dun, wenn einer besoffen ist und ver- ist die Vorsilbe von was Schlechtem, außer bei verliebt oder verlobt. Also verdun heißt soviel wie versoffen, abgesoffen, ist doch logisch."

Mamuschka war ganz entsetzt und Grand Tante noch entsetzter über meine fehlenden Französischkenntnisse, aber auch in Geographie waren wir über Deutschland noch nicht hinausgekommen. Lediglich in der Musikstunde waren wir bis Maas und

Etsch und Belt vorgedrungen, und auch da hatte ich lange Zeit gesungen: „Von dem Mars bis an den Bellt“ und gedacht, das hieße so viel wie „von einen Planeten zum anderen.“

Ich war beleidigt, weil man mir nichts erklärte, aber immer annahm, ich müsse vieles wissen. Also dachte ich mir selber meine Erklärung aus, genau wie bei Arsch und Arschtokrate. Schließlich gab es seit Noahs Zeit Schiffe, die absaufen konnten, der Onkel hätte ja gut auf einem gewesen sein können, zumal mein anderer Onkel auch bei der Marine gewesen war. Der Erste Weltkrieg hatte so etwas wie eine Familienteilung gebracht. Zwei Brüder von Mamuschka waren in Deutschland und ihr dritter Bruder und ihre Eltern in Rußland. Ein Krieg war eben im Grunde eine blöde Sache. Immer wieder zogen Soldaten mit Sang und Klang hinaus und kamen dann sang- und klanglos zurück, wenn sie überhaupt zurückkamen. Ich betete für alle, von denen ich wußte, daß sie gestorben waren. Im Laufe der Zeit kam ich aber nicht mehr nach und hörte auf damit. Schließlich wollte ich auch irgendwann mal schlafen. Tante Agnes konnte noch froh sein, daß sie das Grab besaß, wo sie schon keinen Hund und keinen Papagei und auch kein Klavier hatte. Und natürlich kein Kind. Ihren Glauben an Hitler hatte sie auch verloren, weil Zigaretten und Bohnenkaffee knapper wurden.

„Hitler ist unfähig“, sagte sie zu Papuschka und natürlich nur zu ihm.

„Von mir aus kann er Kanonen statt Butter machen, aber Kanonen statt Zigaretten und Kaffee, das geht zu weit!“

Da hörte für Tante Agnes der Spaß und auch der Glaube auf, woran man sehen konnte, wie leicht erschütterlich er im Grunde gewesen war.

27. Kapitel

Warthegau

Im Krieg war es gut, wenn man kleine Kinder hatte, dann brauchte man wenigstens nicht zu arbeiten, wenigstens nicht auswärts. Mamuschka hatte nur mich, und ich war nicht mehr klein und außerdem in der Einzahl, also bekam sie eine Arbeitsaufforderung. Erst war sie in Sanok in Rumänien und später in Kiew, wohin sie sich freiwillig gemeldet hatte, um Heimatluft schnuppern zu können. Papuschka wollte dem zunehmend stärker werdenden

Druck entgehen, nun endlich doch in die Partei einzutreten, und wurde Sonderführer. Auch er fuhr nach Rußland und stellte hinter den siegreich vorrückenden Truppen alle Bücher, Akten und Kirchenmaterialien sicher.

Für beide, Papuschka und Mamuschka, wurde dieser Rußlandeinsatz aber zur Enttäuschung. Mamuschkas Herz blutete, weil sie sah, daß die russischen Menschen in der Ukraine, dem Lande des Brotes, nicht genug Brot zu essen bekamen. Die deutschen Soldaten waren von der Bevölkerung vielerorts als Befreier begrüßt worden, die nach ihnen kommenden Goldfasane, so nannte man die Parteibosse, machten Haß daraus. Mamuschka entbräunte sich dort schnell und gründlich, wenn sie es auch nicht zugab.

Papuschka bekam vor Ärger Magengeschwüre, und seine Galle rumorte auch. Immer, wenn er seine jüdischen Angestellten eingearbeitet hatte, wurden sie ihm unter fadenscheinigen Gründen weggeholt und weggeschafft. Man munkelte von Erschießungen und Konzentrationslagern, aber genaues wußte keiner. Es langte aber, um Papuschka zu ärgern, und er fuhr zurück nach Bialistok und dann nach Königsberg, wo er eine große Wohnung für uns gemietet hatte.

Ich wurde nach Posen geschickt zu Tante Amalia, Papuschkas Schwester, die wir auch Tante Kusch-Kusch nannten, denn sie sagte immer, wenn sie fand, wir sagten etwas, was sich nicht gehörte, oder wenn wir etwas sagten, was sie nicht hören wollte: „Kusch-Kusch“.

Tante Amalia war mit ihrem Mann in den Warthegau umgesiedelt worden, wo alle Balten auf den Endsieg und die von Hitler versprochene Wiedergutmachung warteten. Darum hieß Polen auch der Warthegau.

Großmama war im Jahr vor der Umsiedlung gestorben. Traurig für uns, aber gut für sie. Ihr hätte es im Warthegau bestimmt nicht gefallen, obwohl es da noch mehr zu essen gab als im Reich. Hitler konnte die eßverwöhnten Balten nicht so schnell an die reichsdeutsche Schmalkost und die Eintopfsonntage gewöhnen. „Gebt mir fünf Jahre Zeit, und ihr werdet Deutschland nicht wiedererkennen“, hatte er gesagt, und für die Balten hatte diese glorreiche Zeit ja erst 1939 begonnen, während die Reichsdeutschen schon mitten drin waren.

Tante Kusch-Kusch sollte ein Auge auf mich haben und mich gut ernähren, aber Tantchen hätte sechs Augenpaare haben müssen, um auf eine wie mich aufpassen zu können. Kochen mußte sie auch erst erlernen, und wie sollte sie das gut können, wenn im baltischen Kochbuch stand: „Man nehme 12 Eigelb, usw." und sie hatte nur zwei. Immer, wenn etwas nicht richtig gelungen war, sagte sie: „Das liegt an den mangelnden Zutaten."

Onkel stocherte oft lustlos in seinem Essen herum, weil er im Warthegau unter der Warterei lustlos geworden war.

Tante Kusch-Kusch war großzügig, warmherzig, lebhaft, gesprächig und unordentlich. Ihre Schwester und mein Papuschka waren ruhig und ordentlich. Ich war lebhaft, gesprächig und unordentlich, woran man mal wieder sehen konnte, wie recht der Mendel mit seinen Vererbungsgesetzen hatte. Hätte ich noch drei Geschwister gehabt, wäre ich, à la Mendel, sicher eine rosa Erbsblüte gewesen. Da ich keine hatte, war ich eben mal weiß, mal rot und zwischendrin zweimal rosa.

Im Warthegau war ich braun, weil die Hitlerjugend im Warthegau noch Schwung hatte, der Idealismus der Balten hatte neuen Aufschwung gebracht. Tante Amalia ließ mich wachsen und gedeihen, gab mir zu essen und schimpfte nie. Ich begann zu wuchern und wilde Triebe zu entwickeln. Ich plapperte bei Tisch, ohne gefragt worden zu sein, saß nicht immer kerzengrad und las abends im Bett, solange ich wollte. Meine Kleider schmiß ich überall herum, ordentlich war ich nur in Uniform, denn ich war ja JM-Führerin geworden.

„Nach außen hui, nach innen pfui", sagte Papuschka, als er mal für zwei Tage auf Besuch kam, aber das kratzte mich wenig, zumal er keine Ahnung haben konnte, daß ich mich in seiner Gegenwart noch außerordentlich zusammennahm. Tante Amalia petzte nicht, dazu war sie zu herzensgut. Ich nahm an Rang und endlich auch an Busen zu, ich war überall aktiv, nur nicht in der Schule. Aktiv war ich auch im Konfirmandenunterricht, denn Hitler hin oder her, konfirmiert werden wollte und mußte ich. Natürlich in Weiß, wie das im Baltikum so üblich war, denn eine Konfirmation war schließlich kein Trauerfall. Im Reich war eine Konfirmation allerdings oft ein trauriger Fall, ein Tag, an dem sich die meisten Konfirmanden vornahmen, nachher nie wieder eine Kirche von innen anzusehen.

Ich liebte den Konfirmandenunterricht, ich brauchte ihn. Ich brauchte ja auch als Kind beides, die Bibel und die Witzeseite der Illustrierten.

Die HJ gab mir immer einen Grund, abends länger wegzubleiben, als es Tantchen lieb war. Was hätte sie als Tante auch sagen können, wenn sich nichtmal Eltern getrauten, ihre Kinder fernzuhalten. Dienst war Dienst und ging immer vor. Tantchen machte die deutsche Art zu leben so fertig, daß sie abends immer früh ins Bett ging. Ihr Mann, Onkel Schorsch, regte sich ab, indem er Oboe spielte. Ich fand, so eine Oboe sei ein blödes Instrument, schwierig zu spielen und schwierig anzuhören, wenigstens in einer 4-Zimmerwohnung. Im Baltikum war es Tante Kusch-Kusch nie aufgefallen, wie nervtötend das Geübe auf einer Oboe war, und sie wollte auch nicht verstehen, warum man die Backen so aufblasen mußte, bis man einen roten Kopf bekam, und dann doch nur so ein kleines Mundstück hatte, welches so viel Luft gar nicht durchlassen konnte. Das war natürlich die Kunst dabei, aber wir beide fanden das nicht sehr natürlich.

Wenn ich aber sagte: „Na, nun piept er wieder“, dann nahm sie ihren Mann in Schutz.

„Er ist ein Künstler“, verteidigte sie ihn, aber am liebsten ging sie einkaufen, wenn er übte. Sie wünschte, sie hätten nur einen Flügel gehabt in Riga, denn den hätte man nicht mitnehmen können wie eine Oboe. Natürlich hatten sie einen Flügel, aber eben leider nicht *nur* einen Flügel. Wie gern hätte Tantchen auch ihren Billardtisch mitgenommen, das hätte so viel weniger Krach gemacht und den Onkel auch beschäftigt.

„Krach“ durfte sie natürlich nur denken, nicht sagen, sonst wäre Onkel Schorsch auf die Bäume geklettert vor Ärger oder hätte noch viel länger als nötig auf seiner Oboe geübt. Sie war überzeugt von der Güte seines Spieles, aber du meine Güte, wer will so viel Güte so viele Stunden lang? Onkel würde sicher eines Tages ein Lungenemphisöm, oder wie das hieß, bekommen, weil man sowas leicht kriegt, wenn man immer zu viel Luft aufnimmt und zu wenig abgibt.

28. Kapitel

Freundinnen

Um die Baltendeutschen nach Polen bringen zu können, mußte Hitler die Polen rauswerfen. Das ging oft so schnell, daß diese so gut wie nichts mitnehmen konnten. Die Balten hatten auch das Meiste zurücklassen müssen, aber nicht so schnell und nicht alles. Die Wohnungen, in die sie kamen, waren oft von den Polen erst kurz zuvor verlassen worden, die Betten in manchen Fällen noch warm.

„Woi-woi“, sagte Tante Amalia, und ihr war das alles furchtbar peinlich. Sie ging gleich hinunter zur Hausmeistersfrau und sagte ihr auf russisch, daß die Leute, die man rausgeschmissen hatte, ihre Kleider holen könnten. Das war natürlich gefährlich, aber Tante Kusch-Kusch hatte nicht genug Phantasie, um sich die Konsequenzen ausmalen zu können.

Nach ein paar Tagen kam auch wirklich eine Polin und klopfte schüchtern an die Türe, als wäre ihre eigne Wohnung eine fremde Wohnung. Tantchen lud sie zu einer Tasse Tschai ein, und die polnische Dame saß, ein wenig gehemmt, auf ihrem eignen Wohnzimmerstuhl und konnte es nicht fassen, daß man ihr erlauben wollte, so viel mitzunehmen, wie sie tragen konnte.

„Kommen Sie immer wieder und nehmen Sie immer ein bißchen mit, damit es nicht auffällt", sagte Tante Amalia.

„Sie sind eine gute Deutsche", meinte die Polin, „Deutsche aus Baltikum besser als Deutsche aus Polen oder Reich."

Tantchen errötete, denn es hatte sie noch niemand eine gute Deutsche geheißen. Ihr erster Mann war Russe gewesen, und sie war ja eigentlich nur durch Onkel Schorsch sowas wie eine richtige Deutsche, wenigstens dem Namen nach. Innerlich konnte sie es sowieso nicht sein, weil man nicht was sein kann, in das man nicht geboren ist. Wenn man das dann mit Krampf doch will, dann kommt „Mein Kampf" dabei heraus, wie bei Hitler.

„Ich komme putzen", sagte die Polin und wollte damit danke sagen. Und dann kam sie wirklich jede Woche und putzte, und Tantchen war sehr froh darüber, wenn es ihr auch peinlich war, daß eine Professorengattin bei ihr putzte. Da beide nicht sehr viel vom Putzen verstanden, verstanden sie sich blendend. So nach und nach konnte die Frau dann alles mitnehmen, was man in einer Einkaufstasche unterbringen konnte. Die Möbel mußten natürlich in der Wohnung bleiben, denn die brauchte Tante Amalia, weil ja in ihren Möbeln nun die Russen lebten. Die Polin wurde später Tante Amalias heimliche Freundin, die Unterhaltung auf russisch-polnisch ging ganz gut, und ich profitierte auch davon, denn die polnische Dame nähte mir viele Kleider. Ihren Ehemann lernten wir allerdings nie kennen. Ich beneidete Tantchen ein wenig um ihre Freundin, besonders da es so eine heimliche war, und ich hätte gerne auch eine neue Busenfreundin gehabt.

Eines Tages kam ich in die Klasse, und da stand ein Mädchen neben dem Lehrerpult und man sah ihr an, daß sie mit ihren mageren Rattenschwanzzöpfen am liebsten im Erdboden versunken wäre. Sie stand da, und niemand nahm Notiz von ihr, aber sie wurde angestarrt, als wäre sie ein Kalb mit zwei Köpfen. Fräulein Kieseritzky betrat die Klasse, wir standen auf und setzten uns wieder. Das Mädchen stand noch immer.

„Wie heißt du denn?“ fragte Fräulein Kieseritzky und nahm ihre Brille ab. Sie tat das fünfzigmal in einer Stunde, und sie setzte sie natürlich auch fünfzigmal in einer Stunde wieder auf, weil sie ohne Brille nicht sehen konnte.

„Erika Wienhahn heiße ich“, sagte das Mädchen und machte artig einen Knicks.

Die Klasse kicherte.

„Reden tut sie wie ein Reichsschimpanse“, flüsterte Doris, „aber knicksen tut sie wie eine von uns.“

„Von uns“ hieß so viel wie „aus dem Baltikum“. Hitler hatte zwar die Deutschen vereint, aber einig waren sie sich deshalb noch lange nicht. Im Warthegau hielten die Volksdeutschen und die Reichsdeutschen zusammen und die Balten unter sich auch. Anfänglich hatte man versucht, die Sprößlinge dieser drei Gruppen gemeinsam in einer Schule zu unterrichten, dann hatte man sie aber doch aufgeteilt, damit wenigstens im Lande Frieden herrsche, wenn schon außer Landes Krieg war.

„Wie kann man Wienhahn heißen“, meinte Margarete verächtlich. Margarete hatte sechzehn Vornamen und einen Doppelnamen als Nachnamen. Da kam keiner mit, nicht mal Brigitte, die nur acht Vornamen hatte und einen Doppelnamen, und ich schon gar nicht, ich habe nur drei.

„Wienhahn, wie Berlinhenne“, kicherte Katharina, und alle gackerten vor Vergnügen wie ein ganzer Hühnerhof. Es versprach eine herrliche Stunde zu werden. „Ich bitte um Ruhe“, sagte Fräulein Kieseritzky und nahm wieder ihre Brille ab. Zu Erika sagte sie: „Setz dich, mein Kind.“

Zu uns sagte sie: „Erika muß in unserer Schule bleiben, die anderen Klassen sind überfüllt.“

Aber wohin sollte Erika sich setzen? Fast alle Bänke waren schon belegt, und es konnte ein Blinder ohne Lupe sehen, daß niemand die Reichsdeutsche haben wollte.

Neben mir war ein Platz frei, aber auch nur, weil Isabella meistens zu spät kam am Montagmorgen. Ihre Familie gehörte zu den glücklichen, die schon vor dem Endsieg ein Gut bekommen hatten.

Die mickrige Zopfmarjell tat mir leid. Ich wußte schon länger als die anderen, wie weh es tut, wenn man anders ist, auch wenn man stolz darauf ist, anders zu sein. Dabei war Erika nichtmal stolz, sie war nur traurig.

„Komm, setz dich zu mir“, sagte ich, und Erika kullerte eine Träne des Dankes über die Wange. Da kullerte bei mir auch gleich eine runter. Wir schnieften beide in ein Taschentuch, weil ich meins wieder mal vergessen hatte, und eine Freundschaft begann.

„Wer dich verspeisen will, muß erstmal mich fressen", sagte ich, und Erika nickte und und sagte: „Danke schön."

Um die Zeit in der Schule schneller herumzubekommen, schrieben wir uns Briefe in Geheimschrift. Das förderte die Konzentrationsfähigkeit und die Aufmerksamkeit, denn wir mußten aufpassen, daß man uns nicht erwischte. Lernen taten wir nicht viel, aber wer in die Schule geht, nur um zu lernen, der verpaßt seine schönsten Jahre.

Wenn man nicht grade schwach im Kopf ist, dann geht man in die Schule, *auch* um zu lernen, aber nicht *nur* um zu lernen.

In unserer Klasse gab es keine Schwachköpfe, und Erika hatte auch keinen, nur schwache Zöpfe. Da sie nett und bescheiden war, fiel sie nicht auf und wurde so lange übersehen, bis sie unversehens dazugehörte. Da man sie in Ruhe ließ, hatte sie Ruhe, sich einzuleben. Wir nannten sie „Eka" und erwähnten nicht mehr, daß sie einen komischen Namen hatte und daß ihr Vater *nur* ein Inspektor und, Gott sei es getrommelt und gepfiffen, zu allem Unglück auch noch ein reiner Reichsdeutscher war.

29. Kapitel

Salz der Erde

Wenn ich nicht bei Tante Amalia oder bei Eka war und auch nicht beim HJ-Dienst, dann war ich bei Tante Lilla. Natürlich nicht, um Tante Lilla zu besuchen, sondern um mit Marissa zusammen sein zu können. Mal bei Eka und mal bei Marissa, das war so gesund wie Wechselbäder von Kneipp. Bei Eka ging es richtig deutsch zu, geordnet und bürgerlich und ordentlich. Ekas Eltern machten auch jeden Sonntag einen Spaziergang mit den beiden Töchtern, sparten schon für deren Aussteuer, obwohl sie erst zwölf und dreizehn Jahre alt waren, und taten all die Dinge, die ich von zu Hause nicht gewohnt war. Ekas Mutter war aus Thüringen, und obwohl man sagte, die Thüringer seien der Übergang vom Sachsen zum Menschen, war sie furchtbar nett. Sie hatte beinahe so viel überschüssige Aktivität wie Mamuschka, und um diese loszuwerden, hatte sie einen sozialen Tick für Hunde. Für sie sammelte sie, wie Mamuschka früher für das Winterhilfswerk.

Bei Marissa ging es richtig baltisch zu und total unbürgerlich, man war ja adlig. Es wurde auch nicht gespart, weil es nichts zu sparen gab, sondern man auf Entschädigung wartete, die erst nach dem Endsieg kommen sollte. Im übrigen war man großzügig, hilfsbereit, warmherzig, leger und gläubig, genau wie ich es von zu Hause gewohnt war.

Marissa war die Hälfte von einem Zwilling, wog bei der Geburt nur drei Pfund, aber das merkte man ihr nicht mehr an. Da Tante Lilla eine Dame und keine sehr gute Hausfrau war, hatte sie Nietchen als Hilfe. Nietchen hieß eigentlich Anita und war eine ältliche, dünne Jungfer. Tante Lilla hatte sie aus Mitleid ins Haus genommen, das war eben baltisch, das kannte ich ja. Man hatte nichts, aber man teilte immer.

Da Nietchen im Haushalt leider auch eine Niete war, paßte sie auf uns auf, wenigstens so gut sie konnte. Sie bestand aus wenig Fleisch, dünnen Knochen, geerbten Kleidern und vielen Sicherheitsnadeln. Da ihr nie jemand beigebracht hatte zu nähen und sie zu alt war, um es noch zu lernen, half sie sich mit Sicherheitsnadeln. Dafür konnte Nietchen malen. Sie malte Kienäpfel mit Goldfarbe an und malte Hakenkreuze in ihre Unterwäsche. Kienäpfel gab es auch im Kriege genug, und da die Hakenkreuze nach jeder dritten Wäsche ausbleichten, war Nietchen immer vollauf beschäftigt.

„Woi, woi“, stöhnte sie dann, „die Farbe heutzutage taugt nichts.“

„Tja“, sagten wir, „das Hakenkreuz ist eben am verbleichen, da kann man nichts machen.“

„Erbarmung“, sagte Nietchen, „wie ihr wieder redet.“ Und dann versicherte sie uns, daß Herrn Hitler schon noch was einfallen werde, auch für die Balten. Das hofften wir natürlich auch, nur Papuschka, der Neunmalkluge, der meinte immer, das gäb einen Reinfall.

„Erst fällt man in die Tschechoslowakei ein, dann in Polen und dann in Holland, Belgien und Frankreich, dann in Rußland und eines Tages fällt man dann rein wie Napoleon.“

Wenn Papuschka sowas sagte, nahmen wir das nie für sehr ernst, wir hatten uns an seinen Pessimismus gewöhnt, obwohl er sonst immer behauptete, der Pessimist sei der einzige Mist, auf dem nichts wachse.

Nietchen sagte immer: „Herr Hitler“, sie sagte nie: „Unser Führer“ oder nur „Adolf Hitler“. Sie meinte wohl, sie müsse ihm gesellschaftlich etwas unter die Arme greifen, wo er doch kein „von und zu“ hatte und ein Habenichts gewesen war, ein Emporkömmling, wenn er auch sehr hoch empor gekommen war.

Nietchen glaubte trotzdem an ihn, und damit wir es auch lernen sollten, weckte sie uns morgens mit dem aufmunternden Gruß: „Es ist sieben Uhr, Heil Hitler, alle aufstehen, das Bad ist frei." Sie streckte dabei auch den Arm aus, wie sich das gehörte, aber das sahen wir natürlich nicht, weil wir uns dann immer noch einmal herumdrehten und zehn Minuten länger im warmen Bett blieben. Wer steht schon um sieben Uhr auf, wenn er erst um acht Uhr in der Schule sein muß? Nietchen hatte noch zwei andere Leidenschaften. Eine war die Oli-Hefepaste und die andere das Salz.

„Hefepaste ist gesund", sagte sie jeden Morgen und strich sich die Hefepaste fingerdick auf das Brot, „Olipaste macht alt." Sie meinte natürlich nicht, daß die Hefepaste alt machen würde, sondern daß man alt werden würde, wenn man welche aß.

Unter ihrer Salzabneigungsleidenschaft litten wir am meisten.

„Salz ist ungesund", behauptete sie, und wir mußten uns immer neue Ablenkungsmanöver einfallen lassen, um an das Salzfaß zu kommen.

„Ihr seid das Salz der Erde", sagte sie, „das hat der Herr Jesus gesagt, also, was braucht ein Christenmensch noch Salz, es ist überall genug drin."

Wir waren da anderer Meinung und kauften uns ab und zu Salz und streuten es auf Schwarzbrotscheiben und aßen sie im Bett. Wer nie sein Salzbrot im Bette aß, der weiß auch nicht, wie Salz und Krümel pieken. Wenn Nietchen Salz in unseren Betten fand, dann rang sie die Hände und sagte: „Erbarmung, diese Kinder!" Uns machten die Krümel nichts aus. Wer im Baltikum oder in der Mark Brandenburg gelebt hatte, der ist mit Kiefernnadeln groß geworden.

Tante Lilla war künstlerisch veranlagt. Sie dichtete und malte und war so ahnenforschungsbesessen wie Papuschka. Natürlich nahm sie an, ich würde mich genauso sehr dafür interessieren und erklärte mir alles lang und ausführlich.

„Wir kommen in sechs Linien zu Karl dem Großen", sagte sie stolz.

Mir imponierte das schon, denn das konnten wir nicht. Vielleicht zu Dschingis-Khan oder Iwan dem Schrecklichen, aber das war natürlich nicht so großartig wie Karl der Große.

„Im Grunde landen wir doch alle bei Adam und Eva, wenn man so weit zurück verfolgen könnte, oder?" sagte ich, und Tante Lilla schaute mich an, als wäre ich nicht die Tochter meines Vaters.

„Es zählt nur, was man nachweisen kann", sagte sie, und damit hatte sie natürlich recht. Bis Adam und Eva kam sowieso keiner.

Gläubige Menschen stammen von Adam und Eva ab, solche, die unter der Geißel des Unglaubens leben, stammen von Geißeltierchen ab, welche sich dann hochentwickelten. Solche Leute hatten unter Umständen auch eine Schmeißfliege unter ihren Vorfahren, und darum gibt es auch so viel G'schmeiß auf dieser Erde. „G'schmeiß" heißt so viel wie „Plebs" und war das Lieblingswort von Onkel Eduard, der in Bayern lebte.

Eka und Marissa waren meine Busenfreundinnen geworden, weil ein richtiger Busen eben zweiteilig ist.

30. Kapitel

Churchill

Als der Krieg ausgebrochen war, schrieb mir Maria, daß ihr Vatter gesagt hätte, daß nun alle Deutschen Deutsche seien, auch die Saupreußen. Die Preußen seien nun Brüder im gemeinsamen Kampf gegen die Feinde, die uns keinen Lebensraum nicht gönnen täten.

Papuschka sagte daraufhin, daß ich mit der Korrespondenz aufhören solle, ich käme jetzt sowieso nach Posen zu Tante Amalia.

„Kommt nicht in die Tüte", sagte ich, „ich lerne ungeheuer viel von Maria. Kässpatzen sind Spätzle mit Käse und Zwiebeln, und Spätzle sind handgemachte Nudeln, die man auf einem Brett schabt, und Spaß ist a Gaudi und ein Doofer ein Depp und ein Dummkopf ein Batzi."

„Lerne lieber deine Vokabeln", sagte Papuschka.

1942 lud Maria mich ein, sie zu besuchen, und da ich grade die Windpocken gehabt hatte und niemanden anstecken sollte, bekam ich frei. Natürlich wollte ich in JM-Uniform nach Bayern fahren, damit Marias Vater gleich beim Empfang sehen könne, daß er sich nicht mit mir zu schämen brauche, aber Tante Amalia hielt nichts von Uniformen und auch nichts von einer so weiten Reise, ich ganz alleine. „Die Züge werden voll sein", sagte Onkel, „alleine ist sie bestimmt nicht, und wenn sie ihre Uniform anzieht, kann sie wundervoll die ganze Zeit stehen." „Ob ich nun Kluft anhabe oder nicht, wenn es voll ist, muß die Tochter meiner Eltern immer stehen, da macht die Uniform den Kohl nicht fett", sagte ich. „Auf dem Lande in Bayern gibt es sicher noch fetten Kohl", sagte Tante Amalia, „bißchen Speck auf die Rippen würde dir guttun. Ich weiß nur nicht, ob mein Bruder das erlauben würde, nein, der tät das sicher nicht erlauben, man kennt doch diese Leute gar nicht."

Aber ihr Bruder, mein Vater, war weit weg und meine Mutter auch, und ich erklärte ihr, daß ich diese Leute zwar nicht gesehen hätte bis jetzt, aber daß ich sie kennen würde wie meine linke Hosentasche.

Tantchen war meinen Argumenten wie immer nicht gewachsen.

„Ich werde Käsespatzen essen und Dampfnudeln", sagte ich, aber Onkel meinte: „Wachteln wären mir lieber."

Onkel war manchmal wie Papuschka und konnte einem alles vermiesen, aber von Papuschka ließ ich mir das ja gefallen, aber nicht von Onkel.

„Wenn du Wachteln willst, mußt du mit Mose durch die Wüste ziehn", sagte ich, „außerdem haben Spatzen nichts mit Vögeln zu tun. Die Bayern sind keine vogelfressenden Italiener. Dein Vivaldi war auch so ein Makkaronifresser."

„Vierzehn Tage ohne deinen vorlauten Mund werden sehr erholsam sein", entgegnete er.

„Kusch, kusch", sagte Tante Amalia, „kommt essen."

Ich fuhr nach Bayern und stand die meiste Zeit im Gang oder saß, genau wie Onkel es prophezeit hatte, auf meinem Koffer. Obwohl ich am Vormittag weggefahren war, kam ich erst am Abend an. Der Zug schlich wegen der Verdunklung wie eine schwarze Raupe durch die deutschen Lande, und als ich ihm entstieg, sah ich auch nicht wie ein Schmetterling aus, sondern reichlich ramponiert. Zum Glück konnte man auf dem kaum erhellten Bahnhof nicht viel erkennen, und da außer mir niemand ausgestiegen war, konnte ich auch nicht mit jemandem verwechselt werden. „Grüaß Gott", sagten alle, niemand sagte: „Heil Hitler", wie ich es erwartet hatte, und Marias Vatter entpuppte sich als gemütlicher Mann in Hemdsärmeln, den ich sehr nett fand, wenn ich auch Schwierigkeiten hatte, ihn zu verstehen. Es gab auch gleich eine Menge zu essen und dabei eine Menge zu erzählen. Wir saßen in der großen Wohnküche, und Marias Vatter sagte: „Magst an Leberkäs?" Ich sagte: „Ja, bitte", wenn ich auch Leber nicht so gerne mochte. Ich hoffte, es wäre mehr Käse als Leber, aber dann war es weder das eine noch das andere und schmeckte sehr gut.

In der einen Ecke der Küche hing ein Weihwasserschälchen und darüber hing Christus. Er hing an dem Kreuz so schief, daß man dachte, er versuche die Füße im Weihwasser zu kühlen und sei traurig, daß er nicht hinlangte. Hinter dem Christuskopf steckte eine Silberdistel, als ob die Dornenkrone nicht stachelig genug sein würde.

Auf der anderen Seite hing Hitler im Profil und aus Bronze, darunter ein Hakenkreuz aus Kornähren, ein bißchen verstaubt, vom vorigen Jahr.

Zwischen Hitler und Christus hingen verschiedene Familienbilder, und alle zusammen schienen hier bei Marias Eltern geachtet zu werden.

Vor jedem Essen wurde gebetet, und ich merkte bald, daß katholische Mittaggebete eine zeitraubende Sache waren, wenn man sie richtig betrieb. Da Zeit aber etwas war, mit dem man geplant umgehen mußte als Bauer, fing Marias Mutter immer schon an zu beten, wenn sie mittags in die Küche kam, um die letzten Handgriffe für das Essen zu tun. Während sie hantierte, betete sie immer weiter, sie betete, während sie das Essen in die Schüsseln schöpfte und auf den Tisch stellte, und wenn alles fix und fertig und eßbereit war, war sie auch beim Amen angelangt. Es war langerprobtes und perfektes Timing. Auch Marias Vater hatte dieses Timing zur Präzision entwickelt. Er kam rein und stimmte sofort in das Gebet seiner Frau mit ein. Er zog die Gummistiefel aus, wusch sich die Hände, tat noch dieses und jenes und war eben auch immer genau dann mit allem fertig, wenn das Amen fällig war. Dann bekreuzigten sich alle und man fing an zu essen. Ich bekreuzigte mich auch, wie ich es von Mamuschka gelernt hatte, nur eben andersrum als die Katholischen. Das störte niemanden.

Abends im Bett fragte Maria: „Bist du eine Jungfrau?“

Ich sagte: „Ich glaube schon, wenn es nichts Katholisches ist.“

„Bist du lutherisch oder protestantisch?“ fragte Maria.

Ich antwortete: „Ich bin nur evangelisch.“

„Das ist gut“, meinte Maria.

„Meine Mutter ist griechisch-katholisch“, sagte ich.

„Das ist noch besser“, meinte Maria, „ich habe nämlich Hochwürden versprochen, daß ich dich mitbringen würde, du seist blond wie ein Engel und würdest wundervoll passen. Wir sind immer so knapp an Jungfrauen bei der Fronleichnamsprozession.“

„Nö“, sagte ich mit Entschiedenheit, „ich prozessiere nicht für eine Leiche, und eine Leiche kann auch gar nicht fröhlich sein, die kann nichts mehr. Die Seele vielleicht, aber auch nur, wenn sie gut war, als sie noch in der lebendigen Leiche war.“

„Das heißt *Fron*leichnam, nicht Frohleichnam“, sagte Maria, „und das ist was Trauriges, Fron.“

„Für was Trauriges prozessiere ich eigentlich noch viel weniger gern", sagte ich, „dafür geb ich mich als Jungfrau nicht her, außerdem hatte ich grade die Windpocken. Will Hochwürden vielleicht eine fleckige Jungfrau haben?"

Hochwürden wollte, denn in dem weißen Kleid, welches ich bekam, konnte man nichts sehen von meinen schon beinahe nicht mehr vorhandenen Flecken. Mit einem Blumenkranz im Haar war ich eine echte Zierde für Hochwürdens Prozession, und ich durfte am Schluß sogar die Bürste halten, mit der er alles bewässerte, was er segnen wollte. Von dem, was er betete, verstand ich natürlich so gut wie nichts und mir wurde mal wieder bewußt, daß man in der Schule für die Lehrer und nicht für das Leben lernte.

Als ich schon dachte, Marias Vatter sei aber ein ganz mieser Ortsgruppenleiter, wenigstens wenn man sich auf den Standpunkt des Kreisleiters versetzte, wurde ich dann doch eines Besseren belehrt. Eine Woche nach Fronleichnam durften wir ihn zu einer Versammlung begleiten, auf der er eine aufmunternde Rede halten sollte. Beim Misten und Melken hatte er sie schon geübt und alles, was er für diesen Anlaß in den Schulungsheften finden konnte, auswendig gelernt. Die Kühe kannten die Rede schon auswendig und wir auch.

„Mir hängt die Rede schon aus dem Hals raus", sagte ich, „ich kenne sie Wort für Wort."

„Zieh deine Uniform an und komme mit", sagte Maria, „du wirst sehn, Vatters Rede wird gut."

Ich verdrehte die Augen, aber ich ging mit.

Im Saal des Gasthauses saßen alle Dorfbewohner, schön nach Männlein und Weiblein getrennt, wie sie es von der Kirche her gewohnt waren. Unter der großen Fahne saßen Männer, die eine SA-Uniform trugen und die schon in gehobener Stimmung waren, weil sie vorher ein oder zwei Maß gehoben hatten. Vor ihnen saßen die Hitlerjungen, in der vordersten Reihe die Pimpfe, oder Bimpfe, wie Marias Vatter sie nannte.

Auf der anderen Seite, unter der Fahne des Schützenvereins, saßen die Frauen, die weiße Blusen anhatten, davor die BDM-Mädchen und ganz vorne die Jungmädel, zu denen ich gehörte. Die übrigen Stühle waren von älteren und alten Leuten besetzt, die anhaben durften, was sie anziehen wollten.

Zuerst war alles, wie ich erwartet hatte. Hacken klappten zusammen, und es wurde fürchterlich heilhitlert. Als Marias Vatter seine Rede begann, wurde es erst erwartungsvoll still und dann langweilig still. Was er sagte, hatten alle sicher in ähnlicher Form schon gehört, und auch ich schaute Maria an und verdrehte wieder die Augen.

„Wart es ab“, flüsterte Maria, „er redet sich ein.“

Und so war es dann auch. Kaum hatte Marias Vatter das Auswendiggelernte aus den Schulungsheften hinter sich gebracht, kam Schwung in seine Rede und auch in den Saal. Die langweiligen Gesichter erhellten sich, man nickte mit den Köpfen Zustimmung, und später schlugen sich sogar manche auf die Schenkel. Als Marias Vatter so richtig frei von der Leber gegen die Feinde des deutschen Reiches herzog, besonders gegen die Engländer und den englischen Premierminister, da hatte er alle Zuhörer im Innersten gepackt. Er bekam donnernden Applaus. Ich mußte mich in die Schenkel kneifen, um mir vorzustellen, daß alle diese Leute noch vor einer Woche brav und still und das Kreuz schlagend hinter Hochwürden hergeschritten waren und sich am Anblick der Monstranz und der Jungfrauen erhoben gefühlt hatten. Jetzt fühlten sie sich von der Fahne erhoben und von der Rede hingerissen. Was hatte Marias Vatter gesagt, das die Wogen der Begeisterung so schwellen ließ?

Er hatte die Fäuste erhoben, als wäre er in Moskau und nicht in Bayern, und gedonnert: „Wir werden es ihm schon zeigen, dem Tschurtschill (Churchill), dem englischen Saupreuß!“

31. Kapitel

Autogramm

Die Wartenden im Warthegau sollten merken, daß Hitler sie nicht vergaß, wenn er sie auch noch nicht entschädigen konnte. Die meisten Balten hatten noch nie die Freude gehabt, den geliebten Führer sehen zu können, der sie um Hab und Gut und die Heimat gebracht hatte. Da er selber leider nicht weg konnte, schickte er Goebbels nach Posen. Im Posener Theater sollte Goebbels seinen großen Auftritt haben, und JM und BDM und das JV und die HJ sollten Spalier stehen an den Straßen.

Eigentlich hatte ich keine Lust, stundenlang herumzustehen, andererseits hätte ich Goebbels ganz gern mal beguckt, der so viele nette Kinder hatte.

„Die kleinen Männer sind die besten Gockel“, sagte Onkel Schorsch und spielte drei Tonleitern rauf und runter.

„Kusch, kusch“, sagte Tante Amalia, „bleib lieber zu Hause,

ich habe auch Speckpiroggen gebacken. Außerdem weißt du doch, daß dein Vater es nicht mag, wenn du dich so engagierst."

„Papuschka ist weit weg", sagte ich, „und außerdem ist die HJ prima hier, da tut sich wenigstens etwas. Dagegen war sie im Reich ein müder Verein."

„Es tut sich zu viel", sagte Tantchen, „und du kommst auch zu oft zu spät ins Bett. Wenn das dein Vater wüßte! Um acht Uhr mußt du schlafen, hat er gesagt." „Das beste an der HJ ist die Tatsache, daß einen die Eltern nicht immer um acht Uhr ins Bett schicken können", meinte ich, „außerdem will ich mir von Goebbels ein Autogramm geben lassen. Wo habe ich denn mein Poesiealbum?"

Das alte war bereits vollgeschrieben mit schönen Sprüchen, und irgend jemand hatte mir ein neues geschenkt, was ich nicht richtig gewürdigt und es darum verlegt hatte. Ich suchte eine Stunde lang, dann hatte ich es gefunden. Nun wollte ich es als Autogrammbuch benutzen, und Goebbels sollte der erste Eintragende sein. Danach wollte ich es Willy Fritsch schicken, der mir bisher sein Autogramm versagt hatte, obwohl ich ihm eine Briefmarke für die Rückantwort beigelegt hatte.

„An einen Mann wie Josef Hinkebein kommst du nicht heran", sagte Onkel Schorsch, „der wird bewacht wie ein Preisboxer."

Dann spielte er ein paar Kadenzen und freute sich, daß er mich geärgert hatte.

„Du bist abscheulich", sagte ich, „und alles nur, weil du hier im Warthegau sein mußt. Du solltest dich umstellen, wer will schon Oboe hören, wir leben in einer Zeit der Marschmusik, lern lieber Posaune."

Onkel wendete sich mit Grausen, und ihm blieb die Spucke weg, was für das Oboeblasen ganz gut war. Er bekam einen noch röteren Kopf und fand seine angeheiratete Nichte mal wieder ziemlich ungezogen.

Ich stopfte mein grünes Poesiealbum unter meine Jacke und zog los. Dank meiner blonden Haare wurde ich zum Spalierstehen dicht bei dem Theater eingesetzt. Bevor Goebbels also einschwenkte, mußte er an mir vorbei und mich sehen. Ich ihn natürlich auch, und dann wollte ich ihm mein Poesiealbum in den Schoß werfen. Zielen konnte ich gut, und im Werfen war ich auch nicht ganz schlecht, und wenn Goebbels im Theater drin war, wollte ich versuchen, auch hineinzukommen und mein Buch wieder abzuholen.

Zunächst standen wir herum und übten Begeisterung, und als der Wagen mit Goebbels endlich kam, hatten wir eigentlich keine

Lust mehr, Hurra zu schreien. Aber der Mensch ist ein Herdentier, und als die ersten losblökten, schrien alle mit und schwenkten die Arme und taten, als hätten sie einen inneren Reichsparteitag oder amüsierten sich wie Bolle, den man in Posen natürlich nicht kannte. Bolle war der Berliner Milchwagenfritze.

Ich hielt mit der einen Hand meinen Busen fest, damit das Buch nicht herausrutschen konnte, und mit der anderen winkte ich wie die anderen, obwohl wir noch nichts sehen konnten. Die Schreierei wanderte dem Wagen ja voraus, und als er endlich vor mir war, riß ich das Buch heraus und warf es Goebbels direkt in den Schoß. Prima gezielt, ich war direkt stolz auf mich.

„Bist du verrückt", sagte meine Kameradin neben mir, und dasselbe dachten wohl auch die Leibwächter. Es kam Aufregung in die Kolonne, der Fahrer des Goebbelswagens gab Gas, und die letzten Begeisterten konnten den Anblick von Goebbels nicht mehr genießen, er raste zu schnell an ihnen vorbei.

Ich hatte natürlich keine Ahnung, welche Aufregung mein Poesiealbum verursacht hatte.

„Bitte mit Unterschrift zurück", hatte ich auf einen Zettel geschrieben, dann aber beschloß ich doch, es selber bei Goebbels abzuholen. Die Wachen an der Tür ließen mich natürlich nicht hinein, auch am hinteren Eingang gab es kein Durchkommen, alle Eingänge wurden bewacht. Schließlich kletterte ich zusammen mit einer Kameradin durch ein Kellerfenster, und als wir erstmal drin waren, kümmerte sich keiner um uns. Wir zogen die Strümpfe hoch und klopften den Staub von den Jacken, ich lächelte, ohne den Eckzahn zu zeigen, und dann gingen wir ganz einfach die Treppe nach oben.

Im ersten Stock warteten schon eine Menge Leute, die alle von Goebbels einen Händedruck wollten, und den bekamen sie auch. Ich wollte ja eigentlich keinen Händedruck, sondern mein Poesiealbum, aber es verschlug mir die Sprache, und dann war alles ganz schnell vorbei.

„Junge, Junge", dachte ich, „der ist wirklich ein kleiner Gokkel, der ist ja wie Herr Roth", und vor Schreck machte ich einen Knicks, und das in Uniform! Das durfte ich Papuschka gar nicht erzählen, der würde sich über mich lustig machen. Immer wenn ich einen erhabenen braunen Moment haben wollte, war der Wurm drin.

Wir waren schneller draußen als wir hineingekommen waren, und erst auf der Straße fiel mir mein Poesiealbum wieder ein. Na ja, das konnte ich jetzt wohl vergessen, Willy Fritsch hatte mir ja auch nicht geantwortet.

Zu Hause erzählte ich nichts von meiner Blamage, und Tantchen fragte auch nichts. Ein paar Tage später, als ich vom Dienst nach Hause kam, sagte Tantchen: „Es war hoher Besuch da“, und sie lächelte ein wenig verlegen, so, als ob ihr die „Komm-morgen-wieder“ (baltisches Gericht) nicht recht geraten waren.

„Irgendein Bonze“, sagte Onkel und piepte auf seiner Oboe.

„Hör doch mal auf“, sagte ich, „mußt du denn auch abends spielen? Man kann sich ja überhaupt nicht unterhalten. Wer war da?“

„Kusch, kusch“, sagte Tante Amalia, „wenn Onkel sich geärgert hat, muß er Luft ablassen.“

„Wie kann man Luft ablassen mit so einem kleinen Mundstück“, erwiderte ich, „das ist ja, als wenn einer mit einer zugebundenen Hose aufs . . .“

„Kusch, kusch“, sagte Tantchen entsetzt, „Erbarmung, wo lernst du nur sowas?“

„Wer war da, erfahre ich das vielleicht nun bitte endlich?“ sagte ich, „aber auf mich hört wohl in diesem Hause niemand. Ihr seid selber Schuld, wenn ich von der HJ begeistert bin, da hört man eben auf eine 14jährige Führerin. Da kann ich sogar zu den Eltern meiner Jungmädel gehen und ihnen sagen, sie sollten die Ohrringe aus den Ohren ihrer Töchter nehmen oder sie regelmäßiger zum Dienst schicken. Wer war also hier?“

„Der Besuch hat dein Poesiealbum gebracht“, sagte Onkel Schorsch.

„Wo ist es, zeig her“, sagte ich und war ganz aufgeregt. „Das hättest du doch gleich sagen können.“

„Onkel Josef läßt grüßen“, meinte Onkel und reichte mir das mit grünem Leinen bezogene Büchlein. Wirklich, da stand auf der ersten Seite, genau in der Mitte:

„Josef Goebbels.“

„Goebbels ist wirklich ein höflicher Mann“, sagte ich, „das muß man ihm lassen, wenn er auch klein ist. Er hätte es ja auch per Post schicken können, aber durch Boten ist es natürlich billiger und viel schicker. Ich bin auf jeden Fall begeistert.“

„Wieso denn das?“ fragte Onkel Schorsch, „wegen der zwei Wörter?“

„Na klar“, sagte ich, „nun kriege ich bestimmt auch die Unterschrift von Willy Fritsch.“

32. Kapitel

Konfirmation

Meine Konfirmation war ein großartiger Tag, so ein richtiger Glückstag. Für mich begann die Freude schon, als Mamuschka Tantchen bekümmert mitteilte, daß sie keinen weißen Samt für ein Kleid bekommen könne. Also nähte Tantchens polnische Freundin mir mein erstes, so lang ersehntes Fähnchenkleid aus einem dünnen, fließenden Material. Dadurch war mein Herz schon quicklebendig und fröhlich geworden, noch ehe der Propst mir den Konfirmandenspruch sagte, den Tante Lilla rausgesucht hatte.

„Denen, die Gott suchen, wird das Herz leben."

Meines lebte ganz doll, und da Mamuschka den Samt gesucht und nicht gefunden hatte, war ich glücklich und bereit, Gott zu suchen und zu finden.

Trotzdem wurde es auch für Mamuschka ein Freudentag, denn als sie mit den anderen Eltern vor der Kirche wartete, bis der Propst den Zug der Konfirmanden in die Kirche leitete, sagte eine Dame neben ihr: „Was hat das blonde Mädchen für herrliche Haare."

Das blonde Mädchen war ich, und Mamuschka war stolz und froh, daß sie für meine Konfirmation Urlaub bekommen hatte. Tantchen hatte ihr außerdem berichtet, daß ich endlich meine erste Regel bekommen hätte.

„Nun ist sie Jungfrau geworden, mein Kind", sagte Mamuschka gerührt, und das war mal wieder typisch für sie, übertrieben und sentimental. Ich war ja nicht erst durch die Regel dazu geworden, sondern damit auf die Welt gekommen. Zum Glück erzählte Tante Kusch-Kusch ihr nicht, daß ich schon seit einem Jahr Mamuschkas Unterschrift gefälscht hatte. Die meisten in meiner Klasse hatten viel mehr Busen als ich und darum auch schon lange vor mir „ihre Tage". Die brauchten dann einmal im Monat drei Tage nicht mitzuturnen, und ich fand es unter meiner Würde, keine Regel zu haben, wenn ich auch im Grunde viel lieber turnte als pausierte. Nun hatte ich meine Regel, ein Seidenkleid und viele Geschenke und war glücklich. Auf die Regel hätte ich jetzt gerne verzichtet, aber die Geschenke waren prima. Papuschka schenkte mir eine Armbanduhr, damit ich wisse, was die Stunde geschlagen hätte. Ich überhörte die Bemerkung. Als ich ihm die Ahnenbücher zeigte, die ich für meine Jungmädel angelegt und mit bunten Stoffresten von Tantchen eingebunden hatte, bekam ich auch kein lobendes Wort von ihm.

„Es ist schwer, es jemandem recht zu machen", sagte ich, „ich konnte sie ja nicht in Leder oder Leinen einfassen, wir haben Krieg."

„Darum brauchen wir keine Ahnenbücher, sondern Leute, die eine Ahnung bekommen", sagte Papuschka, aber ich wollte mir den Tag nicht vermiesen lassen.

„Ich habe keine Ahnung, wovon du redest", entgegnete ich und beschaute die anderen Geschenke. Onkel Konstatin hatte Hasen geschossen und mitgebracht, und es gab ein herrliches Essen. Abends zog ich das Konfirmationskleid aus und ein Abendkleid an, um zu zeigen, daß ich nun erwachsen geworden sei.

„Latsch nicht daher wie ein BDM-Mädel", sagte Tante Ella, die keine Ahnung hatte, daß sie mich damit beleidigte.

„Das paßt nicht zum Abendkleid", meinte sie und schaute sehr blaublütig auf mein kariertes Kleid aus Seidentaft. Sie war erst durch die Ehe mit Onkel Konstatin blaublütig geworden und blickte darum immer doppelt hochnäsig auf andere herunter, was gar nicht so einfach war, da sie selber von kleinem Wuchs war.

„Hast du schon einen Freund?" fragte sie, und daran konnte man merken, daß sie von Tuten und Blasen und der Hitlerjugend keine Ahnung hatte. Man hatte keinen Freund, höchstens einen Kameraden. Liebe gab es nicht, nur Kameradschaft und das war, wie alle versicherten, viel mehr.

„Haltet untereinander eine herrliche Kameradschaft", hatte Hitler uns ermahnt, von Liebe war da keine Rede. Dann hätte er ja auch eine Anleihe bei Jesus machen müssen, und nichts lag ihm ferner.

„Quatsch mit Soße", sagte ich, und Tante Ella wandte sich entsetzt zu Papuschka.

„Boris", sagte sie, „das Kind redet so gewöhnlich!"

„Das kommt von dem Umgang und der HJ", sagte Papuschka und faßte einen Entschluß.

33. Kapitel

Der Entschluß

„Heiliger Strohsack", jammerte ich, „warum nach Heiligengrabe, warum nicht gleich in ein Kloster?"

Papuschka war entschlossen, mir die wilden Triebe zu beschneiden, die Tantchen nicht beschneiden konnte, und hatte mich im Internat angemeldet. Er kannte die Tochter der leitenden Äbtissin und hatte darum auch eine Zusage bekommen.

„Du brauchst Disziplin und Entbräunung", sagte er streng, „pack die Koffer."

„Lieber tot, als in Heiligengrabe begraben zu sein", sagte ich und heulte los. Ich wußte genau, was mir jetzt blühen würde, alles und noch mehr als ich von zu Hause gewohnt gewesen war und bis zum Überdruß kannte. Knicksen, Handküssen, nicht mit vollem Mund reden, gradesitzen, nicht vorlaut sein und rechtzeitig ins Bett gehen.

„Ich denke, nun bin ich erwachsen, die ganze Konfirmation war wohl für die Katz", sagte ich.

„Heiligengrabe wird dir sehr guttun", sagte Papuschka und war nicht aus der Ruhe zu bringen.

„Mir wird das mächtig schlecht tun", sagte ich, „mir ist jetzt schon ganz schlecht, wenn ich nur daran denke."

Aber alles Jammern half nichts. Die Koffer wurden gepackt, Tantchen bekam ein wenig die Leviten gelesen, wurde dann bedankt für das, was sie an mir getan hatte, und Papuschka holte mich heim ins Reich. Die Österreicher hatten sich seinerzeit über die Heimholung gefreut, weil sie nicht wußten, was ihnen blühen würde. Ich wußte es, darum freute ich mich nicht.

Von Berlin aus durfte ich weiterfahren, um erstmal mit meiner Mutter Ferien zu machen. Kaum war Paps weg, stieg ich um in ein 1.-Klasse-Abteil, denn ich wollte mit meinem Kummer alleine sein, und auf weichen Polstern konnte ich meinen Kummer besser genießen. Ich betete zu Gott und allen Heiligen, daß ein Wunder geschehen möge und mich vor dem Internat erretten. Lebten wir nicht in einer Zeit, in der Wunder geschahen?

Einige Wunder wirkten zusammen, damit ich zu meinem Wunder kam.

Erstmal hieß Göring nicht mehr Göring, sondern Hermann Meier. Er hatte gesagt, er wolle Meier heißen, wenn feindliche Flieger bis Berlin kämen. Nun, sie kamen und er hatte seinen Namen weg. Und überall, wo sie hinkamen, warfen sie ihre Bomben ab. Natürlich trafen sie nicht nur Parteibonzenhäuser, wie sie das sicher am meisten gefreut hätte, aber sie trafen eben *auch* Parteibonzenhäuser. Die Familien dieser Bonzen saßen selbstverständlich in sicheren Bunkern und waren gut geschützt, während alle anderen Leute nur in ihren Keller gehen konnten, der einige Stützbalken bekommen hatte. Parteibonzenhäuser gingen kaputt, Parteibonzenkinder blieben erhalten und ihre Eltern bekamen Schiß. So begann der Zug aus den Städten auf das Land. Die feinen Leute der Partei wollten ihre Kinder natürlich in feine Internate auslagern, die sich bisher meistens mit Anstand geweigert hatten, solcher Leute Kinder aufzunehmen. Man sagte das nicht direkt, aber man war immer, leider immer schon belegt und vorgebucht. Dem half man ab, indem es einen Erlaß gab, daß jedes Internat einen bestimmten Prozentsatz solcher Bonzenkinder aufnehmen *mußte*.

Auch Heiligengrabe mußte in den sauren Apfel beißen, Schluß mit Exklusivität, obwohl die Bonzenkinder ganz gern auch exklusiv gewesen wären. Mancher braune Vater sagte seiner Tochter zum Abschied: „Jetzt lernste feinen Benimm, sonst hau ich dir den Arsch voll."

Das Bonzenkind hatte wahrscheinlich gar keine Lust, feinen Benimm zu lernen, aber Kinder wurden nicht gefragt, ich ja auch nicht.

Papuschka bekam in den Ferien also einen Brief, in dem man ihm mitteilte, daß man leider gezwungen worden sei, gewisser Leute Kinder aufzunehmen, und dadurch anderen wieder absagen müsse, was sehr peinlich und bedauerlich wäre, aber man könne nicht riskieren, geschlossen zu werden.

Ich dankte Göring für seine falschen Prognosen und dem Mädchen, das mir den Platz weggenommen hatte. Ich hätte natürlich in Heiligengrabe privat wohnen und nur im Internat zur Schule gehen können, aber das wollte Papuschka nicht.

Also kam ich nach Berlberg. Zuerst fühlte ich mich auch da sehr eingeengt, denn es gab nur fünfzehn Mädchen in der Klasse, und ich war gezwungen, aufmerksam zu sein, aber mit der Zeit gewöhnte ich mich um, und mit der Zeit entbräunte ich auch. Das kam ganz von selber, und weder Papuschka noch sonst jemand brauchte sich etwas darauf einzubilden. Die HJ im Reich war langweilig, und da ich keinen braunen Umgang mehr hatte, wurde ich wieder ein normales junges Mädchen, welches man in die BDM-Schaft überwiesen hatte und welches da einfach nicht hinging. Ich war meistens krank, und wenn ich krank spielte, war ich bei Freunden auf dem Gut, wo es mir fantastisch gut gefiel, und bald war ich so wenig braun wie sie. Meine braunen Jugendsünden waren vergessen.

„Paß auf deinen vorlauten Mund auf", schrieb Papuschka, aber da war es schon passiert. Irgend jemand hatte mich denunziert, und ich wurde zum Kreisleiter zum Verhör gebeten.

Erst war er sehr formell und quetschte mich aus wie eine Zitrone, aber da ich nicht recht wußte, was er von mir wollte, redete ich ausnahmsweise mal wenig. „Wer lügt, hat ein anstrengendes Leben, weil er sich immer merken muß, was er mal gelogen hat", sagte Papuschka mir mal und wollte mir beibringen, daß es besser sei, immer bei der Wahrheit zu bleiben.

Ich erinnerte mich jetzt daran und wollte mir gut merken, was ich sagte, denn ich war wild entschlossen zu lügen.

„Es stimmt", sagte ich, „mein Vater ist nicht in der Partei, aber er ist schließlich im Reichssippenamt und nun als Sonderführer in Rußland. Warum muß er in der Partei sein, zumal er ja bei der SS ist?"

Mit einem Schlag war der Kreisleiter wie verwandelt, er erinnerte sich auch daran, daß ich ja noch nicht volljährig und außerdem mit seinem Sohn Karl befreundet war. Wir gingen miteinander, das war doch eigentlich Alibi genug. Daß er daran nicht vorher gedacht hatte! Karl würde mit keiner gehen, die dagegen war, es mußte alles nur ein Irrtum oder eine Gemeinheit gewesen sein.

„Ihr geht ja immer zusammen zum Dienst", sagte er, „zweimal in der Woche, und ich gönne es euch ja, die Zeit der jungen Liebe ist die schönste. Hoffentlich schaffe ich es noch eine Weile, den Karl freistellen zu lassen, er ist ja noch so jung."

Anderer Leute Söhne wurden mit sechzehn schon zur Flak geholt, aber Karl und ich gingen zweimal in der Woche zum Fußdienst, wie wir es nannten. Wir trafen uns öffentlich und gingen dann heimlich zum Stepptanzunterricht. Herrn Kreisleiter hätte der Schlag getroffen, wenn er davon erfahren hätte, und Papuschka würde der Schlag treffen, wenn er von seiner Mitgliedschaft in der SS erfahren würde. Zum Glück waren Rußland und Papuschka weit weg, und da Paps ja herumreiste, klappte es mit der Post sehr schlecht oder nie.

Später erfuhr ich dann doch, wer mich denunziert hatte. Es war eine Mitschülerin gewesen, deren ganze Familie sich später beim Einzug der Russen vergiftete.

34. Kapitel

Dauerwelle

Eines Tages beschloß ich, mich zu verschönern, beziehungsweise, mich verschönern zu lassen. Ich ging zum Friseur.

Er schaute meine langen blonden Haare an und sagte, er würde mir eine Dauerwelle umsonst machen, wenn ich ihm dafür meine Haare gäbe. Ich versprach es, und er ging zu Werke.

„Wie lange soll ich das Zeug denn noch auf dem Kopf haben",

fragte ich, und immer wieder hieß es: „Noch ein Viertelstündchen."

Eine Dauerwelle hieß wirklich nicht umsonst so, denn sie dauerte ewig. Nach dem Viertelstündchen kam die Waschprozedur, dann das Eindrehen und dann die Trocknerei. Schließlich hatte ich es satt.

„Geduld, Geduld", sagte der Friseur, „die Dame ist noch nicht ganz trocken", aber die Dame hin oder her, ich wollte nach Hause.

Es war schön, für eine Dame gehalten zu werden, aber es war dämlich, soviel Zeit beim Friseur zu vertrödeln. Ich zog die Wikkel aus meinen verkürzten Haaren und verlangte, gekämmt zu werden. Der Friseur rang die Hände, aber was sollte er tun? Er kämmte, und es wurde die tollste Frisur seiner Laufbahn. Heute ist eine Negerkrause vielleicht modern, damals war sie schlimmer als eine Glatze. Polen, Juden und Russen waren Untermenschen, Neger waren gar keine. Nicht arisch zu sein, war schon schlimm, ein Neger zu sein, war schrecklich.

„Wer Jude ist, bestimme ich", sagte Göring, aber wer Neger war oder nicht, das konnte selbst er nicht bestimmen.

Nun war ich ein weißhäutiger Mensch mit blonder Negerkrause. Ich fühlte mich um den Kopf herum erleichtert, das Gewicht der Haare war weg, aber um das Herz herum doppelt schwer. Was würde Mamuschka nur sagen, wenn sie davon erfuhr? „Geben Sie mir doch ein paar von meinen Haaren zur Erinnerung", bat ich den Friseur, „ich brauch die für meine Mutter, sie hat schon welche von ihrer verstorbenen Mutter. Sie kann meine dazulegen, denn sicher schlägt sie mich tot, wenn sie mich so sieht."

„Nach der ersten Wasserwelle wird es besser", tröstete der Friseur, „Sie müssen das nächste Mal nur Geduld haben und warten, bis das Haar richtig trocken ist." Ich band mein Kopftuch über die Dauerwelle und nahm es sieben Tage lang nur zum Schlafen ab. Es war das Dauerkopftuch über der Dauerwelle. Dann hatte ich genug Geduld und Geld beisammen, um mir eine neue Wasserwelle machen zu lassen. Das war auch nötig, denn Mamuschka hatte ihren Besuch angesagt. Nach der Wasserwelle sah ich wirklich ein wenig besser aus, wenn auch noch etwas fremd. Ich ging ganz langsam zum Bahnhof und schob das Fahrrad neben mir her, als könne ich damit das Donnerwetter hinauszögern.

Ich band das Kopftuch um und fiel Mamuschka gleich um den Hals, so daß sie vor lauter Glück nicht gucken konnte. Wir packten ihren Koffer auf mein Rad, und ich fing sofort an, alles Mögliche zu erzählen. Nach zehn Schritten aber hielt sie an und sagte ersterbend: „Deine Haare?“

Sie meinte natürlich nicht die, die dran waren, sondern die, die weg waren.

„Tolle Frisur, was“, sagte ich betont fröhlich und nahm das Tuch ab.

Es dauerte eine Weile, bis Mamuschka ihre Sprache wieder fand, wenigstens die deutsche, denn „deine Haare“ hatte sie auf russisch gesagt. Ein Donnerwetter bekam ich nicht, doch Mamuschka schien um Jahre gealtert.

„Grade habe ich noch zu Illa gesagt, du würdest dir deine Haare nie abschneiden. Ich habe dir sogar Haarklammern mitgebracht.“

Sie meinte natürlich Haarklemmen, und nun waren sie eine ganz nutzlose Anschaffung geworden.

„Illa hat die Haare wohl auch ab?“ sagte ich und fühlte mich gleich wohler, weil man sich eben wohler fühlt, wenn man kein alleiniger Missetäter ist.

„Illa hatte nie deine schönen Haare“, sagte Mamuschka und schüttelte ihr Haupt. „Nö“, sagte ich, „meine hatte sie bestimmt nicht, sie hatte ihre eigenen.“

„Du weißt genau, was ich meine“, sagte Mamuschka, „es ist und bleibt ein Jammer. Vorher sahst du immer besonders aus, nun siehst du aus wie alle anderen.“ Das war bedauerlich, aber nicht zu ändern.

„Haare wachsen wieder“, tröstete ich sie, „es ist auch so viel praktischer“, aber wir wußten beide, daß ich nie wieder lange Haare haben würde.

Sie erzählte mir, daß sie ein Panaritium am Finger bekommen hätte und nicht mehr nach Rußland zurück müsse. Sie würde zu ihrem Bruder nach Finnland fahren und sich erstmal von allen Strapazen erholen.

Meine abgeschnittenen Haare waren eine zusätzliche Strapaze für sie. Graue Haare konnte sie glücklicherweise durch mich nicht bekommen, denn sie hatte seit vielen, vielen Jahren schon Haare wie gesponnenes Silber und wurde deshalb immer sehr bewundert. An den weißen Haaren war also nicht ich schuld, sondern die Bolschewisten.

35. Kapitel

Mein Soldat

Während des Krieges durften wir in den Ferien nur noch beschränkt Ferien machen. Vier Wochen davon mußten wir Schüler irgendeinen Einsatz machen, und nur die letzten vierzehn Tage waren der Erholung gewidmet.

Da der erste Einsatz unserer Klasse zur Arbeit in einem Kindergarten verpflichtete, versuchten die meisten einen Kindergarten in einer Gegend zu finden, in der keine Bomben fielen oder noch keine. Damals waren die Bomben für Orte wie Berlberg noch zu schade, die Geschwader sammelten sich nur immer just über uns, um dann nach Berlin weiterzufliegen. Darum gingen wir auch nachts nie in den Luftschutzkeller, sondern blieben im warmen Bett liegen, obwohl das eigentlich verboten war. Wenn der Fliegeralarm am Tage war, mußten wir unnötigerweise im Keller weiterlernen.

Weil wir die Alarme am Tage nicht genießen konnten, versuchte ich, wenigstens die Ferien zu genießen. Da ich reichgeeignete Verwandte besaß, durfte ich in deren Fabrikkindergarten arbeiten, ohne mich dabei zu überarbeiten. Anschließend erholte ich mich dann bei ihnen und fuhr mit einem guten Zeugnis über meine Tätigkeit und einer Tasche gut belegter Butterbrote nach Berlberg zurück.

Tante Elisabeth hatte mir außerdem ein knallgrünes amerikanisches Kostüm geschenkt, ihre Schwester aus USA hatte es ihr grade noch vor Kriegsausbruch geschickt. Die Knöpfe waren aus übergroßen Haselnüssen gemacht, wie man sie in Deutschland nicht kannte. In USA war eben alles größer und besser, und da ich im Krieg den Inhalt der Nüsse lieber gegessen als Knöpfe daraus gemacht haben würde, konnte ich so richtig ermessen, was für ein verschwenderisches Volk die Amerikaner waren.

In Stuttgart hatte der Zug lange Aufenthalt, und aus Langeweile begann ich zu essen. Als er dann endlich abfuhr, war der Zug proppenvoll – ich auch. Mein Magen drückte und der neue Rock spannte, ich hatte zwei Tagesrationen an belegten Broten auf einmal verdrückt.

Erschöpft lehnte ich mich zurück, schob den geplagten Bauch mit den Haselnüssen vor und schloß die Augen. Mit geschlossenen Augen hatte ich auch ein weniger großes schlechtes Gewissen, denn man hatte mir ja von Kindesbeinen an beigebracht, daß ich im Zug nur sitzen dürfe, wenn alle Erwachsenen Platz gefunden hatten. War kein Platz frei und es stieg jemand zu, dann mußte ich aufstehen, ganz gleich wie müde ich war.

Nun saß ich zurückgelehnt im Zug und war entschlossen, sitzen zu bleiben, denn wenn ich erstmal aufstand, würde ich nie wieder zum Sitzen kommen, der Zug war gerammelt voll. Wenigstens für eine Weile wollte ich meinen brotschwangeren Leib sitzen lassen. Schwangere durften ja mit gutem Gewissen sitzen bleiben, und ich kam mir vor wie schwanger.

Wenn man ein Kind erwartete, wurde einem erstmal schlecht, das wußte ich bereits. Je mieser der Mann war, von dem man das Kind erwartete, desto mieser und schlechter war einem, das war verständlich.

Schlafen konnte ich natürlich nicht, dazu drückte mich mein Magen zu sehr und mein Gewissen auch. Ich hörte also genau zu, wie sich das Abteil füllte und was sich die Leute dann so alles erzählten. Über das Wetter, die Züge, die Lebensmittelrationen und schließlich auch über mich.

„Es is a Schand“, sagte die eine Frau, und ich fühlte mich getroffen, denn sicher fand sie es schändlich, daß ich nicht aufstand.

„Da hänt Sie recht“, bestätigte die andere, und dann wurde mir klar, daß sie meine Jugend und meine frühe Schwangerschaft meinten.

„Man redt Ihne ja auch immer ein, daß sie dem Führer a Kind schenke solle“, sagte die erste, und „ha no, man bracht halt Nachschub, wo so viele falle“, erwiderte die zweite.

„I tät meim Mädle scho was verzähle, wenn sie mit so einem dicke Bauch daherkäm“, sagte wieder die erste.

„Das tät dann auch nimmer nütze“, meinte die zweite.

Langsam begann ich, mich zu schämen, als würde ich wirklich ein Kind erwarten. „Wenn eine heut a Kind kriegt, därf man nid amoale was sage“, erklärte die erste. „Woher wollet Sie denn wisse, daß sie an uneheliches Kind krieagt?“ fragte die zweite.

„Ha no, sie hat doch keinen Ring an.“

Nun hatte ich nicht nur ein Kind, sondern sogar ein uneheliches.

Die Zeit verging, und mein Magen wurde langsam leerer, nur mein schlechtes Gewissen blieb und wuchs. Meine Abteilgenossinnen unterhielten sich nun über ihre Ehemänner und Kinder und kehrten dann aus Ermanglung eines weiteren Themas zu mir zurück.

„Die schloaft noch immer“, meinte die eine Frau.

„Wer weiß, wovon die so müad isch“, lachte die andere.

„Nun lassen Sie doch die junge Dame zufrieden“, mischte sich nun plötzlich eine sympathische Männerstimme ein. Ich blinzelte ein wenig, um zu sehen, wer da für mich einsprang. Es war ein junger Soldat, ein Gefreiter. Ich tat, als würde ich langsam erwachen, dann reckte ich mich, stand auf und ging auf den Gang hinaus. Draußen stand eine ältere Dame, der ich meinen Platz anbot.

Ich schaute aus dem Fenster und sah, wie die grüne Sommerlandschaft an mir vorüberzog, oder ich an ihr. Alles war so sonnenerfüllt, schön und friedlich, daß man sich kaum vorstellen konnte, daß wir mitten in einem fürchterlichen Kriege lebten. Aber die vielen Soldaten im Zug erinnerten einen natürlich doch immer wieder daran. Die einen fuhren nach Haus und waren froh, die meisten mußten zurück an die Ostfront und waren bedrückt. Die junge Stimme gehörte einem Soldaten, der wieder hinaus mußte. Als er ausstieg, gab er mir seine Feldpostnummer. Nun hatte ich auch einen Soldaten, an den ich schreiben konnte.

„Ich erwarte natürlich kein Kind“, sagte ich zum Abschied, „und schon gar nicht ein uneheliches!“

Er lachte, der Zug fuhr an und ich winkte ihm zu, solange ich ihn sehen konnte. Sobald ich konnte, backte ich ihm Kekse, und sie waren so gut geraten, daß ich sie am liebsten selbst gegessen hätte.

„Das tut man nicht“, sagte Christl, aber die hatte gut reden, weil sie einen Hof hatten und sie sich so viele Kekse backen konnte, wie sie wollte. Trotzdem dachte ich natürlich nicht ernstlich daran, meinem Soldaten die Kekse wegzuessen. Ich packte sie schön sorgfältig ein und wartete dann sehnsüchtig auf einen Dankesbrief. Als so lange keiner kam, bedauerte ich beinahe, daß ich die Kekse nicht doch gegessen hatte.

Aber dann kam das Päckchen zurück, mein Soldat war gefallen. Traurig packte ich die schönen Kekse wieder aus und schob kummervoll einen nach dem anderen in meinen Mund. Ich schämte mich ein wenig, daß sie mir trotzdem schmeckten.

Kekse weg, Haare weg, Eltern weg – geblieben waren nur die Lehrer, und die hätten von mir aus ruhig auch weg sein können.

36. Kapitel

Lehrer

Großstadtkinder in unserem Alter gingen kaum mehr in die Schule, und darum beneideten wir sie manchmal ein wenig. Die

Jungen wurden mit sechzehn Jahren bereits eingezogen, kamen zum RAD (Reichsarbeitsdienst), zur Flak und dann an die Front, die Mädchen saßen im Keller und bekamen schließlich einen Reifevermerk auf das Zeugnis, um dann nutzbringender eingesetzt zu werden bei irgendwelchem Kriegshilfsdienst. Daß wir sie beneideten, war nur Schülerdummheit, die einem ja anhaftet, solange man die Schulbank drückt. Je näher der Abiturtermin rückte, desto öfter erkundigten wir uns, wann wir denn nun endlich zum RAD einberufen würden. Wir hatten keine Lust, für das Abitur zu pauken, doch wir mußten uns bis zum Ende der Prima mit unseren Lehrern amüsieren und sie sich mit uns. Lehrerinnen waren natürlich in der Überzahl, unverheiratet und alle nicht mehr taufrisch. Freundlich und liebenswürdig scharten sie sich um den Direktor, der aus Südamerika gekommen war und gar nicht in das so zackig gewordene Deutschland paßte. Er sorgte mit einer hoffnungsvollen rosa Brille dafür, daß wir keine hoffnungslos braune Schule wurden. Natürlich wurde er belächelt, und da er nicht mal unter der Fahne gerade stehen konnte, nannten wir ihn Drotti. Er hing immer irgendwie schief an der eignen Wirbelsäule herum, was wohl an der vielen Sonne gelegen haben mußte, die er in Südamerika abbekommen hatte. Wenn man ihn so schief vor sich stehen sah, dann hing man nach den ersten zwei Zeilen der Hymne selber durch und irgendwie herum. Nach und nach gewöhnten wir uns auch an, daß nur die ersten beiden Reihen richtig mitsangen, und bei Stellen wie: „Adolf Hitler soll uns führen, wir sind stets bereit", war oft kaum noch etwas zu hören. Wir wurden natürlich belehrt, daß das (leider) nicht ginge, aber leider durfte Drotti selbstverständlich nicht sagen. Er erklärte es uns mit so wohltemperierter Stimme, daß es wie eine Bitte und nie wie eine Anordnung klang. Wenn er auch nicht gerade stehen konnte und nicht braun werden wollte, überleben wollte er doch und seine Stellung behalten. Seine Unterrichtsstunden waren immer etwas einschläfernd, aber da ich in Chemie sowieso eine Niete war, was er in seiner Gutmütigkeit nicht begreifen wollte, war ich froh, daß er immer so leise sprach. Unter dem Tisch konnte ich dann ungestört meine Schularbeiten für die nächste Stunde machen.

Unsere Lehrerinnen waren alle ausgeprägte Persönlichkeiten, und wir haben viel bei ihnen gelernt, was wir natürlich erst viel später erkannten. Während im Osten die Soldaten in immer schwerere Rückzugsgefechte verwickelt wurden, wickelte unsere Deutschlehrerin ihre langen, dünnen Beine um die Stuhlfüße, drückte sich schief an die Rückenlehne und legte ihr Gesicht in so viele vergnügte Falten, wie ihr Rock schon hatte. Dann wollte sie von uns hören, welche Gemeinsamkeit die Frauengestalten aus Kleists „Prinz von Homburg", Bindings „Opfergang" und Strauß' „Der Schleier" hätten. Sie wollte natürlich nicht hören, daß alle irgendwie ein wenig bekloppt waren, das wäre ja nicht literarisch gewesen!

Während im Westen die Verteidigungsanlagen zusammenfielen, erzählte uns unsere Geschichtslehrerin vom Prager Fenstersturz, an dem ihr erlauchter Vorfahr beteiligt gewesen wäre. Edle Körperteile hatte er nicht verletzt, denn er konnte sich ja noch vermehren. Wir fanden das alles so interessant wie die Sicherheitsnadeln in ihrer Kleidung und die Laufmaschen in ihren Strümpfen. Da sie eine künstlerische Ader und die Geduld der Heiligen hatte, die sie für uns auch nötig brauchte, ließ sie die Laufmaschen immer laufen, bis sie ganz unten waren und wie Hohlsäume wirkten.

Unsere Sportlehrerin hetzte uns über den Sportplatz, bis wir wie Mussolini in Italien die Puste verloren. Wenn der Herr Major grade vorbeiritt, hopste sie mit uns mit, was den Herrn Major aber nie zu beeindrucken schien. Er wollte nur sein Roß zwischen die Schenkel und ansonsten seine Ruhe vor dem Feind draußen und den Frauen drinnen.

Unsere kleine Biologielehrerin, die immer so aussah, als bitte sie um Verzeihung, daß sie lebe, brachte uns die Genetik bei, ohne direkt sagen zu wollen, daß man von schwarzen Pinschern eben keine weißen Windhunde züchten könne. Sie wollte auch überleben.

Die einzige Lehrerin, die nicht zu unserer Schule paßte, war die Englischlehrerin. Sie war flachbusig, flachhackig, herrenschnittig und trug immer eine braune Umhängetasche über der Schulter und eine Brille über der Nase. Ich war genau das Gegenteil, und darum konnte sie mich nicht leiden.

Bei unserer Wirtschaftslehrerin lernten wir, aus etwas Mehl, Zucker und Magermilch Schlagsahne zu machen, woraus man entnehmen konnte, daß sie nicht glaubte, daß die herrlichen Zeiten, in denen wir lebten, bald zu Ende gehen würden, denn sie wollte uns ja für die Zukunft vorbereiten.

Vor der Schule floß ein kleiner Fluß durch die Grünanlagen und wurde beschattet von großen alten Bäumen. Wer die Schule satt hatte, hätte nur herauslaufen und sich hineinzustürzen brauchen. Da es so einfach war, tat es niemand. Genau genommen mußte bei uns auch niemand verzweifelt sein. Die Lehrerinnen waren es auch nicht, obwohl sie mehr Grund dafür gehabt hätten als wir. In der Schule war alles gediegen und alt, nur wir Schülerinnen nicht.

Wenn man Glück hatte, von einem der vielen Güter der Umgebung zu stammen, dann durfte mangelnder Intelligenz mit Speck und Eiern ein wenig nachgeholfen werden. Das fand keiner schlimm. Wenn ein alter Stammbaum den Saft nicht mehr bis ganz in den letzten Zweig drückte, dann fettete man eben etwas nach und rutschte so durch das Abitur.

Die Lehrerinnen fanden mit Recht, daß es unfein wäre, jemanden, der sich bis zur Prima durchgebissen hatte, durchfallen zu lassen. Schließlich wirft man auch niemanden drei Meter vor dem Landungssteg von einem Dampfer, das wäre schlechtes Benehmen. Unsere Pauker waren eine liebenswerte Schar, und gutes Benehmen war ihnen wichtig.

37. Kapitel

Der Heiratsantrag

„Erst der Uhu und dann das noch", stöhnte Helma und rieb sich die zerkratzten Arme mit Alkohol ab und dann mit Creme ein.

„Na, für den Uhu kann der Hartmut doch nun wirklich nichts", meinte ich.

„Aber für diesen Besuch, für diese Laus, die er uns da in den Pelz setzt", sagte Helma.

„Und das mitten im Sommer, aber es sind ja noch drei Tage bis dahin", tröstete ich sie.

Aber Helma war sauer. Sie war schon sauer wegen des Uhus. Er war durch das offene Fenster des Gutshauses hereingeflogen und saß dann in der Ecke des Zimmers und glotzte böse. Ich weiß zwar nicht, ob ein Uhu auch nicht böse glotzen kann, dieser erschien mir jedenfalls unfreundlich zu sein. Vielleicht hatte er auch nur Angst. Als Helma ihn rausheben wollte, hatte er ihr beide Arme zerkratzt. Sie hätte halt vorher Handschuhe anziehen sollen.

„Mistvieh", sagte sie, als sie ihn schließlich draußen hatte.

„Das war ja nicht sehr helle von dir", meinte ich, aber sie sagte, ich solle mir lieber überlegen, was wir mit dem Kerl machen sollten, den Hartmut eingeladen hatte, wie man eben mal jemanden einlädt und sagt, er könne ja mal vorbeikommen, wenn er vorbeikäme, und nicht annimmt, daß er das dann wirklich tut. Aber nun kam er eben doch, der Herr Dr. Weißinger, und da er bei der SS-Leibstandarte Adolf Hitler war, nahmen wir an, daß er nicht nur schwarz, sondern auch sehr braun wäre.

„Ausgerechnet zu uns", sagte Helma, „der Hartmut muß ja total verrückt gewesen sein."

„Wir werden es überstehen", sagte ich, „vielleicht ist er ja auch ganz nett, viel los ist ja hier sowieso nicht."

„Wenn nur Tante Julia nicht wäre, dann wäre mir wohler", sagte Helma und verzog das Gesicht. Ich wußte nicht, ob wegen des Alkohols, wegen des Majors oder wegen Tante Julia, vielleicht auch wegen allen dreien.

„Ach, du grüne Neune", sagte ich, „an Tante Julia habe ich überhaupt nicht gedacht."

Tante Julia war durch die Heirat Österreicherin geworden, aber seit dem Tode ihres Mannes lebte sie bei Helma und Hartmut auf dem Gut und genoß ihre letzten Lebensjahre und ihr morgendliches Ei, die Strahlen der Vergangenheit und unsere Zuneigung. Ihre verbale Vitalität stand in krassem Gegensatz zu ihrer körperlichen Gebrechlichkeit. Ich wunderte mich oft, wie in ihrem kleinen Kopf so viele Worte drinsein konnten. Sie erinnerte sich an viele Kleinigkeiten aus der Vergangenheit; was vor ein paar Stunden gewesen war, das vergaß sie. Trotzdem tat man gut daran, immer aufzupassen, was sie erzählte, denn man konnte nie wissen, ob der Kalk bei ihr grade mal langsam oder schnell rieselte.

Sie wollte auch laufend über alles Laufende unterrichtet werden, wenn sie es auch gleich wieder vergaß. Nur, daß der Kronprinz viele Söhne und der Hitler keine hatte, das vergaß sie nie. Sie war eine glühende Monarchistin und überzeugt, daß sie nur lange genug leben müsse, dann würde sie erleben, daß die alte Ordnung wieder hergestellt würde. Die Monarchie sollte mit Glanz und Gloria neu erstehen, und sie sah sich wohl, wie anno dazumal, an der Hand des Kaisers über das Tanzparkett schreiten. Sie hatte mir schon x-mal erzählt, wieviele Rüschen sie damals an ihrem Kleid gehabt hatte und wie alles gewesen war. Es war eine der vielen Geschichten, die sie immer wieder erzählte und die an sich ganz interessant waren, wenn man sie nur nicht schon hundertmal gehört hätte. Um diesen großen Tag noch erleben zu können, aß sie mit großem Appetit ihre Mahlzeiten. Besonders das morgendliche Frühstücksei nahm sie wichtig, denn im Ei schlummerte nach ihrer Meinung das nicht auferstandene Huhn, welches ja nicht auferstehen konnte, weil es vorher von Tante Julia verspeist worden war. Aber die Kraft der verhinderten Huhnauferstehung nahm Tante Julia täglich in sich auf und nährte damit ihren Leib und ihre Hoffnungen.

„Die Eier müssen angebrütet sein, dann sind sie am besten", erklärte sie uns, und wir nickten und paßten höllisch auf, daß wir selber keines von diesen angebrüteten Eiern vorgesetzt bekamen.

„Wenn Tante Julia den Mund aufmacht, bringt sie uns alle ins KZ", sagte Helma, „du weißt doch, daß sie sich jeden Morgen erkundigt, ob der Anstreicher noch lebe, und dann erzählt sie, daß sie froh ist, daß der Kronprinz viele Söhne und der Hitler keine hätte. Das gibt ein Fiasko."

„Immer mit der Ruhe", sagte ich, „mir ist noch allemal was eingefallen, hole du den Major ab, und dann sehen wir weiter. Vielleicht ist er nicht gar zu braun, wo er doch Weißinger heißt. Ich hoffe nur, er kommt in Zivil, denn Tante Julia haßt alle Uniformen außer der kaiserlichen."

Gott sei Dank kam der Herr Major wirklich in Zivil, er war wohl selber froh, ein paar Tage ohne Uniform sein zu müssen. Er war galant, küßte uns allen die Hand und war uralter Kavalier alter Schule . . ., mir kam er jedenfalls uralt vor, denn ich war siebzehn und er fünfunddreißig. Trotzdem fand ich es angenehm, Beachtung zu finden. Ich hatte immerhin einen Busen bekommen und brauchte keine Brosche mehr, um hinten und vorne unterscheiden zu können. Bald aber wurde ich mehr beachtet als mir lieb war, denn der Herr Major fing an, mir seine zackigen Blicke zuzuwerfen und mir dann nachzulaufen, um zu sehen, ob sie eingehakt hätten.

Er war groß und dunkelhaarig, wollte aber dennoch zu Hitler zusagendem Nachwuchs kommen, also blond und kullerblauäugig. Da kam ich ihm als Bleichmittel gerade recht. Daß ich ihn genetisch überdecken würde, falls er mich haben dürfte, daran hatte er keinen Zweifel. Er hatte ja auch schon zu viel von der Überlegenheit der nordischen Rasse gehört. Er war aber Jurist und kein Biologe.

Unsere erste gemeinsame Mahlzeit war das Mittagessen, und da Tante Julia alle obligatorischen Fragen schon über dem Frühstücksei getätigt hatte, waren wir aus der Gefahrenzone. Tante Julia gab sich reizend, der Major war galant, und bald waren sie in ein Gespräch über Jagden in der Hohen Tatra vertieft. Da er zwischendurch bohrende Blicke zu mir herüberwarf, hatte ich das dumpfe Gefühl, ich solle das nächste Stück sein, welches erlegt werden sollte, mit oder ohne Tatrà (Betonung auf der zweiten Silbe). Dabei fühlte ich mich durchaus noch nicht abschußreif.

Nach dem Abendessen tanzten wir ein wenig, und er drückte mich an sich, als wolle er nicht seine Frau, sondern zuerst eine Briefmarke aus mir machen. Bis es Zeit war, ins Bett zu gehen, hatte er mir erzählt, daß er ein fertig eingerichtetes Haus hätte, welches nur auf eine Hausfrau warte, eine Mutter, die auf ein Enkelkind hoffe, und er selber müsse nun wieder an die Front und wolle gern vorher ein Kind haben. Er meinte natürlich zeugen, denn bis zum Haben dauerte es auch im Dritten Reich neun Monate. Da er nicht an ein Weiterleben der Seele glaubte, wollte er durch ein Kind dafür sorgen, daß seine vortrefflichen Anlagen nicht verlorengingen.

„Na ja", sagte ich, „bis zur Front haben Sie es ja mit jedem Tag Urlaub immer näher, sie kommt Ihnen sozusagen entgegen. Wie groß und süß, in seines Kindes Tugend unsterblich, unvergänglich fortzudauern, wohltätig für Jahrhunderte . . .", deklamierte ich.

„Wie meinen Sie das?" fragte er und drückte mich an sich. Aber ich meinte natürlich nicht das, was er dachte, ich zitierte aus Don Carlos, zweiter Akt, aber er war nicht Gretel, mit der ich immer in Zitaten redete, und verstand darum nur Bahnhof.

„Gnädiges Fräulein", hauchte er, „ich werde Sie heute Abend noch küssen."

„Dann werden Sie gebissen, Methusalem", hauchte ich zurück.

Er blieb entrüstet stehen.

„Ich bitte Sie", sagte er, „ich bin ein Mann in den besten Jahren."

„Das kann schon sein", meinte ich, „aber dann suchen Sie sich bitte doch eine Frau in den besten Jahren. Ich habe noch nicht einmal mit den guten Jahren angefangen."

„Gute Nacht", flüsterte er schließlich, „ich könnte Ihnen so viel bieten und Sie glücklich machen, wenn Sie nur wollten."

„Gute Nacht", sagte auch ich, und er tat mir beinahe ein bißchen leid mit seinen unnützen Chromosomen.

„Schlagen Sie mal bei Schiller nach, Kabale und Liebe, erster Akt, siebte Szene, Ferdinand", ermunterte ich ihn.

Ich weiß nicht, ob er es getan hat, wenn ja, hat er lesen können: „Weil meine Begriffe von Größe und Glück nicht ganz die Ihren sind."

Am nächsten Morgen saßen wir beim Frühstück, und Helma freute sich, daß Tante Julia offenbar verschlafen hatte. Aber die Freude war verfrüht. Kaum war der Bohnenkaffee eingeschenkt, der Major hatte ihn mitgebracht, rauschte sie herein. Wir standen auf, küßten ihr die Hand und wünschten einen guten Morgen. Sie setzte sich sofort hin und begann, ihr Ei aufzupuhlen. Irgendwie mußte das Ei sie immer an Hitler erinnern, vielleicht weil es weich oder eiförmig wie Hitlers Kopf war, auf jeden Fall fing sie gleich an mit ihrer obligatorischen Frage: „Wie geht es dem Anstreicher?", fragte sie und schaute nach rechts und nach links und wartete auf eine befriedigende Antwort. Helma ließ Luft ab wie ein Ballon und erblaßte, ich errötete und sagte: „Der ist auf Urlaub", als handle es sich um einen nicht erschienenen Handwerker.

„Wie kann der mitten im Krieg Urlaub machen", erwiderte Tante Julia, dann hielt sie inne.

„Das Ei ist zu hart", sagte sie mißbilligend zu Helma, „klingele bitte, ich will ein neues Ei, wachsweich, zweieinhalb Minuten, das Personal ist nachlässig, du mußt dich mehr um die Küche kümmern, Helma."

„Ich gehe schon", sagte Helma und war froh, daß sie aufstehen konnte.

„Ein hart arbeitender Mann hat auch im Kriege ein gewisses Recht auf Urlaub", mischte sich nun der Major ein.

„Gott sei Dank hat er keine Söhne", meinte Tante Julia, und bevor sie sagte, was sie immer sagte, nämlich daß der Kronprinz, Gott sei Dank, viele Söhne habe, bat ich schnell: „Erzähl doch mal von dem bezaubernden Kleid mit der Doppelrüsche, welches du anhattest, als du mit dem Kaiser getanzt hast."

Tante Julia ließ sich nicht lange bitten, und wir konnten aufatmen.

Ein russisches Sprichwort sagt, daß der Gast und der Fisch nach drei Tagen anfingen zu stinken, aber das kommt natürlich auf den Gast an.

Am dritten Tag stank uns der Major wirklich ganz gewaltig. Wir hatten durch ihn erfahren, daß man nach dem Kriege die Kirchen schließen würde, fast alle, und wie wundervoll sich Deutschland nach dem Endsiege ausbreiten könnte, obwohl es ja grade dabei war, zusammenzuschrumpfen. Aber der Optimismus des Majors war größer als der von Tante Julia, und das will was heißen.

Nur sein Selbstbewußtsein hatte einen kleinen Knacks bekommen, auf jeden Fall schien es mir so. Vielleicht war er auch nur bedrückt, daß er nun ohne Aussicht auf einen blonden Leibeserben sein Leben riskieren müsse, wo das Sterben doch viel sinnvoller sein würde, wenn er einen gehabt hätte.

Am letzten Morgen saß er zum letzten Mal am Frühstückstisch. Helma schaute immer zur Tür wie eine Jungfrau, die auf ihren Liebhaber wartet, ich aber aß seelenruhig mein Ei. Wachsweich, unangebrütet, zweieinhalb Minuten. Aber Tante Julia kam nicht, Helma konnte es nicht fassen.

Wir begleiteten den Major zum Bahnhof, und als er weg war, sagte Helma: „Dem Himmel sei Dank!“

„Danke nicht dem Himmel, sondern mir“, meinte ich und lächelte vielsagend.

„Wie hast du das fertiggebracht, Tante Julia vom Auferstehungsei abzuhalten?“ fragte sie erstaunt, beinahe bewundernd.

„Kleine Schlafpille, ganz harmlos, im Holundertee.“

„Ich werde dich zum EK vorschlagen“, sagte sie anerkennend.

„Na ja“, meinte ich bescheiden, „das ist besser als das Mutterkreuz, zu dem mir der Methusalem gerne verholfen hätte.“

38. Kapitel

Osteinsatz

Christl war zu Hause gewesen über das Wochenende, also hatte sie noch keinen blassen Schimmer, welches Rettungslicht uns der Samstag beschert hatte. Nicht die RAD-Sonne war aufgegangen, doch der OE-Mond war ja auch nicht zu verachten, weil er schulfreie Tage brachte.

„Schau mich an“, sagte ich und streckte die Brust vor, „wie findest du mich?“

„Obenrum oder untenrum?“ fragte Christl.

„Weder noch“, sagte ich, „sondern überall.“

„Dämlich“, meinte Christl.

„Meine Dame“, entgegnete ich empört, „wenn Evchen das gehört hätte, würde sie sagen, daß eine Dame nicht dämlich sagt, sonst ist sie nämlich keine Dame, sondern bestenfalls dämlich.“

„Wenn du literarisch quasselst, dann nervst du mich“, sagte Christl, und sie fing an, ihre Koffer auszupacken.

„Hitler braucht mich“, sagte ich, „was sagst du nun?“

Sie faßte sich an ihre Stirn, klopfte mit dem Zeigefinger ein paarmal vielsagend drauf und meinte: „Dann ist er weit heruntergekommen, würde ich sagen.“

„Genau genommen braucht er uns alle“, erklärte ich, um sie nicht länger auf die Folter zu spannen, da sie eh schon miese Laune hatte. Die hatte sie am Montag immer.

„Wir kommen zum Osteinsatz.“

Nun war der Funke eingeschlagen.

„Menschenskind, ist das wahr?“ fragte sie. Wahrscheinlich erinnerte sie sich an Schularbeiten, die sie nicht gemacht hatte und erstrahlte wie eine Glühbirne.

„Wann? Und wir alle?“ Das Glück war nicht zu fassen.

„Wir alle“, sagte ich, „und außer uns sicher noch viele andere in unserem blühenden Mädchenalter.“

„Was wollen die denn von uns?“ Ihr Optimismus war jetzt ein klein wenig gedämpft, denn sie dachte, es gäbe für uns vielleicht Fabrikarbeit oder das Dasein als Busfahrerin, vielleicht im bebombten Berlin.

„Keine Bange“, tröstete ich sie, „wir kommen zum Osteinsatz. Berlin ist schließlich noch nicht der Osten.“

Daß die Russen mal so weit nach Westen vordringen könnten, daß Berlin zum Osten zählen würde, das war unvorstellbar.

„Wir kommen als Schäljungfrauen zum Oberkommando der braunen Kartoffeln“, sagte ich, „und wenn wir brav sind, dürfen wir auch aus Kohl durch langes Kochen Braunkohl machen, den die Hitlerjungen essen, und dann Gräben buddeln helfen, damit die Roten aus den Braunen nicht Quetschkartoffeln machen.“

„Wenn du literarisch quasselst, nervst du mich gewaltig“, meinte Christl zum zweiten Mal, war dann aber doch an allen Neuigkeiten interessiert.

Es stimmte, wir wurden abkommandiert an die Oder, wo die Hitlerjungen Panzergräben aushoben.

„Hoffentlich haben die russischen Panzer die Güte, darin stekkenzubleiben“, sagte ich, „denn als unsere Panzer vorstießen, sind sie nie in einem Graben steckengeblieben.“

Trotzdem, Kartoffelschälen war ein wenig besser als Vokabeln zu pauken, fand Christl, ich war mir da nicht ganz so sicher, denn von Vokabeln hatte ich eine Ahnung, vom Kartoffelschälen nicht.

Aber an Ort und Stelle lernten wir schnell. Jeden Tag mußten wir zwei bis drei Zentner Kartoffeln schälen, bis wir auch im Traum Kartoffeln sahen. Schlafen taten wir in einer Scheune. Neben mir lagerte Gretel, unsere intelligente Sportuntaugliche. Sie war genau so, wie Hitler die kleinen Mädchen *nicht* haben wollte. Sie war kurz, rundlich, hatte dunkle Haare und dunkle Augen, ein rundes Gesicht und einen Mund, der von einem Ohr zum anderen zu grinsen verstand, besonders, wenn sie mit ihren großen Plattfüßen immer genau auf die Mitte der Holzlatte sprang, die die Höhe beim Hochsprung markierte. Lag sie höher als 80 cm, nahm sie nur einen Anlauf, blieb dann abrupt stehen und lachte, und alle lachten mit, sogar die Sportlehrerin. Ich beneidete sie um das Talent, sich über sich selbst lustig zu machen, über ihre

Schwachheiten lachen zu können. Aber vielleicht empfand sie sie gar nicht als Schwachheit, weil es ihr nie jemand sagte. Sie war klein wie Goebbels, auf dem Weg, so dick zu werden wie Göring, schwarzhaarig wie Hitler, und sie sah nicht ein, warum das bei ihr ein Manko sein sollte, wenn es bei diesen hohen Herren keines war. Sie war keine Schönheit und wollte auch keine sein. Sie wollte studieren und Ärztin werden.

Abends, wenn wir im Stroh lagen, kicherten wir über unsere Panzerabhaltkartoffelschälaktion und über die immer spärlicher werdenden Sondermeldungen. „Sei leise", flüsterte ich, „Inge liegt nicht weit, und die hat mich schon einmal denunziert."

Dann kam wie ein Donnerschlag die Meldung vom Attentat auf Hitler und gleich darauf die Nachricht von der göttlichen Vorsehung, die ihn bewahrt hatte und natürlich der Hinweis, daß man die Verräter und Attentäter bestrafen würde.

„Scheiße", sagte Gretel, und niemand nahm das übel, nichtmal Inge, denn sie dachte, Gretel meine den Attentatsversuch. Nun lachten wir nicht mehr, wir waren wie gelähmt. Wir überlegten zum ersten Male so richtig, wie es denn sein würde, wenn es keinen Hitler mehr gäbe. Wir wollten ihn nicht, aber was wäre dann mit dem Krieg? Wir wußten, er war nicht mehr zu gewinnen, aber verlieren wollten wir ihn auch nicht. Das Übel, das wir hatten, das kannten wir, das Übel, welches uns dann erwarten würde, machte uns bange.

„Vielleicht kämpfen die Soldaten auch nur noch, weil sie nicht wissen, was werden soll, wenn sie aufhören. Ist denn wirklich alles verloren, wenn wir den Krieg verlieren?" fragte Gretel.

Ich dachte an Papuschka, der immer sagte, der Pessimist sei der einzige Mist, auf dem nichts wachse.

„Ich glaube, irgendwie geht es immer weiter", sagte ich, „Gott schreibt auch auf krummen Wegen gerade."

„Glaubst du an Gott?" fragte Gretel.

„Klar", sagte ich, „der Tod ist doch nicht das Ende!"

„Oft sterben die Guten zuerst", meinte Gretel, „aber wenn ich Gott wäre, würde ich auch lieber die Guten zu mir holen als die Miesen."

„Quatschkram", meinte ich, „die Miesen kommen doch gar nicht erst zu ihm", und dann lachten wir wieder.

„Was ist der Mensch, was ist das Glück der Erde", zitierte Gretel.

„Schiller", sagte ich, und mir wurde wohler.

Wir hatten uns aus Langeweile angewöhnt, die geistestötende Arbeit des Kartoffelschälens durch Zitate zu verkürzen. Da wir jahrelang denselben Deutschunterricht genossen hatten, war das ein nettes, unser Gedächtnis aufpolierendes Spiel. Der eine zitierte, der andere mußte dann raten, von welchem Dichter das Zitat stammte, und möglichst auch, aus welchem Werk es war. Natürlich versuchten wir immer, einander auf das literarische Glatteis zu führen, aber das gelang nur sehr selten, weil wir beide die Leuchten unserer Deutschlehrerin waren.

„Bist du lebensmüde?“ fragte ich sie.

„Nein, nicht lebensmüde, nur kartoffelmüde, genauer gesagt, kartoffelschälmüde. Der ganze Attentatsversuch ist mir auf den Magen geschlagen, und wenn mir was auf den Magen schlägt, schlägt es mir auch aufs Gemüt.“

„Jetzt hebt ein Kampf an, wie er, seit die Furien walten, noch nicht gekämpft ward auf der Erde Rücken“, zitierte ich, und Gretel sagte prompt: „Kleist . . . aber wir sind nicht am Anfang, sondern mitten drin, mehr schon am Ende.“

Dann fragte sie: „Prinz von Homburg?“

„Nö“, sagte ich, „Schlafmütze, Odysseus.“ Ich gähnte.

„Laß es genug sein, Mitternacht ist längst vorüber“, sagte ich.

„Mörike, ich weiß schon“, meinte Gretel und gähnte auch.

„Wir haben in den Tagen unseres Glanzes dem Schmeichler ein zu willig Ohr geliehen . . .“, meinte sie.

„Meinst du Hitler?“ fragte ich.

„Nein, ich meinte Schiller“, sagte sie, aber sie meinte natürlich beide.

„Ich bin so voll Wut und Groll, daß ich mit jemand zanken könnte“, sagte ich.

„Möchte“, korrigierte Gretel, „es heißt möchte. Falsch zitiert den Hebbel.“

„Du kannst mir mal“, sagte ich, „ich will jetzt schlafen.“

„Ich auch“, meinte Gretel, „aber ich kann noch nicht. Ich denke nach, und ich meine, man stellt doch keine Bombe einfach so hin und geht weg. Nicht wenn so viel auf dem Spiele steht. Es gibt doch keinen Grund, der ein Grund wäre, den wichtigsten Grund zu vergessen, nämlich den, Hitler zu beseitigen. Der brave Mann denkt an sich selbst zuletzt!“

„Schiller“, flüsterte ich, „aber dein Grundsatz, ich meine, der Satz mit den vielen Gründen, der könnte direkt von mir sein.“

„Ich lerne dazu“, sagte Gretel, „aber findest du nicht auch, daß man sich opfern muß, wenn man sowas tut?“

Ich dachte nach. Vor einem Jahr wäre sicher noch alles anders gewesen, aber im Sommer vierundvierzig war Deutschland kriegsmüde, bombenmüde, parteimüde, hungermüde, trümmermüde. Vielleicht noch nicht hitlermüde, weil viele eben immer noch glaubten, Hitler hätte von allem Unrecht keine Ahnung und an allem Übel keine Schuld. Hitler hielt alles noch einigermaßen zusammen, ihn zu entfernen wäre das Wichtigste gewesen.

„Ich bin zu müde, um richtig denken zu können", sagte ich, „aber der Krug geht so lange zum Brunnen bis er voll ist."

„Bricht", verbesserte Gretel.

„Nein", sagte ich, „mein Vater sagte immer . . . bis er voll ist. Hitlers Krug war wohl noch nicht voll genug, sein Maß nicht und das der anderen auch nicht. Hitler war noch nicht mies genug, und die Attentäter sind nicht gut genug. Gute Nacht."

„Gute Nacht", sagte Gretel, „ich hätte nur gern . . ."

„Sei still", sagte ich, „auf ein andermal, da wir beide jetzt doch nicht weiterkommen."

„Wo steht das?" fragte Gretel, „ich komm nicht drauf."

„Ist auch zu schwer", meinte ich, „ist von Dostojewski. Schuld und Sühne, Fünftes Kapitel."

„Bücherzitate gelten nicht", sagte Gretel, und dann sagte sie wirklich nichts mehr und schlief ein.

39. Kapitel

Reichsarbeitsdienst

Wir hatten es geschafft, das Abitur war bestanden, wenn uns auch die Zeugnisse noch nicht ausgehändigt werden durften. Erst mußte man sich im RAD bewähren, und wer es nicht tat, würde sein Abiturzeugnis nicht erhalten. Irgendwer „da oben" hatte sich das ausgedacht, weil sich viele Abiturienten nicht RAD-willig genug erzeigt hatten. Nun versuchte man auf diese Weise, die RAD-Wertschätzung beizubringen. Wenn man uns vor dem Abitur eingezogen hätte, hätten wir den RAD zu schätzen gewußt, weil er uns vor den Prüfungen bewahrt hätte. Jetzt, wo alles hinter uns lag, fanden wir nur, daß er das kleinere von zwei Übeln sei. Das größere Übel wäre der Kriegsdiensteinsatz gewesen, und nach Papuschkas Relativitätstheorie war ich froh. Nicht à la Einstein, sondern à la Zweistein. Paps sagte immer: „Schau zwei Steine an, nie einen allein. Mußt du erst den kleinen bewältigen, dann freue dich, daß du an ihm Erfahrung sammeln kannst für den großen. Ist erst der Große dran, freue dich, daß es nachher leichter kommen wird."

Mit Papuschkas Relativitätstheorie kam man nie auf die Idee aufzugeben. Ich sah dem RAD also relativ gelassen entgegen. Wir merkten bald, daß wir in einen handgreiflichen Verein gekommen waren, denn alles wurde gefaßt. Wir faßten Schuhe, Kleider, Mäntel, Röcke, Strümpfe, und was wir faßten, hatte zu passen. Waren die Sachen zu groß, konnte man zunehmen oder sie mit dem Gürtel zusammenziehen. Wir waren ja nicht im RAD, um mit Schönheit zu glänzen, sondern mit unserer Arbeitskraft.

Alle Sachen mußten wir ordentlich in unser Spind einräumen. Ein Spind ist ein spindeldürrer Schrank, halb so breit wie ein normaler.

Ich ordnete meine Sachen hingebungsvoll Kante auf Kante, bis alles inspektionswürdig aussah. Mamuschka hätte ihre helle Freude an mir gehabt, besonders weil sie selber nicht so fürchterlich ordentlich war. Meine Bettobergenossin fragte ironisch: „Ordnungssinn gepachtet oder geerbt?"

„Ich habe die Arbeitsersparnis genetisch im Blut", sagte ich, „auch das Gehirnschmalz.".

„Du fummelst seit einer dreiviertel Stunde rum", sagt sie, „ich war in zehn Minuten fertig."

„Dafür mache ich nur einmal meinen Schrank fertig, und du wirst fertig gemacht und kannst ihn jedesmal neu einräumen. Bei den sechs Monaten, die wir hier sein müssen, räumst du also zweiunddreißigmal deinen Schrank neu ein. Wenn das keine Zeitvergeudung ist?" sagte ich.

Clothi riß Mund und Nase auf, was ihr kein sehr intelligentes Aussehen verlieh und fragte: „Und wie willst du es anstellen, nie Unordnung zu machen?"

„Indem ich aus dem Koffer lebe, der unter meinem Bett steht", erklärte ich, „oder denkst du vielleicht, ich zöge diese Liebestöter von Unterhosen an?"

„Was gibt es hier schon zu töten", meinte Clothi, „dieser Ort ist doch nur ein Kaff."

Das stimmte, aber das Kaff lag mitten drin in dem Deutschland, das noch übriggeblieben war. Wir mußten zufrieden sein.

Wir waren in einem ehemaligen Privatkrankenhaus untergebracht. Drei Kameradschaften waren im Hauptgebäude, die vierte in der ehemaligen Leichenhalle. Wir hatten sie „Walhalla" getauft. Ich wurde nach Walhalla eingeteilt und schlief im Unterbett. Über mir Clothilde, unter mir der Koffer. Neben mir lag Michi, schwarzhaarig, klein und feurigen Geistes. Ihre Mutter war Professorin für Japskunde, und Michi tat alles so langsam, daß man ihre RAD-Zeit eigentlich gerechterweise hätte verdoppeln müssen. Daran konnten kein Schwanz und keine Führerin etwas ändern. Michi war freundlich und willig, lächelte wie eine Orientalin und war stetig langsam. Feurig war sie nur im Bett, aber davon hatte niemand etwas. Sie hielt mich nur vom Schlafen ab, weil sie mir immer erzählen mußte, welche Wut sie über den RAD im Bauch hätte. Der schrie förmlich nach Harakiri. „Sei still", sagte ich.

„Du verstehst nichts von fernöstlicher Mentalität", meinte sie, und damit hatte sie recht. Meine Vorfahren waren aus dem Osten, östlich, nicht fernöstlich.

Am zweiten Tag wurden wir aufgeklärt.

„Arbeitsmaid, was machen Sie, wenn Sie ein Zimmer saubermachen wollen?" sagte die Wirtschaftsführerin.

„Wer will schon ein Zimmer saubermachen?" fragte ich höflich.

„*Sie* wollen ein Zimmer saubermachen", sagte sie und wackelte mit Busen, Po und Haardutt vor Empörung, „Sie täten gut daran, mir gut zuzuhören."

„Kamikaze", flüsterte Michi, als wollte ich die hundertsiebenundsechzig Pfund Lebendgewicht der Führerin versenken.

„Sie sind hier im RAD und nicht in einem Mädchenpensionat", sagte sie eiskalt und war überzeugt, daß sie mir schon noch beibringen würde, wer das Sagen hatte. Dann hielt sie ihre Rede über das Saubermachen und nahm es so wichtig, als spräche sie über angewandte Raumfahrt.

„Wenn Sie in ein Zimmer kommen, welches Sie säubern sollen, dann schauen Sie sich erstmal um, damit Sie wissen, wo alles gestanden hat", dozierte sie, „damit Sie es nachher wieder an dieselbe Stelle stellen können."

Ich hob den Arm und wollte fragen, warum ich mich in meinem Zimmer erst umsehen müsse, und wenn es nicht mein Zimmer sei, warum ich es saubermachen sollte, aber sie übersah meinen Arm und redete weiter. Wenn man sie so hörte, konnte man glauben, Saubermachen sei eine Wissenschaft für sich. Mir war es piepegal, ob man ein Zimmer vom Fenster zur Tür oder von der Tür zum Fenster sauber machen mußte, Staub war mir egal, der eigene und der anderer Leute erst recht. Ich dachte an Gretel und vermißte ihre Zitate. Sicher würde sie mir zugeflüstert haben: „Ist es nicht Staub, was diese hohe Wand aus hundert Fächern mir verengt, der Trödel, der mit tausendfachem Tand in dieser Mottenwelt mich drängt", und ich hätte zurückgetuschelt: „Faust, erster Teil."

Ich war in Gedanken ganz woanders, als ich plötzlich meinen Namen hörte. Bevor ich recht kapierte, hatte man mich für die nächsten sieben Tage zum Saubermachen des Zimmers der Lagerleiterin eingeteilt.

„Der Auftrag schreckt mich nicht“, sagte ich höflich.

„Gewöhnen Sie sich Ihre dummen Redensarten ab“, sagte die Wirtschaftsleiterin. „Mephistopheles“, flüsterte jemand hinter mir, und mein Herz tat einen Luftsprung vor Freude. Eine verwandte Seele war im Raum! Wer mochte sie sein? Umdrehen konnte ich mich nicht, denn die Wirtschaftsleiterin herrschte mich an: „Jawoll heißt das.“

„Jawoll“, sagte ich, und dann sah ich mich um. Alle grinsten, aber keiner sagte was. Wer mochte es gewesen sein? Ich *mußte* das herausbekommen. Wer kannte den Faust so gut wie ich, wie Gretel und ich?

Ich sagte: „Mein Busen fängt mir an zu brennen, entfernen wir uns nur geschwind.“ Dann ging ich hinaus. Jetzt *mußte* etwas passieren.

Da trat ein Mädchen aus der ersten Kameradschaft auf mich zu, hakte sich ein bei mir und murmelte: „Hexenküche!“

Ich fiel ihr um den Hals. Ich hatte eine Freundin gefunden. Sie hieß Dorothea.

40. Kapitel

Penthesilea

Dorothea war klein, drahtig, kurzhaarig, klug und emanzipiert. Ihr kleiner Finger kannte mehr vom Leben als meine ganze Hand. Sie erzählte, und ich war erstaunt, verdattert, perplex und ich kam mir furchtbar dumm vor.

Ihr Vater war ein berühmter Chirurg mit eigener Klinik in Schlesien, der vor lauter Berühmtheit nie Zeit für die Familie gehabt hatte. Mit dreizehn Jahren wurde sie von einem Assistenten ihres Vaters verführt, und wieviele Liebhaber sie danach gehabt hatte, konnte ich nur ahnen. Geliebt hatte sie keinen, und es hatte auch niemand einen nennenswerten Eindruck bei ihr hinterlassen.

„Wie kannst du trotzdem so nett sein?“ stöhnte ich verzweifelt, „du bringst mein ganzes Weltbild durcheinander.“

„Ich hätte auch nie gedacht, daß so eine Unschuld vom Lande mir mal gefallen könnte“, meinte sie, „wir werden also beide umlernen müssen.“

Dorothea war nicht richtig verkommen, sie war überhaupt nicht verkommen. Sie hielt nicht viel von den Männern, weil sie sie angeblich kannte, und ich hielt viel von ihnen, weil ich sie nicht kannte. Fröhlich und intelligent waren wir beide, trotzdem trennten uns Welten. Aber wir waren wild entschlossen, eine Brücke zu bauen. Sie faszinierte mich, weil sie so viel erlebt hatte und so wenig redete, ich hatte vergleichsweise wenig erlebt und redete viel. Ich taufte sie Penthesilea, weil ich fand, der Name passe zu ihr.

„Carpe diem“, sagte sie, und das taten wir, so gut wir konnten, wenn uns auch wenig private Nutzzeit zur Verfügung stand.

Ich hätte natürlich schrecklich gerne etwas über ihre Erfahrung mit den Männern gehört, aber sie sagte nur: „Mach deine eigenen, die meinen passen nicht zu dir.“ Da ich nichts vom Putzen verstand, wurde ich zum Saubermachen eingeteilt, Penthi wurde zum Küchendienst abkommandiert, von dem sie genausowenig wußte. Das merkte man gleich am ersten Abend, da gab es nämlich Brotsuppe. Jeden Mittwoch gab es Brotsuppe, das lernten wir bald genug. Am ersten Abend war sie angebrannt und total ungenießbar. Alle Maiden waren sauer auf Penthi und gingen mit knurrendem Magen ins Bett. Als Ersatz hatten wir drei Scheiben Graubrot bekommen, aber was war das schon gegen die Wut, die wir im Bauch hatten?

„Kochen mußt du ja nicht können“, sagte ich zu ihr, „aber Menschenskind, umrühren kannst du doch, oder?“

Penthi schwieg und ging ins Bad. Ich setzte mich mit dem Allerwertesten in ein Waschbecken und baumelte mit den Beinen. Ich drehte einen Wasserhahn auf, damit niemand unsere Unterhaltung mit anhören konnte und fragte: „Auf die Idee, dich zu entschuldigen bei uns, bist du wohl nicht gekommen?“

„Du redest zu viel und du denkst zu wenig“, antwortete Penthi und fuchtelte mit der Zahnbürste in ihrer Backe herum, als wäre mein Papuschka ihr Vater gewesen. Ich hörte mit dem Beinebaumeln auf und dachte nach. Dann fiel bei mir der Groschen. Ich hopste vor Freude über meine Klugheit aus dem Becken und gab Penthi einen Kuß auf die Nase.

„Ich dachte, die Russen seien Backenküsser“, meinte sie, „oder hast du auch einen Eskimo unter deinen Vorfahren gehabt?“

„Dein Mund ist verschmiert, in der Backe fuchtelst du mit der Zahnbürste rum, nur deine Nase war noch frei“, sagte ich, „deine Stirn natürlich auch, aber die lag in Falten, und ich wollte deine Gedanken nicht stören.“

„Du wirst deiner Lebtag nicht gescheit“, sagte Penthi, „warum denn nun dieser Elan nachts um halb zwölf, wenn alle Maiden, die braven, schon im Bett sind?"

„Wegen der Brotsuppe", sagte ich, „ich glaube, *ich* weiß jetzt, warum du sie hast anbrennen lassen."

Am nächsten Mittwoch wußten es alle, denn es gab natürlich wieder Brotsuppe, und da sie niemand hatte anbrennen lassen, mußten wir sie essen. Es gab keine drei Scheiben Graubrot als Ersatz, aber liebend gerne hätten wir diese nun gehabt. Diesmal gingen wir noch hungriger ins Bett als am ersten Mittwoch, denn unangebrannte Brotsuppe war genauso widerlich wie angebrannte.

Als ich am Abend wieder in einem Waschbecken saß, was nach und nach unser Stammplatz wurde für die abendlichen geheimen Unterhaltungen, sagte ich zu Penthi: „Entschuldige bitte wegen letztes Mal. Aber warum hast du es nicht allen erklärt?"

„Die Spatzenhirne hätten es nicht geglaubt", sagte Penthi, „das konnten sie erst, nachdem sie unangebrannte Brotsuppe gegessen hatten. Der knurrende Magen am ersten Mittwoch störte die Gehirnfunktionen."

Ich bewunderte Penthi maßlos. Wer sonst hätte sich getraut, gleich am zweiten Abend dreißig Liter Brotsuppe einfach anbrennen zu lassen.

„Es ist besser, die Dicke hielt mich für kochunfähig, als daß sie mich für denkfähig gehalten hätte", meinte Penthi, „Vergeudung von Volksnahrung war schlimm genug."

Wie recht sie hatte, und wie viel konnte ich noch von ihr lernen. Ich liebte es, mich ab und zu in Szene zu setzen, das hatte ich von Mamuschka geerbt, aber dafür, daß ich meinen Auftritt gehabt hätte, wäre ich mit beiden Beinen ins Fettnäpfchen getreten. Wie ich das ja auch mit dem Saubermachen getan hatte. Nachdem mein Vorhang gefallen war, hatte man mich zum Putzen eingeteilt. Brave Maiden kamen gleich in den Außendienst, wo sie bei einem Bauern arbeiten und, was noch besser war, auch essen durften.

41. Kapitel

Die Unterhose

Während ich mit allen Putzutensilien in den ersten Stock ging, überlegte ich, was ich von dem Vortrag am Vortage mitbekommen hatte. Das erste war das Umschauen, das wollte ich gründlich und zeitraubend tun. Zeit war schließlich kein Geld im RAD, sondern reichlich vorhanden.

Im Zimmer der Lagerleiterin lagen drei Hundehäufchen und stanken vor sich hin. Ich überlegte, ob ich sie zum Inventar zählen sollte, welches man wieder nach dem Putzen an Ort und Stelle setzen müsse, und kam zu der Überzeugung, daß dies auf Hundewürste nicht zutreffend sei. Ich öffnete das Fenster, lehnte mich auf den Schrubberstiel und genoß die warme Herbstsonne. Putzdienst war gar nicht so übel, dachte ich mir, auf jeden Fall besser als Küchendienst im Keller ohne Sonne.

„Mir ist das Los aufs lieblichste gefallen", sagte ich vor mich hin, aber da es ein Zitat aus der Bibel war, bezweifelte ich, daß Penthi es gekannt und erkannt hätte, selbst wenn sie mich hätte hören können.

Nach dem Naßwisch, *Sehr*-Naßwisch, begann ich den Trokkenwisch mit dem Staubtuch. Auf dem Bücherregal stand Papa Möller, der Vater der Lagerleiterin, und er sah aus wie ein Habicht. Daneben stand das Foto von Mama Möller, und sie sah aus wie eine brave Henne. Darum hatte diese genetische Verbindung wohl so jemanden wie Marlies Möller hervorgebracht, die aussah wie ein zu klein geratener Gänsegeier.

Sie war eigentlich recht nett, und wenn wir damals schon Vergleichsmöglichkeiten gehabt hätten, hätten wir gewußt, *wie* nett sie war. Als wir kurz vor Kriegsende eine neue Lagerführerin bekamen, deren Lager im Warthegau wegen des russischen Vormarsches aufgelöst werden mußte, merkten wir erst, wie relativ harmlos es unter Fräulein Möller zugegangen war. Sie ließ uns mit politischer Schulung in Ruhe, und wir hatten die Abende für uns. Als sie weg war und Stella, der neue Lagerstern, aufgegangen war, mußten wir nach des Tages Arbeit ihr Endsieggefasel anhören, bis wir vor Müdigkeit fast von den Stühlen kippten. Dabei waren die Russen um diese Zeit schon so nahe dran, daß sie uns beinahe in die Brotsuppe hätten schießen können, was ja gewissermaßen noch eine gute Tat gewesen wäre.

Nach dem Trockenwisch kam der Feuchtwisch für Glas, Kacheln, Fensterbänke und Dinge aus ähnlichem Material. Ich merkte bald, daß der Feuchtwisch, vorausgesetzt, daß es kein Zufeuchtwisch war, den Trockenwisch überflüssig machte und somit zeitsparend wirkte. Der Trockenwisch wirbelte den Staub nur von einer Stelle zur anderen, denn Möbelpolitur gab es natürlich nicht, während der Feuchtwisch den Staub ans Tuch klebte und höchstens den Möbeln ein wenig schadete. Aber die waren Reichseigentum, und kein Hahn krähte danach.

„Solange ich Innenputzdienst habe, werden die Möbel halten, und nach mir die Sintflut", dachte ich.

Aus einer alten Unterhose von Papuschka konstruierte ich mir einen Mop. Sie hatte mir dazu gedient, meine Schuhe einzuwikkeln, nun diente sie zur Arbeitserleichterung. Mit Phantasie konnte man sich immer die Arbeit erleichtern, und Phantasie hatte ich mehr als Eifer.

Am letzten Tag gab ich mir noch einmal besondere Mühe. Ich wischte den Fliegendreck von Papa Möllers Nase und den Staub von Mama Möllers Bauch. Ich bedauerte, daß Fräulein Möller kein Foto eines Freundes besaß, ich hätte zu gern gewußt, wie einer aussieht, der seine Freude an einem zu klein geratenen Gänsegeier hat. Aber Fräulein Möller bewahrte ihr süßes Geheimnis, oder sie hatte keins, auf jeden Fall mußte ich mir selber ausdenken, wie dieser Freund ausgesehen haben würde, etwa wie ein Waldkauz oder wie ein Adler?

Ersatzweise konnte sie ihren kleinen Hund umarmen, dessen Haare ich morgens vom Bettbezug klopfte und dessen Häufchen allmorgendlich das Zimmer zierten, weil er noch nicht stubenrein war.

Ich zog das Bettzeug schön glatt, und als ich fertig war, setzte ich mich nochmal vorsichtig auf die Bettkante am Fußende und bewunderte meine Putzkunst. Ich war zufrieden mit mir, und die Wirtschaftsführerin später auch, denn sie teilte mich eine Woche danach zum Außendienst ein. Meine Nachfolge bei Fräulein Möller trat Prisca an, und ich hatte keinen Zweifel, daß sie ihre Sache gut machen würde. Prisca war die älteste von neun Geschwistern, sie war streng katholisch, kam aus dem bayrischen Wald und hatte den Putzteufel genetisch im Blut. Von der Moral hatte sie eine hohe Auffassung, aber sie wäre auch ohne diese als Jungfrau durch den RAD gekommen, denn Prisca war dick und doof und häßlich und die einzige im Lager ohne Abitur.

Am Abend ihres ersten Putztages kam Prisca ganz aufgeregt zu uns und erzählte, daß Fräulein Möller es faustdick hinter den Ohren hätte. Am Fußende ihres Bettes wäre eine Unterhose gelegen. Man bedenke, eine männliche Unterhose!

Ich preßte mein Gesicht in das Kissen und erstickte mein Lachen. Papuschkas Unterhose hatte ich vergessen, als ich meine Putzkünste bestaunte, aber ich wollte lieber einen Schrubber fressen als sagen, wie Fräulein Möller zu der Unterhose im Bett gekommen sei.

Als ich mich ausgelacht hatte, war Prisca mit ihrer moralischen Entrüstung immer noch nicht fertig. Sie kam nicht umsonst aus Hinterpfuiteufi im Bayrischen Wald, wo sich brave katholische Mädchen auch im Jahre 1944 noch nicht nackt waschen durften.

„Hör doch endlich auf“, sagte ich zu Prisca, „eine Unterhose im Bett hat doch gar nichts zu bedeuten.“

„Na, hör mal“, schnaufte sie entrüstet, „wenn das nichts zu bedeuten hat, dann möchte ich mal wissen, was etwas zu bedeuten haben kann?“

„Ich könnte drei Unterhosen in deinem Bett finden“, entgegnete ich, „und ich schwöre dir, daß ich nicht mal im Traum denken würde, daß dies etwas zu bedeuten haben könnte . . ., außer daß du dazu übergegangen bist, unter dem Nachthemd noch lange Unterhosen anzuziehen, weil das Hemd ja des Nachts aus Versehen unmoralisch nach oben rutschen könnte.“

„Du willst bloß ablenken“, sagte Prisca und wandte sich wieder ihren Zuhörern zu.

„Sie war noch feucht“, sagte sie, „und sie lag ganz unten am Fußende, wie runtergestrampelt.“

„Sie kann die Unterhose ja für den Hund benutzt haben“, sagte ich, aber Prisca tat das mit einer Handbewegung ab.

„Es waren keine Haare dran“, sagte sie.

Ich ging in den Waschraum, um Penthi zu treffen, aber sie war noch nicht da. Mit jedem Tag wurde der Waschraum leerer, und immer weniger Maiden wuschen sich vor dem Zubettgehen. Penthi und ich zogen es deshalb vor, uns abends gründlich zu waschen und morgens nur Katzenwäsche zu machen. Als ich zurückkam, beflügelte die Unterhose von Papuschka noch immer die Gemüter. In dem Kaff, in dem wir lebten, war nie was los, da waren viele froh, wenn wenigstens eine Unterhose los war. Wenn man schon selber nichts erleben konnte, wollte man sich wenigstens am Erleben anderer ergötzen.

Schließlich war man zu dem Schluß gekommen, daß Fräulein Möllers Liebhaber ein Bayer sein müsse, denn wer sonst hätte in den ersten Stock kommen können. Fensterln taten nur die Bayern.

„Wahrscheinlich sogar ein Metzger“, meinte Irene, „denn sonst hätte der Hund gebellt.“

„Ich denke, es war ein Textilhändler“, sagte ich schließlich, „denn wer sonst kann in dieser textilarmen Zeit eine Unterhose so einfach entbehren? Was hast du denn damit gemacht?“ fragte ich Prisca.

„Ich habe sie Fräulein Möller über das Bettende gehängt, an den Bettpfosten“, sagte Prisca und leuchtete mit ihren Augen, als wäre es eine Heldentat gewesen wie das Hissen der deutschen Fahne auf dem Elbruss.

Na ja, es bestand wenig Hoffnung, daß ich die Unterhose je wiederbekommen würde.

„Prost Mahlzeit", sagte ich, „da können wir uns ja noch auf etwas gefaßt machen." „Und ob", meinte Prisca verheißungsvoll, aber wir dachten beide an etwas Verschiedenes. Ich dachte an Verhöre, Prisca aber dachte an den Ausspruch ihrer Mutter, daß diese nur eine Unterhose ans Bett zu hängen brauche und bums sei sie wieder schwanger.

Nach einigen Monaten hatte aber nicht ich, sondern Prisca eine stolze Hellseherbrust. Fräulein Möller sollte wirklich ein Kind bekommen und wurde darum abgelöst.

„Na, siehste", sagte Prisca, „die Unterhose ist schuld."

Ich hätte ihr ausrechnen können, daß Fräulein Möller schon vorher schwanger gewesen sein mußte, aber Prisca war nicht zu belehren, es wäre die reinste Zeitverschwendung.

Penthi meinte: „Vielleicht ergibt das Enkelkind von einem Habicht und einer Henne und das Kind von einem zu klein geratenen Gänsegeier einen . . .", sie überlegte, „nun, vielleicht einen Kirschkernbeißer."

Wir lachten beide.

„Na ja, auf jeden Fall hat sie es von einem, den sie liebt", sagte ich. „Man kann es auch so betrachten", meinte Penthi, „da ist Prisca wie Mephisto, der Böses will und Gutes schafft."

Der Zweck heiligt die Mittel, und das Mittel war Papuschkas Unterhose. Nun war sie eine heilige Unterhose geworden, aber zurück bekam ich sie natürlich nie.

42. Kapitel

Außendienst

Zum Glück waren wir im Winterhalbjahr, so daß wir im Außendienst keine Feldarbeit zu erwarten brauchten, und so strampelte ich einigermaßen zuversichtlich meiner ersten Außendienststelle, einem kleinen Bauernhof, entgegen.

Wie man zu dem Glück kam, eine Arbeitsmaid zugewiesen zu bekommen, ist mir nie klar geworden. Mich zu bekommen, war bestimmt ein zweifelhaftes Glück, aber davon konnte meine Bäuerin nichts ahnen. Sie erwartete mich mit großer Sehnsucht im Herzen und noch größerer Wut im Bauch. Sie brannte förmlich darauf, sich endlich jemandem mitteilen zu können, denn da ihr Mann im Lazarett war und ansonsten auf dem Hofe nur ein Pole und eine Polin und ihre zwei Lausebengels lebten, hatte sie niemanden, mit dem sie reden konnte, schon gar nicht schimpfen. Mille, Mulle, Malle und das Mistvieh (der Kater) waren auch keine Gesprächspartner. Meine Bäuerin schimpfte auf Hitler, der ihren Ehemann erst an die Front und nun statt in ihr Bett in ein Lazarett gebracht hatte, obwohl er zu Hause viel nötiger gebraucht wurde, und da ich ihr in allem Recht gab, stand unserer Einigkeit nichts im Wege.

Zu tun gab es eigentlich nichts für mich. Der Pole versorgte den Hof, die Polin das Haus und ich drängte mich nicht auf. Die Bengel erschienen nur zu den Mahlzeiten, bei denen sie meist auf dem Plüschsofa Kopfstand machten und die Wurstpellen den Katzen hinschmissen, die dann später unter das Sofa machten. Alle waren fröhlich und zufrieden, und ich hätte mich nur unbeliebt gemacht, wenn ich etwas hätte verändern wollen.

„Können Sie stricken?" fragte mich die Bäuerin und sah mich dabei so erwartungsvoll an, daß ich es nicht übers Herz brachte, sie zu enttäuschen. Ich nickte und war von Stund an persona grata.

Keiner außer mir konnte stricken, das war immerhin tröstlich zu wissen, denn dann würde auch keiner merken, wie mangelhaft meine eigenen Strickkünste waren. Schon in der Schule war ich nie mit einer Handarbeit fertig geworden. Wenn andere mit der zweiten Arbeit begannen, war ich grade mit der ersten halbfertig und ribbelte den Erfolg meiner Mühen wieder auf. Auf diese Weise langte bei mir ein großes Wollknäuel für die ganze Kriegsschulzeit. Im Sinne der Kriegswollknappheit war das bestimmt gut, und vielleicht gab mir die Handarbeitslehrerin aus diesem Grunde trotzdem eine Zwei im Zeugnis. Vielleicht aber wollte sie auf ihre alten Tage auch niemandem mehr wehtun, denn sie gab den Unterricht nur aushilfsweise und war eigentlich schon in Pension.

Meine Bäuerin brachte mir vier große Kugeln weißer Wolle, und ihre beiden Bengels starrten mich mit Hochachtung und Hoffnungsblick an, denn jeder sah sich schon im Besitz eines neuen weißen Pullovers. Schon nach den ersten mühsam aufgeschlagenen Maschen (ich hoffte, meine Schätzungszahl würde stimmen) wurde mein Strickzeug zum Erziehungswerkzeug. Wenn die Bengel nicht taten, was ich wollte, drohte ich mal dem einen und mal dem anderen, daß er der Letzte sein würde, der einen Pullover gestrickt bekäme von mir. Da nicht abzuschätzen war, wie lange ich zu der Strickerei benötigen und ob mein Außendiensteinsatz ausreichen würde, damit jeder zu einem Pullover kam, taten sie ihr Möglichstes, um des Pullovers Nummer eins teilhaftig zu werden. Ich versicherte ihnen auch überzeugend, daß die Maid nach mir bestimmt *nicht* stricken können werde, und sie täten gut daran, mir zuerst einmal die Katzenviecher Mille, Mulle, Malle und das Miststück von Kater vom Leibe zu halten. Ich sagte natürlich nicht, daß sie stanken, sondern ich erklärte, sie könnten die Wolle zerreißen, wenn sie mir mal herunterfiele. Das sahen sie ein und scheuchten die Katzen raus.

Der Pole hieß Dúda und die Polin hieß Hédu. Auf jeden Fall dachte ich, daß sie so heißen würden, denn sie hörten auf diese Namen, und schließlich klang Hédu so ähnlich wie Hedi und Dúda auch ganz vernünftig. Ich war froh, daß die Polen so unkomplizierte Namen hatten, die ich aussprechen konnte, ohne mir dabei die Zunge zu brechen. Als ich dahinterkam, daß sie anders hießen, hatte ich mich daran gewöhnt und sagte also, genau wie alle, Hédu und Dúda.

„He, du!" und „du, da!" hatte meine Bäuerin zu Anfang gesagt, und dabei war es dann geblieben, auch die Polen waren damit zufrieden.

Zunächst ging es mit meiner Strickerei ganz gut voran. Immer zwei rechts und zwei links von einer Seite zur anderen, das war einfach. Ich fühlte mich als Herrscherin über alle Maschen über alle Maßen gut, denn nur *ich* würde entscheiden, wann und ob aus meinem Strickzeug ein Vorderteil, ein Rückenteil oder ein Ärmel zu werden habe! Der Phantasie wurden erst Grenzen gesetzt, wenn das Armloch begann. Ich strickte schön langsam, um den Tag der Entscheidung hinauszuzögern.

Meine Bäuerin war glücklich, eine so nette, ruhige, begabte und tüchtige Arbeitsmaid bekommen zu haben und prahlte überall mit mir. Schließlich fuhr sie sogar zu ihrem Mann in das Lazarett, um ihm alle erfreulichen Neuigkeiten von zu Hause zu berichten. Vielleicht würde sogar er einen weißen Pullover bekommen!

Mein Strickzeug nahm in ihrer Abwesenheit nicht sehr zu, dafür aber ich. Um sich beliebt zu machen, stahlen die Bengel aus der Vorratskammer Rübensirup und fütterten mich damit. Meine Figur begann sich zu runden, ich brauchte gar nicht von meiner Außendienststelle zu schwärmen, man konnte sehen, daß es mir zunehmend gut erging. Nach drei Wochen kam die Lagerführerin auf den Gedanken, auch einmal eine andere Maid in den Genuß dieser guten Stelle kommen zu lassen, und ich wurde ausgetauscht. Ausgerechnet Prisca löste mich ab!

„Kannst du stricken?" fragte ich sie, und sie verneinte.

„Ich kann aber prima häkeln", meinte sie.

„Na, dann viel Vergnügen", sagte ich und war immerhin dankbar, daß sie mich vor der Strickschande bewahrt hatte, zwei Pullover waren bis zum Armloch fertig. Die zweite, die sich ärgerte, war meine Bäuerin und mit ihr die zeternden Lausebengel, die sich ihrer Pulloverhoffnung beraubt sahen. Die dritte, die sich ärgerte, war Prisca, denn sie stand vom ersten Tag an im Schatten meines Lorbeerbaumes und machte alles verkehrt. Sie machte sich bei allen unbeliebt, sogar bei Mille, Mulle, Malle und dem Mistvieh. Sie putzte und scheuerte, die Katzen miauten, die Bengel jaulten und die Bäuerin beschloß, sich bei der Lagerleitung zu beschweren.

Zuerst aber beschwerte sich Prisca.

„Wie kannst du so eine Saustelle gut finden“, sagte sie empört, „diese Stelle ist eine Dreckstelle. Die Katzen scheißen unter den Tisch (unter das Sofa, verbesserte ich sie), die Buben machen Handstand beim Essen (Kopfstand, verbesserte ich sie), und ich habe an einem Zimmer alleine drei Stunden lang saubergemacht.“ (Die armen Katzen, sagte ich.)

Dann fuhr Prisca fort: „Und wie hat man es mir gedankt? Die Bengel jaulten und die Bäuerin jaulte, alle jammerten über das Plüschsofa und nach dir. Ausgerechnet nach *dir*! Was hast du da bloß gemacht“, fragte sie, „geputzt auf jeden Fall *nicht*.“

„Ich habe gestrickt“, sagte ich, „im Winter sind warme Pullover wichtig.“

Als Fräulein Möller davon hörte, beschloß sie ihrerseits, sich bei meiner Bäuerin zu beschweren. Sie trafen sich auf halber Strecke. Meine Bäuerin hatte mir die Unterredung später genau berichtet.

„Hören Sie mal“, sagte sie zu Fräulein Möller, „ich will meine alte Maid wiederhaben, und das sofort und ganz schnell.“

Natürlich wollte Fräulein Möller etwas entgegnen, aber sie kam nicht dazu.

„Was meinen Sie wohl, was diese Neue, die Pritza bei mir macht? Kommt daher und schleppt bei Nieselregen mein Plüschsofa auf den Hof und fängt an zu schrubben, als wäre es bei uns dreckig. Ich verbitte mir das. Und stricken kann sie auch nicht.“

Fräulein Möller sagte, daß eine Arbeitsmaid für wichtigere Arbeiten einzusetzen sei, aber da kam sie schlecht an.

„Was wichtig ist in meinem Hause, werde ich wohl am besten wissen, und im Hinblick auf den kommenden Winter ist es von allergrößter Wichtigkeit, daß meine Jungen warme Pullover bekommen. Bei dem Fleiß meiner *alten* Arbeitsmaid hätte ich sicher auch noch einen gekriegt und vielleicht auch mein armer verwundeter Mann. Nun wollen Sie mir erzählen, das sei nicht wichtig?

Ein tapferer Verwundeter sei nicht wichtig? Beim Ortsgruppenleiter werde ich mich beschweren, jawoll, das werde ich!"

„Toll haben Sie das gesagt", meinte ich zu meiner Bäuerin, „aber genützt hat es ja nichts."

„Wart ab", tröstete sie, „ich schaff das schon, Paula ist schließlich meine Freundin." Paula war die Frau vom Ortsgruppenleiter.

Ich verabschiedete mich von allen und war ehrlich betrübt. Die Bengel hingen mir am Hals, als sei ich ihre Ziehmutter gewesen, und meine Bäuerin hatte auch eine Träne in jedem Auge. Selbst Héda und Dúda schauten, als wären sie auf einer Beerdigung. Die einzigen, die nicht zum Abschied erschienen, waren Mille, Mulle, Malle und der Kater Mistvieh.

42. Kapitel

Krankheiten

Nach einem sinnvolleren Einsatz beim Bauern Schmeiß, bei dem es pieksauber, aber auch piekmager zuging, wenigstens solange ich bei den Mahlzeiten dabei war, kamen wir zum Arbeitseinsatz in eine Fabrik. Das erschien nach der Lage der Dinge am wichtigsten zu sein, obwohl Penthi meinte, das ändere die Lage auch nicht mehr.

Also fuhren wir nun jeden Morgen ganz früh mit der Bummelbahn nach Rathenow und mußten mit knurrendem Magen an Eisenteilen herumfeilen, die aussahen wie Hundeknochen in Großformat. Ihre Kriegsverwendung konnte man ihnen beim besten Willen nicht ansehen, und unsere stundenlange Feilerci eigentlich auch nicht. Trotzdem war die Sache top secret, und ich erfuhr nie, ob ich an dem eisernen Hundeknochen eigentlich nur herumfeilen oder etwas davon abfeilen mußte. In meinen Augen sah er immer gleich aus. Vierzehn Tage später beschloß ich, meine monatlichen Drei-Tage-Leibschmerzen verfrüht zu bekommen. Ich hatte die Fabrikarbeit satt. Ich blieb im Bett und immer, wenn jemand nach mir schaute, mimte ich Leibkrämpfe. Da ich Mamuschkas theatralisches Talent geerbt hatte, war das eine Kleinigkeit für mich. Außerdem hatte ich in der Schule schon mal die Jungfrau von Orleans gespielt, dagegen war Leibkrämpfe zu mimen ein Kinderspiel.

Penthi hatte eine ganze Reihe von Krankheiten zusammengestellt, mit denen man Abwechslung und ein paar ruhige RAD-

Tage bekommen konnte. Ich hatte mir die monatlichen Menstruationsbeschwerden rausgesucht, weil man diese mit schöner Regelmäßigkeit bekommen konnte. Außerdem waren sie eine Krankheit, bei der man nicht zu hungern brauchte. Ich wollte drei Tage Ruhe haben, aber nicht drei Tage lang hungern. Penthi bekam mal dieses und mal jenes. Sie schluckte zum Beispiel Muckefuck mit Salz und brach dann fürchterlich. Zuerst bekam sie nichts zu essen, hinterher dann Zwieback und Schonkost und andere gute Sachen, die wir nicht zu sehen bekamen. Sie wickelte den alten Dorfarzt um den Finger, und er verschrieb ihr dann, was sie wollte. Mir waren solche Krankheiten zu anstrengend, außerdem mußte Penthi sich dann immer wieder neue ausdenken. Ich hatte es da viel einfacher, und ich war dankbar, daß sie mir die Auswahl gelassen hatte. Alle beide hätten wir ja nicht dasselbe mimen können, das wäre aufgefallen. Sie wußte, wie man Durchfall bekam oder Fieber oder eine Allergie. Ich hielt mich lieber an meine Krämpfe und an mein warmes Bett, während der Winterwind um Walhalla pfiff. Richtig warm wurde es in Walhalla nie, obwohl wir heizten und auch noch Kohlen dazuklauten. Als es rauskam, nahm Penthi alle Schuld auf sich und wurde nach Berlin geschickt. Zwei Tage später kam sie wieder, und der Fall war erledigt. Sie hatte es scheinbar verstanden, bei der RAD-Leitung klarzumachen, daß wir nur in Walhalla schliefen, aber noch keine kälteunempfindlichen Leichen seien. Kranke Maiden könnten außerdem nicht an eisernen Hundeknochen feilen, sondern wären kriegsdiensteinsatzverwendungsunfähig. Wir klauten weiter, und niemand scherte sich mehr darum.

Penthi allerdings mußte in unregelmäßigen Abständen nach Berlin, das hatte sich so eingebürgert. Immer, wenn irgend jemand etwas ausgefressen hatte, nahm Penthi die Schuld auf sich und wurde nach Berlin geschickt, um ein Disziplinarverfahren angehängt zu bekommen. Da sie es offensichtlich nur mit Männern des RAD zu tun bekam, kam nie etwas dabei heraus. Sie fuhr hin, kam zurück, lächelte und sagte nichts. Nichtmal zu mir.

Eines Tages merkte ich, daß Penthi dickere Backen bekam. Ich wollte sie schon fragen, ob sie einen Nachschlüssel zur Vorratskammer hätte, aber bevor ich es tun konnte, küßte sie mich schmatzend auf den Mund.

„Pfui, Deibel“, sagte ich, „kannst du nicht trockener küssen?“

„Du bist ein Schafskopf“, sagte sie, „ich verhelfe dir nur zu drei Wochen Bettruhe. Ich habe nämlich Ziegenpeter, und bald wirst du es auch haben, Parotitis epidemica.“

„Du bist gemein", rief ich ihr hinterher, „ich will keinen Mumps und habe keine Lust, wie ein aufgeblasener Frosch auszusehen."

„Besser jetzt als später", meinte Penthi, „je älter man wird, desto gefährlicher werden Kinderkrankheiten."

„Das ist mir piepegal", sagte ich, „vielleicht würde ich ohne dich überhaupt nie Mumps bekommen."

Penthi drehte sich zwischen Tür und Angel noch einmal um und meinte: „Man hat dich auch geimpft, obwohl die meisten Leute keine Pocken bekommen. Betrachte meinen Kuß als Impfung."

Ich hatte eine schöne Wut auf sie, denn ich bekam natürlich Mumps und wurde hinter den Ohren immer dicker. Penthi, inzwischen genesen, versorgte mich, denn sie hatte es geschafft, Krankenstubendienst machen zu dürfen. Da es nur zwei Kranke gab, hatte sie wenig zu tun und konnte sich ganz meiner Person widmen. Sie rieb mir heißes Öl hinter die Ohren und sagte anerkennend: „Du hast es schön dick hinter den Ohren!"

„Du hast ein Gemüt wie ein Fleischerhund", quetschte ich mit fast geschlossenem Mund heraus, denn es tat weh, ihn ganz zu öffnen.

„Wenn du mich nochmal küssen willst, hau ich dir eine runter", sagte ich.

„Deine Eitelkeit macht dich dumm", sagte Penthi.

„Wenn ich Windpocken bekommen sollte, werde ich mich revanchieren", sagte ich.

„Windpocken hatte ich schon", entgegnete Penthi.

„Ich wünsch dir die Krätze an den Hals", sagte ich, „du kannst mich mal."

„Auch das nicht", lachte sie und ging hinaus.

Ich drehte mich zur Wand hin und malte mir aus, welche Krankheiten ich ihr anhängen würde, wenn ich nur könnte, Lepra, Syphillis oder Malariaanfälle zum Beispiel.

Nach einer Woche war das Schlimmste überstanden, und ich begann die Welt, mich selber und auch Penthi wieder mit wohlwollenderen Blicken zu betrachten.

Nun hatte ich auch Zeit, ein paar längst fällige Briefe zu schreiben. An Mamuschka, die sehnsuchtsvoll auf sie wartete, an Ota, die sie erwartete, an Papuschka, der abwartete und an meinen Freund, der sie leider nicht so heiß erwartete, wie ich es gerne gewollt hätte. Es war eben noch kein richtiger Freund, und seit ich im RAD so zugenommen hatte, hatte seine Liebe etwas abgenommen.

Ich schrieb an Mamuschka:

Liebe Mamuschka!

Mir geht es gut, ich liege grade im Bett und lehne krumm an der Bettwand und schreibe. Ansonsten bewähre ich mich für das Abizeugnis, keine Bange, ich werde schon noch studieren dürfen, auch wenn man mich nicht in die Partei aufgenommen hat. Rege Dich bloß nicht so auf, ich kann nichts dafür, daß man mich nicht wollte. Ich sei politisch nicht zuverlässig, das hat mir die Inge eingebrockt. Dafür mache ich nun hier eine gute Figur, und dann wird es schon klappen, vorausgesetzt, es klappt mit dem Krieg. Momentan sieht es aus, als würde alles zusammenklappen.

Meine Haare sind gewachsen, das wird Dich freuen. Ich schlafe immer noch in Walhalla und habe Schnupfen in regelmäßigen Abständen. Wir lernen eine ganze Menge hier. Hast Du gewußt, daß man unsere Kleider mit Briketts aufkocht, um Seife zu sparen? Das geht wirklich, man muß hinterher nur gut spülen.

Das Essen ist mies, manchmal rösten wir uns Brot auf dem heißen Küchenherd. Sorge Dich nicht, ich bin noch Jungfrau. So, wie ich aussehe, werde ich es auch bleiben, noch ziemlich lange.

Meine beiden Abendkleider hängen bei der Lagerführerin im Schrank. Sie fand es unpassend, so etwas in den RAD mitzunehmen. Sie träumt vom Morgenrot und vom Sieg, der noch kommen wird; ich von Rindfleischsuppe und Komm-morgen-wieder. Ich kann mir nicht mehr vorstellen, daß ich früher die Butter vom Brot gekratzt habe. Jugendsünden! Weißt Du noch, wie wir in einer großen Vase Butter durch den Zoll nach Deutschland schmuggelten? Wie lange scheint das alles her zu sein, wie in einer anderen Welt geschehen.

Arbeite nicht so viel und nicht immer umsonst. Wenn die Leute einen Arzt wollen, können sie auch zahlen, sie können ihr Geld heutzutage sonst doch nicht ausgeben. Ich umarme Dich,

Natascha.

An Papuschka schrieb ich:

Lieber Paps,

verzeih, daß ich so selten schreibe, aber wir sind abends immer zu müde, um noch etwas zu tun. Zu müde oft zum Waschen, bestimmt zu müde zum Schreiben. Zähne putze ich natürlich, wenn es auch nicht viel zu beißen gibt hier. Aber à la Zweistein bin ich zufrieden. Jede Nacht unter Bomben wäre sicher schlimmer. Falls es geht, werde ich versuchen, hier Kameradschaftsälteste zu werden. Das ist sicher besser als irgendein anderer Kriegsdiensteinsatz in einer Großstadt.

Seit Du so viel herumreist, weiß ich gar nicht, wo ich Dich in

Gedanken suchen kann. Auf jeden Fall bist Du jetzt näher dran bei mir als vor einem Jahr, aber das ist wohl nichts, worüber man sich freuen kann. Einerseits bin ich froh, daß Du nun nicht mehr Sonderführer bist und in Königsberg sein kannst, andererseits ist es schrecklich, daß wir dabei sind, den Krieg zu verlieren. Ich weiß es und kann es doch nicht glauben. In jedem Ende steckt ein Anfang, wenn ich es mir auch nicht anmerken lasse.

Heil Bohnenkaffee,

ich hab Dich lieb,

Deine Nata.

(Anmerkung: Heil Bohnenkaffee war ein Witzwort. Man erzählte sich, daß eine Dame immer geschimpft hätte, daß es keinen Bohnenkaffee mehr gab, und schließlich wurde sie zur Strafe in ein KZ gesteckt. Dort mußte sie täglich im Hof herumlaufen und eine Stunde lang sagen: „Heil Hitler, wir brauchen keinen Bohnenkaffee." Einen Tag vor der Entlassung war sie vor Freude so durcheinander, daß sie sagte: „Heil Bohnenkaffee, wir brauchen keinen Hitler." Daraufhin mußte sie nochmal sechs Monate im KZ bleiben.)

Ich schrieb an Grand Tante:

Liebe Ota,

vielen Dank für die Handschuhe. Das erinnert mich an den weißen Karton, den Du in der Schublade des Glasschrankes hattest und auf dem *Gloves* stand. Ich dachte immer, das sei französisch. Es dauerte lange, bis wir lernten, daß gloves Handschuh hieß – auf Englisch. Bettwanzen hätte ich früher verstanden, bedbugs.

Grüße Frau Rommel. Es tut mir leid, daß sie ihren Neffen verloren hat. Man munkelt Selbstmord, trotz Staatsbegräbnis. Schmeiß den Brief weg.

Ich finde es toll, daß Du noch immer mit den Damen Klassiker auf Englisch und Französisch liest. Wenn ich, wie Du, zweiundneunzig wäre und den vierten Krieg miterlebte, würde ich vielleicht auch zur Erbauung Klassiker lesen. Man muß sich an was erbauen können, wenn so viel um einen herum zusammenfällt.

Mit Kuß und Handkuß,

Deine Natascha.

Ich schrieb an meinen Freund:

Lieber Gunter,

vielen Dank für Deinen Brief und das Foto im weißen Rollkragenpulli, ich meine, Du auf dem Foto mit dem weißen Pulli, ich meine, Du mit dem weißen Rollkragenpullover auf dem Foto. Nun ist es richtig. Man wird hier ganz plemplem im RAD. Nachdem die Freunde der anderen Maiden alle Uniform anhaben, komme ich mir sehr unpatriotisch vor mit Dir. Aber was kann ich für Deinen Rollkragenpullover und dafür, daß Du schon seit vielen Jahren nur einen Viertelmagen hast und darum nicht im Krieg sein darfst, kannst, mußt, wie auch immer. Lieber lebendig als ein toter Held.

Deine Gedichte sind gut und herrlich unzeitgemäß, wenigstens einige. „Beten ist Atmen der Seele in höherem Geist." Das kommt mir bekannt vor, hast Du das irgendwo geklaut? Ich will Dich aber nicht beleidigen, sowas ähnliches steht ja auch schon in der Bibel. Alles wiederholt sich.

Komme mich lieber nicht besuchen, ich habe sowieso schon Komplexe wegen meiner Figur. Ich kann mich nur dick fühlen, nicht sehen, denn wir haben nur kleine Spiegel. Aber ich werde schon wieder dünn werden, zumal es bald bestimmt dick kommt, denn der Feind naht von allen Seiten.

Sei umarmt,

Deine Natti

44. Kapitel

Berlin-Reise

Das Jahr 1945 fing damit an, daß Fräulein Möller wegkam. An ihre Stelle kam Stella, die uns allabendlich mit ihren politischen Schulungen nervte. Dabei sah doch ein Blinder ohne Lupe, daß wir bald keinen deutschen Boden mehr nachhatten, von dem wir uns strategisch und erfolgreich, gewollt und geplant absetzen konnten.

Ansonsten ging alles weiter wie gehabt, mit uns und auch mit Penthi. Sie mußte gleich zu Jahresbeginn wieder einmal nach Berlin. Diesmal unter Bewachung, damit sie nicht auf die Idee käme, sich zu verduften. Die Bewachung war ausgerechnet ich.

„Ich bin doch kein Parfum", sagte Penthi, „im übrigen hat Stella wohl einen Dachschaden. Wohin soll man heutzutage denn noch verduften?"

„Hast du keine Angst, daß sie dich in Berlin behalten?" fragte ich, „schließlich ist Marmelade klauen ein Schwerverbrechen, Vergriff am Volkseigentum."

Natürlich hatte nicht Penthi Marmelade geklaut, sie hatte nur die Schuld auf sich genommen, wie immer. Die Stella wußte das auch, sie mußte Penthi nur wegschicken, weil sie selber genauso wenig wie Fräulein Möller wußte, wie sie mit ihr fertig werden solle. Indem sie sie wegschickte nach Berlin, wahrte sie immerhin ihr Gesicht, und indem sie mich als Bewachung wählte, konnte sie sicher sein, daß Penthi wiederkommen und mir nichts einbrocken würde, sie war ja bekanntermaßen meine Freundin.

„Stella ist ganz schön gemein", sagte ich.

„Ach", meinte Penthi, „die kann nur nicht aus ihrer Haut heraus. Ihr toller Optimismus ist doch nur Mache. Sie hat eben auf das verkehrte Pferd gesetzt und eine falsche Karriere gemacht. Aber sie ist mir noch lieber als die Dicke. Stella geht sozusagen mit fliegenden Fahnen unter, während die Wirtschaftsführerin anfängt, sich in die Hosen zu machen. Mittwoch war sogar Zukker in der Brotsuppe, man konnte sie beinahe essen."

„Es wird Zeit, daß man uns entläßt", sagte ich.

„Nur über Stellas Leiche", meinte Penthi, „die tut sowas nicht mal, wenn der Russe an der Haustüre bimmelt."

„Mit Mann und Roß und Wagen . . ."

„Sei still", sagte sie, „ich mag keine Untergangssprüche."

„Ich auch nicht", entgegnete ich, „außerdem ist der Pessimist der einzige Mist, auf dem nichts wächst."

„Von Busch?" fragte Penthi.

„Nö", meinte ich, „ist von meinem Vater."

„Mein Vater war leider nicht so weise, nur sehr gescheit", sagte Penthi.

„Und was war mit deiner Mutter?" fragte ich.

„Meine Mutter ist gestorben, als ich zehn Jahre alt war, und erkrankte, als ich erst drei war."

„Es tut mir leid", sagte ich, „ich hab mich schon gewundert, warum du deine Mutter nie erwähnst."

„Schon gut", sagte Penthi, „es ist ja bereits ein alter Hut." Aber ich merkte doch, daß es ihr nicht so leicht fiel, wie sie mir weismachen wollte, diese Dinge ad acta zu legen.

Der Zug fuhr in Brandenburg ein, und wir schauten aus dem Fenster. Auf dem Bahnsteig trippelte eine alte Dame im Nerzmantel vorbei, wohl auf der Suche nach einem Abteil Erster Klasse in dem Zug, der in die entgegengesetzte Richtung fuhr. Gen Osten fuhren nur Verrückte oder die, die es mußten, wie wir. Ein Chauffeur trug die Koffer der alten Dame, und sie trippelte so gelassen daher, als führe sie zur Kur nach Baden-Baden und es sei mitten im Frieden.

„Die ist wie meine Tante Fleur", sagte Penthi und grinste, „die war auch so ein verrücktes Huhn, sogar ein Zwiehuhn."

„Wie bitte“, fragte ich, „was ist denn nun das, ein Zwiehuhn?“

„Die Hälfte von einem Doppelhuhn, ist doch logisch“, meinte Penthi, „das eine Ei von einem zweieiigen Zwilling.“

„Und wer war das zweite Ei?“ wollte ich wissen.

„Das war meine Tante Benedicte. Großvater, der einen strammen Sohn erwartete und statt dessen zwei mickrige Töchter bekommen hatte, soll gesagt haben: „Fleur und Benedicte, ich werd' verrückt, Benedicte und Fleur, welch grand malheur!“

„Aber einen Sohn bekam er ja dann doch noch, nicht wahr?“ sagte ich.

„Erstmal wurde der Arzt rausgeworfen, der die Entbindung der Zwillinge geleitet hatte. Mein Vater wurde erst siebzehn Jahre später geboren, bis dahin hatte Großmutter vier Fehlgeburten und vier rausgeschmissene Ärzte hinter sich gebracht.“

„Und dein Vater wollte dann ausgerechnet Arzt werden, ich kann mir vorstellen, was das für ein Theater gab.“

„Es gab nicht nur Theater, es gab einen Todesfall. Großvater ritt wutentbrannt los, das Pferd warf ihn ab, und er war tot.“

„Und was tat deine Großmutter?“ fragte ich.

„Du kannst einem ein Loch in den Bauch fragen“, meinte Penthi, „aber, wenn du es genau wissen willst, na bitte. Großmutter war vierundfünfzig. Ein Jahr lang ging sie täglich zum Friedhof, wir hatten auf dem Gut unseren eigenen, und streute Blumenblätter drauf.“

„Blumenblätter . . . blätter?“ fragte ich ungläubig.

„Klar, Blumenblätter. Sie ging täglich mit einem frischen Strauß an das Grab, zerrupfte ihn dort und streute die Blätter auf das Grab. Dabei soll sie gemurmelt haben: ‚Wie du mir, so ich dir‘, aber das hat Onkel Louis, ihr Bruder, gesagt, und keiner weiß, ob es wahr ist.“

„Und was wurde dann aus ihr?“ wollte ich wissen. Das war ja alles beinahe so interessant wie die Geschichten aus meiner Familie, besonders die von dem Sohn meiner Urururgroßmutter Natalya, der seiner Mutter immer Brillanten klaute und ihr Rosen schenkte.

„Großmutter ging nach einem Jahr auf die Weltreise, heiratete einen Chilenen und starb reich und lebenssatt mit einundachtzig Jahren.“

„Und dein Vater studierte und wurde reich und berühmt.“

„Reich war er schon, und daß er berühmt wurde, das war für andere Leute besser als für uns.“

„Erzähl mal“, sagte ich.

„Ein andermal“, meinte Penthi, „aber wenn wir schon in Berlin sind, könnten wir ja meine Tante besuchen. Tante Isabella ist die Tochter von Tante Fleur und eigentlich meine Cousine, obwohl sie so alt ist, daß sie meine Mutter sein könnte."

„Machen wir", sagte ich, „aber erst mußt du zum RAD und ich zu meiner Mutter."

45. Kapitel

Zu Hause

An unserer Haustür klebte ein großes, rotes Kreuz. Ich klingelte und erinnerte mich daran, daß Papuschka nie die Tür öffnete, bevor nicht jemand dreimal geklingelt hatte. Er nahm auch nie den Telefonhörer ab, bevor es nicht mindestens sechsmal geläutet hatte. Mamuschka und mich nervte das oft fürchterlich, denn wir waren sehr neugierig und wären am liebsten schon nach dem ersten Telefonklingeln wie von der Tarantel gestochen aufgesprungen und in das Herrenzimmer gestürzt. Wenn wir es nicht konnten, weil Papuschka zu Hause war, dann sagte Mamuschka:

„Der Mann macht mich nochmal verrückt", und ich nickte zustimmend. Wenn Mamuschka in Rage war, sagte sie manchmal so unpädagogische Dinge, aber da ich nicht wußte, daß sie unpädagogisch waren, machten sie mir nichts aus. Papuschkas Autorität und Überlegenheit waren sowieso nicht anzweifelbar.

„Wem etwas wichtig ist, der klingelt mehrmals", das war Papuschkas Devise, „und wer was Unwichtiges will, soll zu Hause bleiben oder den Hörer wieder hinlegen."

Ich klingelte nochmal, und dann ging die Tür auf. Papuschka stand da, und ich fiel ihm um den Hals.

„Wie kommst denn du hierher?" fragte ich schluchzend.

Dann gab es ein langes Erzählen. Man hatte Papuschka zum Volkssturm eingezogen, obwohl er schon sechzig war, und als er mal „mußte", hatte ein Russe ihm durch die Hand geschossen.

„Nicht sehr heroisch", sagte ich, „aber nun bist du für Führer, Volk und Vaterland verwundet worden, und es ist besser, man hat dir durch die Hand als durch den . . . geschossen." Ich wollte Penis sagen, erinnerte mich dann aber an Mamuschka und an all die Worte, die ein guterzogenes Mädchen nicht mal dachte, und schwieg. Als Mamuschka mich dennoch so komisch anschaute, als hätte ich doch was gesagt, wurde ich ärgerlich.

„Hör doch auf, mich zu behandeln als wär ich grade aus dem

Mädchenpensionat der Fürstin Lubow gekommen. Ich komme vom RAD, und da ist mir das Etepetete gründlich vergangen. Meine beste Freundin hatte schon mehr Liebhaber als du Knöpfe an der Bluse hast."

„Naataa . . .!" sagte Mamuschka beschwörend und schaute an ihrer Bluse runter, als müsse sie entsetzt die Knöpfe abzählen.

Zum Glück klingelte es, und Frau Wiegler kam, wir nannten sie jetzt nur noch Zigarettenolsche, weil sie nur noch für Zigaretten lebte, beziehungsweise auf der Suche nach welchen. Sie hob sogar die Kippen von der Straße auf. Ihre Finger waren schon ganz gelb, ihre Haut zerknittert. Natürlich wollte sie fragen, ob Mamuschka noch eine Zigarette hätte, und da Mamuschka gerade aus Finnland Papyrusse bekommen hatte, qualmte Frau Wiegler bald glücklich vor sich hin und uns an. Sie zog den Rauch so tief ein, daß ich fasziniert darauf wartete, wann ihr Hintern anfangen würde, ihn wieder herauszulassen.

„Wissen Sie schon das Neueste?" fragte ich sie, „in Zukunft werden auch die Straßen eingeteilt. Es kann nicht mehr jeder einfach Zigarettenstummel aufheben, wo es ihm paßt und wie er grade will. In Zukunft nur jeder in der ihm zugewiesenen Straße . . ., nur will keiner die unsere, weil *Sie* darin wohnen."

„Naataa!" sagte Mamuschka zum zweiten Male. Ich schaute zu Papuschka und hoffte, er würde lächeln, aber er machte ein Garnichtgesicht. Trotzdem war Frau Wiegler beleidigt und rauschte rauchend hinaus. Sie war froh, daß sie keine Kinder hatte, die durch den RAD verdorben werden konnten. Als sie draußen war, wollte Mamuschka mir eine Predigt halten, aber dann klingelte das Telefon.

„Ich muß zu einer Entbindung", sagte sie, „Frau Hoppe kriegt ihr Kind."

„Das wievielte ist es denn schon?" fragte ich.

„Das sechste", sagte Mamuschka.

Stramme Leistung, denn Frau Hoppe hatte erst im ersten Kriegsjahr geheiratet, und dann hatte sie dem Führer jedes Jahr ein Kind geschenkt, in einem Jahr auch zwei. „Hoffentlich wird es endlich mal ein Mädchen", sagte ich, „sonst gehen der noch die Nazigrößennamen aus." Frau Hoppes Kinder hießen Adolf, Hermann, Rudolf, Josef, Martin-Baldur, nach Hitler, Göring, Hess, Goebbels, Bormann und Schirach. „Heinrich wäre noch zu empfehlen", sagte Papuschka, „Heinrich wie Himmler."

Mamuschka gab ihm einen vernichtenden Blick. Sie war zwar in Rußland entbräunt worden, aber sie wollte immer noch nicht, daß man über die Partei Späße machte, schon gar nicht über Hitler.

„Wie wäre es denn", sagte ich, „wenn Frau Hoppe sich langsam mal umstellen würde, vielleicht auf Winston."

Na ja, Herrn Hoppe würde bald die Lust vergehen, weitere Kinder zu zeugen. Wenn er überhaupt zurückkam, dann hatte er sich ausgehoppt, er und alle seinesgleichen. Papuschka und ich genossen das Alleinsein. Er gab mir den guten Rat, mir ein Fahrrad zu organisieren und damit gen Nordwesten zu fahren.

„Und was wird aus dir?" fragte ich.

„Ich muß wieder nach Königsberg", sagte Papuschka.

Mir war zum Heulen zu Mute, aber ich heulte natürlich nicht, weil ich wußte, daß Papuschka das nicht leiden konnte. Heulen tat man nur über Kleinigkeiten, über eine Stelle im Buch oder eine Szene im Kino. Bei wirklich bewegenden Dingen hatte man sich in der Gewalt.

„Gut, daß du Russisch kannst", sagte ich, aber Papuschka fand, das sei vielleicht eher ein Nachteil.

„Vielleicht können die dich beim Volkssturm gar nicht mehr brauchen", sagte ich, „du bist sechzig, und nun die kaputte Hand!"

„Die Hand ist nicht so schlimm", meinte Papuschka, „und wenn sie Kinder von sechzehn brauchen, dann erst recht Männer mit sechzig."

„Paß auf deine Glatze auf", rief ich, „die fällt auf."

„Paß du auf deinen vorlauten Mund auf, sonst fällt der auch auf, denn bevor das Ende kommt, spielen die Nazis nochmal verrückt."

Ich versprach es.

Zwei Stunden später kam Mamuschka nach Hause. Sie sah müde und abgespannt aus und sie tat mir leid. Es gab zu wenig Ärzte in Berlin, zu viele hatten sich schon nach Westen abgesetzt. Mamuschka hielt die Stellung und schuftete sich halb tot.

„Na, was ist es denn, ein Junge oder ein Mädchen?" fragte ich.

„Ein Mädchen", sagte Mamuschka. „Herr Hoppe kriegt einen Schlaganfall, wenn er das hört", sagte ich.

„Herr Hoppe kann froh sein, daß das Kind überhaupt lebt", sagte Mamuschka, „es war eine Steißlage, und das Kind hatte die Nabelschnur um den Hals."

„Dem Hoppe sollte man auch mal was um den Hals legen oder auch was eine Etage tiefer und zuziehen", sagte ich, „denn wenn der Zauber mal vorbei ist, kriegt Frau Hoppe auch kein Pflichtjahrmädchen mehr als Hilfe."

„Naataa!" sagte Mamuschka müde, „mach mir eine Tasse Kaffee!"

„Es tut mir leid", sagte ich, und Mamuschka tat mir auch wirklich leid. Den ganzen Tag lang schuftete sie, und nachts war Alarm und raubte ihr die Ruhe . . . oder sie wurde auch nachts noch gerufen. In Berlin kam bald kein Mensch mehr zur Ruhe, bei Tag nicht und auch nicht bei Nacht.

In unserem Kaff hatten wir ja auch Alarm, aber wir hatten keine Angst. In Berlin hatte ich Angst, denn Berlin war Deutschlands Hauptstadt und war es wert, zertrümmert zu werden. Für unser Kaff war den Amis eine Bombe zu schade . . . Unser Haus stand zwar ganz am Rande von Berlin, aber seit man auf den Bahngleisen ein Flakgeschütz montiert hatte, lebten alle in Angst. Zielen war nicht so einfach, weder von unten nach oben noch von oben nach unten, und eine Bombe konnte leicht das Geschütz treffen wollen und statt dessen auf unser Haus fallen. Dann ging auch wirklich die Sirene. Wir wickelten uns in Decken und gingen in den Keller und setzten uns in die Liegestühle. Ich wäre lieber in mein warmes Bett gekrochen, aber Mamuschka erlaubte es nicht. Die Berliner waren alle Kellerratten geworden und nahmen die Hockerei da unten gleichmütig hin. Sie waren froh, wenn sie nachher wieder lebendig rauskriechen konnten. Leben war das nicht mehr zu nennen, aber überleben wollten sie doch, wie auch immer.

Ich hatte keine Angst vor der Bombe, die uns direkt treffen würde, nur vor der, die uns verschütten könnte.

„Lieber Gott", betete ich, „bitte keine Bombe auf das Haus unserer Nachbarn, dann lieber gleich direkt auf uns."

Aber weder wir, noch unsere Nachbarn bekamen eine Bombe ab.

Am nächsten Tag kam der Abschied. Wir wollten Mamuschka überreden, Berlin zu verlassen, aber sie sagte immer: „Man braucht mich hier."

„Was hilft dir das Verdienstkreuz, wenn du tot bist", sagte ich.

Man hatte es ihr verliehen, und sie war stolz darauf.

„Man braucht mich und ich bleibe", mehr sagte sie nicht.

Als wir zum Bahnhof gingen, fragte ich Papuschka, ob Mamuschka denn keine Angst hätte.

„Sicher hat sie Angst", sagte Papuschka, „aber sie überwindet sie, weil man sie wirklich braucht. Sie merkt dann oft nicht, daß rechts und links die Bomben fallen. Außerdem hat jemand, der die russische Revolution miterlebt hat, keine Angst vor Bomben, sondern nur vor dem, was Menschen Menschen antun können."

„Dazu gehören aber auch die Bomben", meinte ich.

„Ja, aber indirekt", sagte Papuschka.

„Ich glaube, Mamuschka ist froh, daß sie gebraucht wird. Sie braucht das, weil wir sie nicht genug brauchen, wenigstens nicht so sehr, wie sie gebraucht werden möchte“, sagte ich.

Papuschka schwieg eine Weile, dann meinte er: „Für den, der gebraucht wird, ist der, der ihn braucht, so wichtig, wie er für den ist, der ihn braucht.“

„Sag das nochmal“, bat ich, aber dann kam schon mein Zug, und ich mußte rennen, um ihn zu erreichen.

Papuschka winkte mir nach. Ich habe ihn nie wieder gesehen.

46. Kapitel

Die Tante

Penthi und ich hatten vereinbart, uns bei ihrer Tante im Grunewald zu treffen.

„Die tolle Villa mit den vier Säulen“, sagte sie, „und im Vorgarten die Venus von Milo, du kannst sie nicht übersehen.“

Ich übersah sie nicht. Sie paßte mit ihren fehlenden Armen jetzt viel besser zu dem Haus als vorher, denn dem fehlte jetzt auch ein Arm, beziehungsweise ein Flügel.

Tante Isabella begrüßte uns freudig, und ihr Dienstmädchen Dora eilte strahlend weg, um die beiden gnädigen Fräuleins zu bekochen.

„Was ist denn hier passiert?“ fragte ich.

„Ein Blindgänger“, sagte Tante Isabella, „der liegt irgendwo im Keller.“

Am liebsten wäre ich gleich umgekehrt, aber ich wollte lieber einen Besen fressen als mir das anmerken lassen.

„Wo geht ihr denn nun hin, wenn wieder Alarm kommt?“ fragte Penthi, und mich interessierte das auch brennend, denn in den Keller zu einem Blindgänger geht man ja wohl bestimmt nicht. Wenn dann eine Bombe fällt, geht man statt einmal gleich zweimal in die Luft, nein danke.

„Wir gehen in das Gartenhaus und trinken was“, sagte Tante Isabella, und Penthi schien mit der Erklärung ganz zufrieden zu sein.

Ich klappte den Mund auf und zu, sagte dann aber doch nichts. Penthi hatte mir ja schon einiges von ihrer verschrobenen Familie erzählt, aber es war unter meiner Würde, zu zeigen, daß meine Familie ihrer an Schrulligkeit unterlegen war. Daß Tante Isabella als alleinstehende Dame von dreiundfünfzig Jahren noch ein Dienstmädchen haben durfte, wunderte mich sehr, noch mehr verwunderte es mich, daß der Eßzimmertisch für sechs Personen gedeckt war, obwohl wir doch nur drei waren. Erst dachte ich, es käme vielleicht noch jemand, aber es kam keiner.

Wir nahmen an einem Ende des Tisches Platz, Tante Isabella klingelte, und Dora brachte Weißkohl mit Pellkartoffeln und etwas Rindfleisch und stellte beides vor uns hin. Dann ging sie hinaus, und als sie wiederkam, stellte sie eine Schüssel mit Nudeln und eine mit Tomatensoße mit etwas Hackfleisch vor die drei leeren Gedecke. Ich trat Penthi unter dem Tisch ans Schienbein, aber sie schaute wie ein unwissendes Lamm, also sagte ich auch nichts.

Nachdem Tante Isabella sich genommen hatte, stand Penthi auf und setzte sich an das andere Ende des Tisches und langte zu. Da ich Nudeln mit Tomatensoße auch lieber aß als Kohl, tat ich es ihr nach und setzte mich zu ihr. Nun saßen wir an der unteren und Tante Isabella allein an der oberen Seite des Tisches und beide schienen das ganz normal zu finden. Natürlich machten wir Konversation, wie sich das gehörte. Wir sprachen über Shakespeare, Schlesien und über Porzellane. Letzteres Thema hatte ich aufgebracht, da die eine Seite des Tisches mit Meissner Geschirr gedeckt war, das gleiche, was wir auch zu Hause hatten, von der Urgroßmutter geerbt. Die anderen drei Gedecke kannte ich nicht, und während des Essens konnte ich den Teller auch nicht mal kurz umdrehen, um das Zeichen anzusehen.

„Sevrés", sagte Tante Isabella.

„Ach so", sagte ich, „Stadt an der Seine." Ich war sehr froh, daß mir das noch eingefallen war. Ich hätte mir ja denken können, daß die Pellkartoffeln und der Kohl auf französischem Service serviert worden waren, denn es gab auf dieser Seite des Tisches auch französischen Wein. Zum Meissner Geschirr mit dem Zwiebelmuster gab es natürlich deutschen Wein.

„Meissner Geschirr war früher ein Alltagsgeschirr", sagte Tante Isabella und klingelte nach dem Dessert.

„Natürlich", antwortete ich, „das sieht man ja schon an den Zwiebeln."

Sehr intelligent war diese Bemerkung nicht, aber in einem Haus, dessen eine Seite eingefallen war, fiel mir nichts Gescheiteres ein. Ich mußte immer an die Bombe denken, die unten vielleicht tickte, und ich hoffte, sie ticke nicht, denn dann wär es ja kein Blindgänger, sondern eine Zeitbombe gewesen. In den ersten Bombenjahren hätte man einen Blindgänger sofort entfernt,

1945 gab es zu viele davon, und zu viele in wichtigeren Häusern als einer Villa im Grunewald.

Ich hätte gern auch noch Kohl zu meinen Nudeln gestopft, aber dann überlegte ich, daß ich bei meinen Nudeln etwas weiter von dem Blindgänger entfernt saß und verzichtete und aß lieber noch ein drittes Mal von der Tomatensoße.

„Spaghetti à la Bolognese", stand auf der Menukarte. Menukarte mußte natürlich sein, mich wunderte überhaupt nichts mehr. Ich aß und hörte auf zu denken. Dora stellte vor Tante Isabella eine Quarkspeise, vor uns Schokoladenpudding mit Birnen. Da wir solche Herrlichkeiten lange nicht mehr gesehen, geschweige denn gegessen hatten, wechselten wir bald von einem Ende des Tisches zum anderen, und die Bombe war nur nachgerade ganz schnuppe geworden. Schließlich war ich so satt, daß ich meinte, eine Bombe läge in meinem Magen und nicht in Tante Isabellas Keller.

Wir setzten uns in den Salon und rauchten eine Zigarette. Mamuschka wäre in Ohnmacht gefallen, wenn sie das gesehen hätte. Ich war richtig froh, daß ich noch nicht aus der Übung gekommen war, seit wir im Garten vertrocknete Sonnenblumenblätter geraucht hatten.

Dora servierte Mokka in chinesischen Mokkatassen, um die sich handgemalte Drachen schlängelten, und wir fanden den Mokka erstaunlicher als die Tatsache, daß wir schräg links über einer Bombe saßen.

„Ein Geschenk des Himmels", sagte Penthi und schlürfte den Mokka mit geschlossenen Augen.

„Das Geschenk des Himmels liegt im Keller", sagte ich, „wenigstens in diesem. Wenn ich wieder nüchtern bin, trinke ich lieber Muckefuck ohne Bombe, jetzt ist mir grade alles egal."

Tante Isabella hatte uns Pfefferminzlikör serviert, und ich sah alles hellgrün, was soviel war wie „rosa".

„Du bist noch zu nüchtern und zu wenig fatalistisch", meinte Penthi.

„Und du bist die verrückteste Arbeitsmaid des kleindeutschen Reiches", sagte ich, „wir müssen nun aber gehen, denn sonst verpassen wir unseren Zug, und ich habe nicht die Absicht, in diesem Haus zu übernachten. Auch nicht in der Gartenlaube." Wir verabschiedeten uns von Tante Isabella mit Knicks und Handkuß, obwohl wir Uniform anhatten. Fräulein Stella hätte der Schlag getroffen.

Als wir im Zug in Richtung Westen saßen, fragte ich Penthi: „Wie war es eigentlich bei der RAD-Leitung, wollten die dich nicht einsperren wegen der Klauerei? Und warum aßen wir an beiden Seiten des Tisches, und was hast du mit Tante Isabella beim Abschied geflüstert? Und warum hältst du eine Kameliaschachtel unter dem Arm, als wärst du eine Dauermenstruierende?"

„Zu viele Fragen auf einmal", sagte Penthi.

47. Kapitel

RAD-Abschied

Papuschkas Rat befolgend, begann ich mir Gedanken darüber zu machen, wie ich zu einem Rad kommen könnte. Fahrräder gab es im Schuppen hinter Walhalla genügend, aber ohne Schlüssel kam man nicht dran. Eines Tages gelang es mir, beim Abstellen meines Fahrrades das eine Fenster aufzuriegeln. Drei von uns beschlossen auszurücken, bevor der Russe einrückte. Lange konnte es nicht mehr dauern. Leider bekam ich Fieber und mußte ins Bett, und abends entdeckte man dann auch das geöffnete Fenster.

Stella rief uns zusammen, und wir dachten, nun gingen das große Donnerwetter und die Verhöre los, aber sie erklärte uns nur in wenigen Sätzen, daß wir am Wochenende vorübergehend beurlaubt würden.

„Die Urlaubsscheine können Sie im Büro abholen, die Fahrräder werden verteilt, soweit vorhanden."

Da ich krank war, bekam ich keines. Dafür nahm Penthi sich zwei, und keiner sagte etwas. Wer sollte sie jetzt schon noch einmal nach Berlin schicken, wo man nicht wußte, wieviel von Berlin eigentlich noch den Deutschen gehörte. Das Reich ging unter, da kam es auf ein Fahrrad auch nicht mehr an.

„Die Räder hätten wir", sagte Penthi, „alles weitere wird sich finden. Schlaf dich gut aus, übermorgen geht es los."

„Erstmal muß ich meine zwei Abendkleider holen", sagte ich, little as it may be, aber was ich habe, muß mit. Viel besitze ich sowieso nicht mehr."

„Avoir la tête felé", meinte Penthi. Da ich nur Bahnhof verstand, erklärte sie mir, das hieße soviel wie „ich hätte nicht alle Tassen im Schrank."

„Nicht Tassen, sondern Kleider", sagte ich ein wenig beleidigt, „ich werde in Zukunft mit dir russisch sprechen, und dann verstehst du auch nur immer Bahnhof."

Am nächsten Tag hatte ich natürlich immer noch Fieber, aber ich stand trotzdem auf, um meine Sachen zu packen. Dann ging ich zu Stella und klopfte an ihre Tür. „Herein", sagte sie, und als ich hereinging, stand sie am Fenster und starrte hinaus. Es gab nichts zu sehen draußen, aber man kann ja auch starren, wenn es nichts zu sehen gibt.

„Ich möchte bitte meine beiden Kleider holen", sagte ich. Abendkleider sagte ich nicht, aber Stella wußte schon, was ich meinte.

„Deutschland geht unter, und Sie denken an Abendkleider", sagte sie ironisch und ein wenig bitter.

„Wo bleibt Ihr Optimismus", fragte ich, „vor drei Tagen war er doch noch in voller Blüte!"

„Gehen Sie", sagte Stella, „ich schäme mich, daß Sie eine Deutsche sind."

„Genau genommen, bin ich nur eine halbe Deutsche, höchstens, und ich gehe ja schon. Aber ich schäme mich nicht für mich, sondern für Sie. Was sind Sie für eine Baltin!"

„In Treue fest", sagte Stella, „das ist der Wahlspruch der Balten."

„Treue zu Gott", sagte ich, „Treue zu sich selber." Ich nahm meine Kleider über den Arm und ging zur Tür.

„Im übrigen hat niemand Untreue von Ihnen erwartet, aber brauner Starrsinn bis zur letzten Minute, das war unnötig. Bei Fräulein Möller ging es auch anders."

„Fräulein Möller war zu lasch, weil sie ein Kind erwartete", sagte Stella.

„Das kam von der Unterhose", sagte ich, „dafür kann sie nichts."

„Wie bitte", fragte Stella und drehte sich zu mir um.

„Ach nichts", sagte ich, „es war nur ein Scherz." Aber eine gute Deutsche scherzte nicht mehr im April 1945. Außerdem war mir in Wirklichkeit hundeelend.

Am nächsten Morgen gab Penthi mir irgendein Gebräu zu trinken, das ziemlich bitter und abscheulich schmeckte.

„Trink", sagte sie kategorisch, „es soll nicht schmecken, sondern helfen."

Ich verzog das Gesicht, aber ich schluckte. Dann radelten wir los.

„Du kannst mal sehen, wie ich dir vertraue", sagte ich, „es könnte ja auch ein Durchfall- oder Furunkeltrunk gewesen sein."

Aber mir wurde wirklich langsam besser, der Kopf klarer und

wir strampelten tapfer gen Westen. Ich voran, Penthi hinterher, damit sie mich im Auge behalten konnte. Irgendwann kamen wir in Wittenberge an und hofften, noch einen Zug nach Hamburg zu bekommen, denn Holstein war noch feindfrei, und ich wollte zu Mamuschkas Bruder, der sich von Finnland abgesetzt hatte.

Als wir auf dem Bahnhof in Wittenberge ankamen, war er schon voller Menschen. Es hieß, daß der Zug, mit dem auch wir fahren wollten, der letzte sei, der noch nach Hamburg ginge. Der Russe schoß schon nach Wittenberge hinein, wir hörten es in der Ferne grollen, aber niemand fand das aufregend. Alle Menschen waren erstaunlich gelassen, genauso gelassen wie Tante Isabella mit ihrer Bombe. Die Deutschen hatten sich daran gewöhnt, auf einem Pulverfaß zu sitzen, es regte sich keiner mehr auf.

Ich wollte mich auf meinen Koffer setzen und ausruhen, aber Penthi sagte:

„Wir müssen erstmal auf die Toilette. Wenn wir im Zug sind, wird es so voll sein, daß wir, wenn wir müssen, uns nur die Hose vollmachen können. Also gehen wir jetzt, dann halten wir durch."

„Du hast schon von mir gelernt zu formulieren, ich meine, du formulierst jetzt manchmal wie ich", sagte ich.

„Hoffentlich hast du auch einiges von mir gelernt", meinte Penthi, „du wirst einen klaren Kopf in Zukunft nötiger brauchen als deinen Sinn für Romantik."

Eine Frau von der Bahnhofsmission gab uns zwei belegte Brote und einen Becher dünnen Tee. Sie hatte eine Rote-Kreuz-Mütze auf, und ich mußte an Mamuschka denken. Ob sie noch das rote große Kreuz an der Tür hatte, und ob ihr das was nutzte, wenn die Russen kamen?

„Ich muß mich setzen", sagte ich zu Penthi, „mir ist nicht gut."

„Das kannst du auf dem Klodeckel tun", sagte sie, „komm jetzt."

Wir wuschen uns die Hände, dann schlossen wir uns in einem Toilettenabteil ein und setzten uns auf den Klodeckel. Ich zog mein Butterbrot heraus und Penthi ihre Kameliaschachtel. Als sie mit Tante Isabella beim Abschied geflüstert hatte, hatte diese ihr die Kameliaschachtel zugesteckt. Da im Kriege alles schwer zu bekommen war, waren auch Kameliabinden wertvoll. Trotzdem verstand ich nicht, warum Penthi sie immer rumschleppte, als sei sie darauf angewiesen.

Ich fragte: „Was machst du denn in Hamburg, kommst du mit zu meinem Onkel? Er hat ein Auge für hübsche, junge Damen."

Ich wollte scherzen, aber mir war mies und auf einem Klodekkel sitzend, fünf Minuten vor dem Weltuntergang, gelangen mir meine Scherze nicht mehr so gut.

„Mach dir um mich keine Sorgen", sagte Penthi, „ich habe Verwandte in der ganzen Welt, und Geld brauche ich auch nicht. Sobald ich kann, fahre ich nach Chile."

„Auf einem Klodeckel mit Außenbordmotor, klar", sagte ich, „oder mit Luxusdampfer erster Klasse, frisch vom Stapel gelaufen in Hamburg. Zahlen mußt du natürlich nichts . . . oder mit dir selbst?"

„Du hast zu viele Romane gelesen", sagte Penthi, „laß dir von mir sagen, daß man von Männern am meisten bekommt, wenn sie nicht bekommen, was sie wollen, aber die Hoffnung hegen, es doch noch bekommen zu können."

„Und warum hast du so viele Liebhaber gehabt?" fragte ich.

„Ich habe überhaupt keinen Liebhaber gehabt, nicht mal einen", sagte Penthi ernst.

„Aber geschlafen hast du mit vielen."

Sie lächelte.

„Gewöhne dir mal deine unpassenden Ausdrücke ab, auch wenn andere Leute sie benutzen. Wenn sie sagen, man schlafe miteinander, dann meinen sie natürlich, daß sie alles andere tun als zu schlafen. Außerdem ist Keuschheit mehr ein Zustand des Geistes als der einer intakten Jungfernhaut. Besuch mich mal in Chile."

„Mach ich", sagte ich, als wäre Chile gleich um die Ecke, „und dann werde ich deinen charmanten Ehemann und deine sechs Kinder bewundern."

„Drei", sagte Penthi, „mehr will ich nicht."

„Und ich werde neidisch zusehen, wie er dich auf Händen trägt und meint, er wäre der erste in deinem Leben."

„Genauso", sagte Penthi, „und er wird es auch sein, denn sonst hätte ich ihn nicht geheiratet."

„Jetzt sitzen wir aber erstmal auf einem deutschen Klodeckel, wenn ich dich erinnern darf, und wenn wir nicht aufpassen, verpassen wir den letzten Zug. Ich will nicht dem Russen mit zwei Abendkleidern und einem zweieinhalb Meter langen Voileschal in die Hände fallen."

„Und ich nicht mit meiner Kameliaschachtel", sagte Penthi.

„Du mit deiner blöden Schachtel", sagte ich.

Penthi prüfte, ob der Riegel der Klotür noch richtig fest war, denn ab und zu rüttelte einer dran. Sie hob den Finger an die Lippen und gebot mir, ganz leise zu sein. Sie zog eine der Binden heraus und wickelte sie auf.

Gut, daß ich auf dem Klodeckel saß, denn sonst hätte ich mich vor Schreck hingesetzt. Ich wollte „au Backe" sagen, aber Penthi hielt mir mit der einen Hand den Mund zu, mit der anderen legte sie mir die Binde auf den Schoß. Auf dem Zellstoff glitzerte das schönste Brillantenarmband, welches ich je gesehen hatte. Ich bekam vor Staunen einen ganz trockenen Hals.

„Es gehörte früher der Zarin Marie, einer dänischen Prinzessin, dann kaufte es mein Vater für meine Mutter", sagte Penthi.

„Wie kann man so etwas verkaufen?" fragte ich und dachte an den Schmuck, den meine Babuschka für mich aus Rußland gerettet hatte.

„Auch Könige wollen Geld", sagte Penthi. „Nachdem sie aus Rußland zu ihrem Neffen nach Dänemark geflüchtet war, ärgerte dieser sich, daß er ihren Unterhalt bestreiten mußte und sie nichts von ihrem Schmuck hergab, sondern ihn unter dem Bett versteckte. Na ja, nach ihrem Tode hat er ihn dann doch verkauft, natürlich weit unter dem Wert. Mein Vater hätte auch gerne das Diadem erstanden, aber das ging dann doch über seine Verhältnisse. Außerdem hatte die britische Königsfamilie ein Auge darauf geworfen und es auch bekommen, das heißt, in ihren Besitz gebracht."

„Der Schmuck einer Zarin in einer Kameliabinde", flüsterte ich, „das ist ein trauriger Witz, und wir sitzen auf einem Klodekkel, das ist auch ein trauriger Witz. Tu das weg, ich werde noch ganz meschugge von dem Geglitzer. Außerdem wollen auch andere mal aufs Klo."

„Davon kaufe ich mir eine Hazienda in Chile", sagte Penthi.

„Sind alle deine Binden so wertvoll?" fragte ich.

„Nicht ganz so, aber es langt", meinte sie.

Sie verpackte das Armband wieder sorgfältig, dann zogen wir am Wasserhebel und gingen hinaus. Da alle Leute Angst hatten, sie könnten den Zug verpassen, wenn sie auf die Toilette gingen, war die Toilette verhältnismäßig leer.

Auf dem Bahnsteig setzte ich mich auf meinen Koffer und döste vor mich hin. Der Zug war immer noch nicht da, und Penthi sagte, sie wolle mal auf Erkundung gehen. Ich schloß die Augen. Irgendwie kam mir alles unwirklich vor. Die Sonne schien mir warm auf mein Gesicht, und ich konnte mir nicht vorstellen, daß das Deutschland, in dem ich aufgewachsen war, nun aufhören sollte zu existieren. Draußen in der Natur erwachte gerade alles zu neuem Blühen, es war ja Frühling, wie konnte man da pessimistisch sein? Ich dachte an Paps in Ostpreußen oder sonstwo, an Mamuschka in Berlin, an meine Schule in Berlburg, an meine

Freunde, an Hédu und Dúda und fragte mich, was aus allen werden würde. Aber es waren alles nur Gedanken, die das Herz nicht erreichten. Es war mir, als träume ich das alles nur.

„Nu schlafen Sie man nich", sagte eine Frau und stuppste mich an, „gleich kommt unser Dampfer."

Ich nickte und schaute umher, aber ich konnte Penthi nicht entdecken. Sie benahm sich wie die trippelnde Dame auf dem Brandenburgischen Bahnhof. Penthi tat, als wäre dies nicht der letzte Zug nach Hamburg, sondern ein Sonderzug für Privilegierte, der ohne sie nicht abfahren würde.

Babuschka fiel mir ein, die sich auch immer mit ihrer Toilette verspätete. Großvater rief dann einfach beim Bahnhof an, und dann wartete der Zug, bis Babuschka mit dem Kutscher ankam. Das waren noch Zeiten! Mamuschkas Erzählungen von Rußland waren für mich immer interessanter gewesen als alle Märchen. Auf jeder russischen Bahnstation gab es früher heiße Piroschki zu kaufen, weiter gen Osten boten die Bauersfrauen den Reisenden zu einem Spottpreis auch Butter, Eier, gebratene Hühner und Gänse, Pilze und andere Lebensmittel an. Ich tat mir direkt leid mit meinen beiden butterlosen Butterbroten im Magen. Ich wußte gar nicht mehr, wie eine gebratene Gans aussah, geschweige denn, wie sie schmeckte.

Der Zug begann einzurollen, und die Menschen fingen an, sich zu drängeln. Ich nahm meinen Koffer und merkte, daß meine Aktentasche verschwunden war. Nun hatte ich nicht mal mehr einen Kamm und auch keine Zahnbürste mehr. Zum Suchen blieb keine Zeit. Ich mußte in den Zug hinein, koste es was es wolle. Ich schob mich zum Zugabteileingang vor und verwünschte Penthi, die sich irgendwo herumtrieb.

„Komm weg", sagte sie mit einem Male hinter mir und zog mich am Ärmel aus dem Gedränge wieder heraus.

„Bist du verrückt geworden", sagte ich, „ich will da mit."

„Im Raucherabteil stinkt es", sagte Penthi.

„Wer denkt jetzt an Nichtraucherabteil oder Raucherabteil", sagte ich, „ich steig auch in ein Abteil für Hunde und Gepäck."

Aber nun hatte sie mich schon weggezogen.

„Wenn Sie Speisewagen wollen, Fräulein", sagte ein Mann ironisch, „dann sind Sie hier verkehrt."

Eine Frau setzte hinzu: „Schlafwagen erster Klasse ist hinten, hinter dem letzten Waggon."

„Komm hier weg", sagte Penthi und nahm meinen Koffer. Meine Knie zitterten vor Schwäche, und ich selber zitterte vor Wut.

„Meine Aktentasche ist weg“, sagte ich, weil mir nichts Besseres einfiel. Ich war zu schlapp, um zu streiten. Langsam war mir dann auch wirklich alles egal, von einem Moment zum anderen war bei mir die Luft raus.

„Deine Tagebuchergüsse werden niemandem schaden“, sagte Penthi. Mein Tagebuch war auch in der Aktentasche gewesen, das stimmte. Penthi tat, als kämen noch hundert andere Züge und einer ganz speziell für sie. Sie schlenderte langsam am Zug entlang, der sich übervoll gefüllt hatte. Ich nahm ihr wieder meinen Koffer ab, setzte mich drauf und war bereit zu sterben. Ich hatte mir eine Freundin ausgesucht, in deren Familie der Wurm drin war, folglich hatte ich nichts besseres verdient.

„Spakoi ni notsch“, sagte ich.

„Was redest du da?“ sagte Penthi, „nun komm schon.“

„Ich sagte, gute Nacht“, meinte ich.

„Am hellichten Tage, du spinnst wohl.“ Sie schaute mich an: „Ist das das Fieber?“

„Nein“, sagte ich, „das bist du. Du wurmst hochgradig.“

„Willst du etwa nicht mehr nach Hamburg?“ fragte Penthi. „Wartest du auf den Grenzzug nach Berlin, weil der leerer sein wird?“

Sie zog mich hoch, und dann zottelte ich hinter ihr her.

„Ist doch egal“, murmelte ich vor mich hin, „warum soll ich nicht am Zug entlangspazieren. Die Sonne scheint, und in den Zug hinein komme ich sowieso nicht mehr. Es ist besser, auf einem sonnigen Bahnhof zu sterben als in einem zu vollen Abteil zu ersticken. Oder erdrückt zu werden.“

Inzwischen waren wir bei der Lokomotive angekommen. Mir fiel Anna Karenina ein. Aber vor den Zug wollte ich mich nicht werfen, zumal ich keinen Liebhaber hatte und es auch kein Schneetreiben gab. So wegen mir nichts dir nichts, das lohnte sich nicht.

Plötzlich ging eine Tür auf, und ich kam gar nicht dazu, mich zu wundern, warum hier keine Menschen drängelten und warum die Abteiltür überhaupt zugewesen war. Jemand half uns herein, und ehe ich richtig begriff, saßen wir in einem Dienstabteil. Ich wollte fragen, wie Penthi das nun wieder fertiggebracht hatte, aber ich brachte den Mund nicht auf. Sie war auf Erkundung gegangen, ging weg, kam zurück, sagte nichts, erklärte nichts, stieß mich vor sich her und schimpfte, daß ich am liebsten gestorben wäre, und dann saßen wir plötzlich auf weichen Polstern. Ich mit Fieber, aber wir saßen.

„Gnädiges Fräulein“, sagte ein Offizier, „möchten Sie eine Zigarette?“

„Danke, gern", sagte Penthi und nahm eine. Dabei hatte sie kurz zuvor in kein Raucherabteil einsteigen wollen. Aber mir war alles egal.

„Meine Freundin hat Fieber", erklärte sie.

„Fahren Sie auch nach Hamburg?" fragte der Offizier.

Da Penthi die erste Frage nach der Zigarette beantwortet hatte, fand ich, nun sei ich mal an der Reihe.

„Nein", sagte ich, „wir fahren nicht nach Hamburg. Wir fahren nach St. Petersburg in die Oper." Dann lehnte ich mich zurück und schloß die Augen.

Deutschland war am Ende, meine Jugend war zu Ende, aber Papuschka hatte mich gelehrt: „Der Pessimist ist der einzige Mist, auf dem nichts wächst."

Ich lächelte vor mich hin und schlief ein.